日本語名言紀行

中村明

青土社

日本語名言紀行　目次

日本語名言紀行

天象

秋の夕陽の中で静かに熟れてゆこう

【天】則天去私

秋晴れの日に外に出て上を見上げると澄んだ青空が果てしなく広がっている。そんな時に多くの日本人は「天高く馬肥ゆる秋」ということばを思い浮かべることだろう。これは杜甫《とほ》という中国の名高い詩人の祖父にあたる人物の詩に「秋高くして塞馬肥《さいば》ゆ」とあるところから来ているらしい。その原型のほうは、収穫の秋になると北方からそれを狙って賊が大勢で押し寄せるから、その外敵に備えて要塞を強化せよと注意を喚起する意味合いなのだという。海に囲まれていてその心配はなく、せいぜい柿どろぼうに気を配る程度だから、日本では平和でいたってのどかな雰囲気、心地よく響くことばとなっている。

「天に向かって唾する」の場合に「空」と換言できず、秋空を仰ぐ心地よさとは違って、「天を仰ぐ」となると、大失態をやらかすとか試合で惨敗を喫するとかして絶望的な気持ちになるようなイメージに変わる。だが、むろん「天」と「空」が似たような意味になる場合もある。草野心平の詩『日本海』に、「途方もなく重たくくらく。神の瞳の群青などどこの隅にも見当らない寒い鉛の天である」とあるのもその一例だ。

一方、「天の助け」はありがたいが、「空の助け」となると空手形《からてがた》みたいであてにならない。このように、「天」と「空」とにはイメージの違いもある。「空」という語が高い青空も比較的低い曇り空もさすことができるのに対し、「天」という語はつねにはるかに高い場所をイメージさせる。それだけに「天にましますわれらの神」と宗教がかるのも自然で、「天国」という発想も生まれる。「空国」と称したのでは、とたんに何もない空っぽの感じになってしまい、肝腎の「神」がこぼれ落ちかねない雰囲気さえ生まれる。

歌舞伎十八番の『勧進帳』でも、「如何《いか》に弁慶、さても今日の機転、更に凡慮の及ぶ所にあらず、兎角《とかく》の是非を争はずして、ただ下人の如くさんざんに、我れを打つて助けしは」のあと、「正に、天の加護、弓矢正《しょう》八幡の神慮と思へば、忝《かたじけな》く思ふぞよ」という、源義経が神に感謝する名せりふでも「天の加護」だから、御利益がありそうに思えるのだろう。

夏目漱石は晩年、僧良寛の短歌や漢詩をとおしてその心に親しみを寄せていたようだ。そういう漱石晩年の境地を象徴するものとして「則天去私」という語がある。一九一六年十一月の日記に「文章座右銘」として揮毫《きごう》したらしい四つの文字列である。どうやら漱石自身の創作による造語かという。そのまま読めば、「天」に「即《したが》」って「私」を「去」る、という意味になる。すなわち、身勝手な自我という小我を捨てて、唯一絶対の普遍的な意思である大我に我が身を委ね、運命のままに生きよう、そんな意味合いらしく思われる。その月の上旬と中旬の定例の木曜会で、芥川龍之介、久米正雄、森田草平ら弟子たちを前に、この「則天去私」の人生観を語ったという漱石は、翌月の九日に永眠した。

【空】東京には空が無い

秋の空が一点の雲もなく晴れわたって青々と広がっていれば心地よいが、概して秋は天気が変わりやすい。そのため、変わりやすい心、特に移ろいやすい恋愛感情の喩えともなる。「男心と秋の空」とも、逆に「女心と秋の空」とも言うから、統計的にどちらの浮気や変心の例が多いかは知らないが、日本の場合、ことばの上では平等らしい。

高村光太郎の『あどけない話』と題する詩は、「智恵子は東京に空が無いといふ」と始まる。むろん、東京という大都会は高いビルが乱立して空をのぞく隙間もないという意味ではない。排気ガスが広がっていて空まで視界が広がらないという意味でも、いつも天気が悪くビルの間から見えるのは雲ばかりだという意味でもない。もちろん、上にあるのは「空」ではなく「天」である、といったことばの問題でもない。その詩は、「ほんとの空が見たいといふ」と続く。その智恵子のことばに驚き、光太郎が空を見ると、「桜若葉の間に在るのは、切っても切れない　むかしなじみのきれいな空だ。どんよりけむる地平のぼかしは　うすもも色の朝のしめりだ」。それでも「智恵子は遠くを見ながら言ふ」。「阿多多羅山の山の上に　毎日出てゐる青い空が　智恵子のほんとの空だといふ」。それが「あどけない空の話である」としてその詩は結ばれる。

誰にとっても、昔見慣れたふるさとの空が忘れられない。まして、心を病む智恵子にとってはそうだったのだろう。その連れ添い愛する妻の智恵子を光太郎が入籍したのは、智恵子が亡くなる直前だったらしい。それは妻といえども一人の女性という存在、それを独立した人格として扱おうとした白樺派好みの観念とも違う、光太郎の決意だったという見方もある。

大正末年この世に生を享《う》けた茨木のり子は、時代の波に洗われた。一生のうちでもっともはなやかで夢多きはずの青春時代が太平洋戦争と戦後の混乱期に重なり、それどころではなかったからだ。『わたしが一番きれいだったとき』と題する詩は、まさに戦争に青春を奪われた女性の不幸を伝え、その悔しさを投げつけた一編である。相手のない憤りを、どろどろと深刻にならず、むしろ軽いタッチで明るく展開させた円熟の作品である。

まわりの人間が工場で島で海で何人も命を落とし、一生のうち一番きれいだったはずの女が、おしゃれをするきっかけも訪れない。そのころの「男たちは挙手の礼しか知らなくて／きれいな眼差《まなざ》しだけを残し皆発《た》っていった」と、その思いだけを残して不器用に戦場へと散って行く青年たちの姿を描く。この詩は「わたしが一番きれいだったとき／街々はがらがら崩れていって／とんでもないところから／青空なんかが見えたりした」という聯《れん》で始まる。空襲で家の屋根のあちこちに穴が開いたのだろう。美しいはずの青空が、そんな思いがけないところから見えるのは、さぞや複雑な感動だったろう。

【虚空】花びらと冷たい虚空

『徒然草』の第二三五段で吉田兼好はこんな論を展開する。「ぬしある家」すなわち、主人のいる家には、無用の人間が勝手気ままに立ち入ったりしない。「あるじなき所」には、道行く人が立ち入るどころか、狐や梟《ふくろう》が得意げに棲《す》みつき、「こだま」すなわち樹木の精霊のような奇怪なものも現れる。また、「鏡には色・形なき故に」いろいろな影が映るのであり、もしも鏡そのものに色や形があればそういう影は映らない。「虚空よく物を容《い》る」、何もない空間だからこそ、いろいろ容れることができるのだと展開して、本題に入る。

「我等がこころに念々のほしきままに来りうかぶも、心といふもののなきにやあらん」、つまり、次々にいろんな思いが浮かんでくるのは心という実体がないからであって、もしそうでなければ、そこにこんなにたくさんのことが入るはずはない、そんな意味合いなのだろう。心をむなしうして先入観なしに対象に接することを推奨しているのかもしれない。

坂口安吾の『桜の森の満開の下』と題する物語のフィナーレも忘れがたい。残虐な仕打ちを重ねてきた山賊が、いつからか一緒に住んできた女を背負って、満開の花の下へ一歩入ると、あたりはひっそりとして、女の手が冷たくなっている。はっと女は鬼だと気づく。花の下の四方から突然冷やかな風が吹き寄せる。見ると、背中にしがみついているのは「全身が紫色の顔の大きな老婆」で、口は耳まで裂け、縮れた髪の毛は緑。男は夢中で走り出し、振り落とそうとする。女は振り落とされまいと手に力を入れ、それが男の喉にくいこみ、目が見えなくなりかける。男がふと気がつくと、夢中で女の首を絞めたらしく、女はすでに息絶えている。見ると、そこにあるのは鬼ではなく、紛れもない女の死体だ。

男は仰天して、女の体を揺さぶりながら呼びかけ、抱き起こしてみるが、すべて徒労に終わる。取り返しのつかぬ自分の行為に気づき、男は生まれて初めて泣き出す。しばらくして、なま暖かいけはいが立ち、それが自身の悲しみであることに気づく。「花と虚空の冴えた冷たさ」に包まれた、そのほの温かいふくらみに突かれるように、男は女の顔に散りつもった桜の花びらを払いのけてやる。払っても払っても花びらばかりで、女の姿は現れない。やがて男の手も体も消えて、「あとに花びらと、冷たい虚空がはりつめているばかり」として、幻想的に作品は消えてゆく。「孤独」そのものを形象化したような読後感である。

【夕焼け】石膏色と夕焼け

日が沈む頃、西の地平線近くの空が赤く染まる状態を、日本では「夕焼け」と呼び、その美しさが生活にはなやぎを添えてきた。物理的には、昼間よりも日の光が空中の長い距離を通る関係で、青い色の光が散乱し、波長の長い赤や黄色の光が多く透過するために生ずる現象らしい。理屈でこう説明されては身も蓋もなく、夢みるような気分は冷めてしまう。

一方、夕日の光を浴びて物が美しく照り輝くのを、一般に、「夕映え」と美しく呼び分ける。が、時にこの語が夕焼けそのものをさす場合もある。だが、「夕焼け」ということばのほうが日常生活に深く浸透しており、しばしば歌の文句としても親しまれてきた。

「夕やけ小やけの　赤とんぼ／負われて見たのは　いつの日か」と始まり、「夕やけ小やけの赤とんぼ／とまっているよ　竿《さお》の先」と結ばれる三木露風の作詞になる『赤とんぼ』の歌は抒情的で、日本国中の多くの人びとが口ずさんできた。「背負う」意の単独の「負う」という動詞が次第に使われなくなり、背中におんぶされて見たという意味が次第に通じにくくなっているようだ。ひょっとすると「追われて」と勘違いする人もあるかもしれない。いずれにせよ、メロディーとともに、「十五で姐《ねえ》やは　嫁に行き／お里のたよりも　絶えはてた」というあたりから、大人も感傷的な気分を誘われるようである。

「夕焼小焼で　日が暮れて／山のお寺の　鐘がなる」と始まる、中村雨紅の作詞になる『夕焼小焼』の歌も何だか懐かしい。はるかな昔、いつかそこに住もうと八王子の野猿峠に広くて安い土地を手に入れた。なだらかな傾斜地で、近くに寺があるらしく折からどこかの鐘の音が響いてきた。きっと夕焼けの空もきれいなことだろう。あいにく夫婦の勤め先である国立国語研究所とICUのどちらにも遠く、通勤に時間がかかりすぎるという現実的な理由で先延ばしにしている間に開発が進んで環境は一変したかもしれない。今でも鐘の音とともに想像した夕焼けの空を思い出すことがある。この歌は、「お手々つないで　皆かえろ／烏と一緒に　帰りましょう」と続き、「子供が帰った　後からは／円い大きな　お月さま／小鳥が夢を　見る頃は／空にはきらきら　金の星」と展開する童謡としてなじみ深い。

谷村新司作詞『いい日旅立ち』も、「ああ日本のどこかに／私を待ってる人がいる／いい日旅立ち　夕焼けをさがしに／母の背中で聞いた歌を道づれに」と流れ、「夕焼け」という情緒あふれる語に対する日本人の感情に訴えかけ、いい雰囲気を出している。

一九七五年晩秋の一日、文学の心と技について作家の話をうかがう雑誌企画の第一回として、原稿執筆のため帝国ホテルに滞在中の吉行淳之介を訪ね、一時間半ほどインタビューした最後に、「作品や作家を解く鍵として、ある意味をもって多用される語ですね、志賀直哉の「拘泥する」「こだわる」のような」と、キーワードの話題を持ち出し、「吉行さんの場合、「汚れ」という語が気になりますね、生活の汚れとか、町の汚れとか」と直観的な印象を述べた。当人は「それは気がつかなかったな。つまり、内容がおのずから多出語を決定していくということでしょうね」と応じた。そこで具体的に、「色彩語では、「石膏色《せっこう》」ですね。あれは、感動のない、倦怠感のようなものを象徴する色として使われるわけですか」と、ためらいながら水を向けると、この作家は「ええ、そうです」と即座に認め、「それと、その逆の「夕焼け」が多いですね。幼児体験がありますね、その二つには。二つか三つの時に、その石膏色と夕焼けについての記憶があるんです」と補足した。とっさに「「夕焼け」は何かの救いですか」と尋ねると、吉行さんは「いや、感動的なものなんでしょうね。感動と言うより、生理的感動と言うのかな」と、遠くを見るようなまなざしになった。

【虹】びしょ濡れで眺める虹

雨あがりなどに、太陽と反対側の空中に、円弧状の彩りが立ち現れ、しばらくして消えてしまう。あの自然現象の「虹」に結ぶ夢も、「夕焼け」と似ているかもしれない。はかなさを象徴するイメージで、日常の会話にも現れ、詩や歌にも詠まれる。「空にさえずる鳥の声／峯より落つる滝の音」と始まる武島羽衣作詞の『美しき天然』という曲に「朝《あした》に起る雲の殿／夕べにかかる虹の橋」とある。上原尚作作詞のムードコーラス『ラブユー東京』に「七色の虹が消えてしまったの」とあるように、はかなく消える。

虹は太陽光線が大気中に浮遊する水滴にぶつかり光が分散する現象で、光が色ごとに屈折率が異なる関係でさまざまな色彩に分かれるのだという。歌の文句どおり日本人はこれを赤から紫までの七色と見るが、いくつの色を認識するかは国によって違うらしい。「虹」という漢字は龍のイメージと関係するらしく、英語の「レインボウ」は「雨の弓」だから、この不思議な現象から何を連想するかもその国による。日本人は「虹」を多彩な色よりも、この曲のように、はかなく消え去るものというイメージでとらえてきたようだ。

空中に短時間出現するこの現象を詩的に受けとめるのは日本人だけではない。英文学者の福原麟太郎は随筆『ワーヅワスとラム』の中で、イギリスの文学者たちのこんな逸話を紹介している。詩人のワーズワースが雄弁に詩論を展開していると絶妙の半畳を入れていたチャールズ・ラムが、酔った勢いでニュートン攻撃を始める。すると、今度は詩人のキーツも同調して、「虹の色をプリズムで分解してしまい虹の詩的美を壊してしまった奴はけしからん」と言い出し、みんなでニュートンのために杯をあげ、「数学に混乱あれ」と祈ったという。一流の詩人や随筆家にしてはいささか大人げないとも思うが、科学が「虹」にまつわる人間の夢を粉々に砕いたのは事実で、その気持ちは痛いほどよくわかる。

井伏鱒二に『太宰治と岩田九一』と題する作品がある。どちらも井伏の弟子筋にあたる作家だが、太宰が大仰な身ぶりを交えてあけっぴろげに笑うのと対照的に、岩田は反っ歯を気にして、おかしくても前歯をのぞかせるだけだったという。その岩田の短篇が雑誌に載ることになったのを喜んだ太宰が井伏に報告し、そのあらすじを語って聞かせる。着物を買ってもらいたい一心でせっせと家事の手伝いをする倅《せがれ》を見直した母親が、その言うままに結城の着物を買ってやる。嬉しくてじっとしていられない息子の岩田君が早速それを着て東京に出てくるが、あいにく新宿で夕立にあって、せっかくの着物がびしょ濡れになる。それが結城の単衣《ひとえ》だから「スルメイカを焼いたように」縮みあがってしまった。泣く泣く小手指村に帰ると、雨が止んだらしく「東京の方角にあたって空に美しい虹が立っている」。おおよそそんな筋らしい。新しい着物が濡れたのは誰に文句の言いようもない。虹が美しく見えるほど、どこか皮肉な感じがして、岩田君の気持ちは複雑だったことだろう。

【星】消滅した星が光る

『右門捕物帳』や『旗本退屈男』などで知られる佐々木味津三の作品『あまい恋』にこんな話が出てくる。天文学専攻の学生が卒業を目前にして中途退学する。「星を観ているうちに、学校なんかいやになった」のだという。何億年という宇宙の歴史に比べれば、百年にも満たない人間の命はあまりにも短く、人生などどうでもよくなるのかもしれない。

果てしなく長寿のその星も、そのまたたきが感傷的な気分を誘うのか、歌の世界では抒情的に扱われてきた。「あの町　この町／日が暮れる」と始まる野口雨情の『あの町　この町』も「お空に　ゆうべの／星が出る　星が出る」と流れ、堀内敬三訳詩の『冬の星座』には「木枯とだえて／さゆる空より」「きらめき揺れつつ／星座はめぐる」、永六輔作詞『上を向いて歩こう』にも「にじんだ　星をかぞえて」「悲しみは　星のかげに」とある。

尾崎一雄は『もぐら随筆』に「何億年前に消滅した星の発した光りが、依然として地球に向って走りつづけている」ことを思えば、「セミだのキリギリスだのという小さな生物の短い一生」も人間の命と似たようなものかもしれないと書き、「一日で死ぬカゲロウや、何日かで死ぬセミなどの一生は、余《よ》ほど充実した時間なのではあるまいか」と添えた。

人間は昔から星をも生き物ととらえてきた。遠く離れたいくつかの星を一平面上に関連づけ、それぞれの形から神や英雄や動物などを連想しては恒星の群に名前をつけ、勝手な物語を空想する。そういう人間の本質的な気ままさが、露ほどの命に潤いを与えてきた。夜空に白い流れのように見える星の集合体を「銀河」と呼び「天の川」と名づけたのもそうだ。鷲座のアルタイルを牽牛星、彦星と呼び、琴座のベガを織女星、織姫星と呼び、年に一度、七夕に二人がめぐりあうという伝説に発展するのも、人間の勝手な夢であり、驚くべき想像力だ。

小林一茶に「うつくしや障子の穴の天の川」という意表をつく句がある。美しい星の流れを破れた障子の穴から眺めるというのだ。世の中を斜めに見る一茶らしく貧乏暮らしを楽しんでみせたように読めるが、善光寺における病中吟というから、寝ていて障子の穴からたまたま見えた天体の思いがけない美しさ、深さに心を打たれたのかもしれない。

【月】手が届きそう

「月やあらぬ春や昔の春ならぬわが身ひとつはもとの身にして」という在原業平の一首は、月も春も昔のままではないのだろうか、自分だけは何も変わっていないのに、という意味だが、逢瀬《おうせ》を重ねてきた相手が不意に居を移し連絡もできなくなった状況で、人の心変わりを深く嘆く背景があるという。「木の間よりもりける月のかげ見れば心づくしの秋は来にけり」という読人不知の一首は、木々の間から洩れてくる月の光を眺めていると、物を思い、心こまやかになる秋という季節がめぐってきたとしみじみ感じるという意味だ。

僧良寛は「ぬす人に取残されし窓の月」という句を残した。泥棒に入られてごっそり持って行かれた家でも、月までは盗めないと見えて、ひっそりとした窓に月影が映っている。そのわずかなぬくもりが人の心を慰める。さらに時代は下り、美術史家で書家としても名高い会津八一に「かすが野に　押してるつきのほがらかに　あきのゆふべとなりにけるかも」という大らかな一首がある。春日野に隈なく照りわたる月の光が清らかに澄んで明るく、もうすっかり秋の夕べとなった。のびやかな調べが人の心にしみるのは、古都を愛する作者の情が伝わるからだろう。

「春高楼の花の宴　めぐる盃かげさして　千代の松が枝わけいでし　むかしの光いまいずこ」と流れる名曲でも、「荒城の月」と題するように、土井晩翠は遠く過ぎ去った月影を思い描いている。過ぎ去った時代を偲んだあと、今度は実際に季節の月を眺めてみよう。中村汀女は「外《と》にも出よ触るるばかりに春の月」と詠んだ。潤んでふくれ、黄の色が溢れるような春の月が、手を伸ばせば届きそうなほど近くに見えて、すっかり童心に返った母親が思わず子供に叫んだ句らしい。野沢凡兆の「市中は物のにほひや夏の月」では、「いちなか」と読んでも「まちなか」と読んでも、意味はごみごみした「町中」。夕方になっていくぶん涼しくなったものの、まだ蒸し暑く、汗やら煮炊きする食べ物の匂いやら町にはいろいろな生活臭が漂っているが、空には夏の月が涼しげに照っている。

「月」ということばが秋の季語であるように、澄んだ秋の夜空に月がくっきりと見え、一般には「明月」と呼ばれる。その代表が陰暦八月の十五夜で、「中秋の名月」と呼び、月見の宴を張った。与謝蕪村に「月天心貧しき町を通りけり」という句がある。人びとの寝静まった夜ふけに通りかかると、折から月は空の真ん中にあって、その貧しい町を明るく照らしていて美しい。思いがけない発見だったかもしれない。時代は下って「冬の月寂寞として高きかな」という日野草城の句がある。「寂寞」を音読みすれば思索的に、「ひっそり」と読めば写生的になる。静かな冬の夜に月が遠く感じられるのが発見だろう。

【月夜】桜月夜

柿本人麻呂に「去年《こぞ》見てし秋の月夜《つくよ》は照らせれど相見し妹《いも》はいや年さかる」という短歌がある。「さかる」は「遠ざかる」の「離かる」で、間が離れてゆく意。去年の秋に澄み切った夜空を仰ぎ、一緒に明るい月を眺めた相手はもうこの世にいない。今年も同じ月の光が照り、日が経つにつれて、何だかあの人が次第に遠ざかるような気がしてならないと、恋妻を亡くした悲しみを嘆く一首である。

大江千里の「照りもせず曇りもはてぬ春の夜のおぼろ月夜にしくものぞなき」という短歌は

中国の唐代の白楽天、すなわち白居易の詩文集『白氏文集』中の漢詩句を題材にした作品という。明るく清らかに照りわたるわけでもなく、そうかといって、曇って月の姿がまったく見えないというのでもない、春の夜のぼうっと霞んで見えるおぼろ月ほど味わい深いものはないという感慨を詠んだ一首。おぼろげな美を讃えるのは日本人好みらしい。

夜桜を詠んだ近代の作として、与謝野晶子の「清水へ祇園をよぎる桜月夜こよひ逢う人みなうつくしき」という一首は、多くの日本人の心に鮮やかに刻まれていることだろう。春の京都、花街《かがい》の祇園を通り抜けて清水寺方面へと向かう東山山麓の道である。今まさに春のおぼろ夜、今を盛りと咲き誇るのは祇園のしだれ桜だろうか。いつもよく歩いている道だが、今夜はひときわはなやかで、夢のように感じられる。だらりの帯の舞妓だけではなく、きっと着飾った和服姿の令嬢もしとやかに行き交っていたのだろう。まさに「桜月夜」とでも呼びたい、はなやかな幻想風の美が漂う、夢うつつの作品である。

中原中也の詩『月夜の浜辺』は「月夜の晩に、ボタンが一つ　波打際に落ちていた。月夜の晩に、拾ったボタンは　どうしてそれが、捨てられようか」と結ばれる。なぜかそのボタンは「指先に沁み、心に沁みた」からだという。若き詩人の感じた秋の情緒だろう。

小林一茶の「酒尽きてしんの座につく月見哉《かな》」という一句は、人間どうしても酒食が中心になり、酒のある間はなかなか真の月見の座につかないの意。身に覚えがあるのだろう。

【日】光の中へ溶けて

珠玉の私小説俳句を唱えたという藤田湘子に「眉にまづ薄明いたる春隣」という句がある。「薄明」という語は空が薄ぼんやりと明るく見えている現象をさす。日没後にもありうるが、ここは日の出前の雰囲気を思わせる。昇る太陽の光が見え始めるより前に、空が白みかけて薄っすらとした明かりが、目というよりは眉のあたりに何となく感じられるのだろう。それがいくらか早くはっきりと感じられ、どうやら春が近づいたような気がする。

『朝のリレー』と題する詩で谷川俊太郎は「ニューヨークの少女が　ほほえみながら寝がえりをうつとき　ローマの少女は頭を染める朝陽にウインクする」と世界規模の展開を試みた。地球が回転していると知っている現代人にとって、地域ごとに時刻が異なるのは常識だが、今という瞬間にさまざまな国の今を思い浮かべる人はめったにいない。詩人の感覚でそこをイメージ豊かに描くことで、読者はその当然のことに思わずはっとする。

藤沢周平は『三月の鮠《はや》』という小説で「濁った水面に、昼過ぎの日が映っている」と書き、その「日はほとんど静止して見える水の上にまるくうかんだかと思うと、次の瞬間には小さな渦に形を掻き乱されて、四方に光をちらしてしまう」と、水面の映像をとおして昼間の日の姿を動きの中で鮮やかに描いてみせた。このように昼間の日の姿を描写した例は少ない。

文学作品の中で描かれる例は情緒をかきたてる夕日が圧倒的に多い。

平資盛との恋から壇ノ浦での平家滅亡の悲哀を経験することとなった建礼門院右京太夫は、「夕日うつる梢の色のしぐるるに心もやがてかきくらすかな」という一首を残した。夕暮れの光をとどめてほの明るかった梢のあたりもいつしか暗く時雨れ始めると、自分の心も暗澹《あんたん》とした悲しみに暮れるというのである。

三好達治が詩の中で「泣きぬれる夕日に向って　轔々《りんりん》と私の乳母車を押せ」と訴えかけるのも、次第に明るくなる朝日でも、長々と照り続ける昼日中の太陽でもなく、間もなく沈んでしまう夕日に向かって母親に哀願しているのだろう。松本たかしが「もの皆のふちかがやきて春日落つ」という一句を残したように、夕日は風物の一日の終焉《しゅうえん》を彩る。

随筆の名手であった串田孫一は『秋の組曲』で、五人の乙女が歩きながら着ていた毛糸を脱ぐと、「焦げたような、懐かしい埃の匂いがするように思った」ことを記した。峠まで送って行く「私」の存在をすっかり忘れたように、乙女たちは「真紅の落日に向って駈けて」行き、「私」はすっかり引き離されてしまう。「夕日が波紋のような最後の光をやっと人の目にも見えるように放っている中へ、五つの影が入って行」く。見ると、「彼女たちの影のへりは金色になり、それが段々と影の方へ浸入して来て」、「細い腕だの、ひるがえる帽子のリボンなどは光の中へ溶けて」しまう。美しい描写だが、底抜けに明るいわけではない。若い女の子たちの狂奔する生命力に快く呆れながら、すでに青春を使い果たし、もはや感動して眺めるほかはないわが身の侘しさが、織り縞のように陰翳を深めている。

福原麟太郎は『四十歳の歌』と題した随筆で、人生は四十からなどと強がる生き方を未熟として退ける。長生きになった現代を基準とすれば当時の四十歳は五十代後半か還暦あたりの年頃に相当するかもしれない。人間は中年に達する頃には自分の能力や適性がわかり、生きている間にあと何ができて何ができないかという見当がつくはずだ。これが自分の人生なのだと悟り、「落ち着いて青空を眺めよう」という心境になる。「これからさきは力一杯に出来ることをして、秋の夕陽の中で静かに熟れてゆこう」というのである。

気象

晴れた空から忘れられた夢のように白い雪片が

【灯】夜の脈搏

『徒然草』の第十三段に「ひとり灯のもとに文をひろげて見ぬ世の人を友とするぞ　こよなうなぐさむるわざなる」とある。「灯」は「ともしび」と読み、淡く小さな明かりをさす。ここでは、本を読むためにともした明かり。「文」は「ふみ」と読んで手紙類をさすこともあるが、ここは「ぶん」と読み、特に文学や学問に関する文章をさす。「見ぬ世」は自分の見たことのない世の中、つまり、すでに過ぎ去った世の中を意味するから、「見ぬ世の人」で、会ったこともない昔の人をさす。同じ時代に生きていないと直接話をすることは不可能だが、書いた物を読むぶんには、同時代に生きていなくても可能である。ここも読書の楽しみを強調したくだりだ。日が落ちてから一人明かりをたよりに書物を広げていると、ずっと昔の人とことばを交わしている気分になり、この上もなく心が慰められる。そんな意味合いの一節で、本を読むことの効能と魅力を説いた吉田兼好の読書論である。

谷崎潤一郎の『陰翳礼讃』は、一編全体が薄暗がりに美を求め、その陰翳を大事にしてきた日本の伝統文化を語っている。京都の老舗の料理屋で電燈の明るい光を避け、行燈式の電燈よりさらに薄暗い燭台を用いて、蠟燭の焔の穂先がゆらゆらとまたたく中で、その蔭にある膳や椀を見つめると、漆塗りの器の「沼のような深さと厚みとを持ったつや」が電燈の明かりの下で見るのとはまるで異質の美が魅力をかきたてる。古く工芸家が漆を塗って蒔絵をほどこす折に金色を贅沢に使ったのは、あくまで暗い部屋を想定し、乏しい光の中で闇に浮かび出るぐあいや、灯を反射する加減を考えて、焔の揺れるがままに少しずつ底光りして奥深さを感じさせる配慮による。太陽光線や明るい電燈のもとでは派手派手しく俗悪な感じを与えるのは当然で、「豪華絢爛の大半を闇に隠してしまっている」からこそ、「云い知れぬ余情を催す」のだ。暗い部屋の漆器に蠟燭の光があたり、穂先の揺らめきを映す風の訪れを眺めると、焔の揺れる「灯のはためき」が「夜の脈搏」と感じられる。

【火】五彩の花々

「火の無い所に煙は立たぬ」という諺は有名で、噂の出所などをめぐって今でもよく使われる。火というものがなければ煙が立つはずはなく、煙があがる以上はどこかに必ず火があるはずだというところから、噂が立つからには必ずどこかにそれなりの根拠があるにちがいないという意味合いで用いられている。

以前ある座談会の席上で詩人の大岡信が、最近うずみ火そのものを見かけなくなっただけでなく「埋み火」ということばまで通じなくなったことを嘆いた。炉や火鉢などの灰の中に埋めた炭火のことで、冬の季語になっている。江戸後期の歌人香川景樹に「うづみ火のにほふあたりは長閑《のどか》にて昔がたりも春めきにけり」という一首がある。外は寒い冬ながら、ここは炉の中に埋み火が見えて暖かくのんびりとしていて、たがいに語りだす昔話もどこか春めいて感じられるというような意味だろう。

わが家の東側を南北に道が走り、昔その道路の東の土地が広々と空いていて、さらにその東側に畑が広がっていた。そのころ、毎年八月末になると花火大会が開催された。家の主人が二人の男の子を連れ出して催すと近所の子も見物に集まる。ゆく夏を送ったこの家庭のささやかな年中行事も、広場の跡地に二棟の集合住宅と十三軒の個人住宅が建ち並ぶ今では、まさに夏の夜の夢のように思われる。夜空を彩る花火も、その名のとおり「火」である。永井龍男は小説『風ふたたび』で本物の花火大会の空を「金のあざみ、銀のあざみ。柳の雪が燃え、散る菊にダリヤを重ねる。五彩の花々は、絶え間なく空を染め、絶え間なく空に吸い込まれた」と華麗に描写した。吸い込まれるように見上げていたヒロイン香菜江がめまいのように毛氈《もうせん》に腰を落とす。爆音のこだまが一度に襲い、手のひらで顔をおおうと「眼の中にも花火があった」。読者も思わず息をのむ一節である。

【影】体を染める

「日」「灯」「火」と光をたどってきたが、このへんでそれとは対照的とされる「影」に移ろう。この語も「月影」「星影」のように光をさす用法もあるが、光をさえぎった物の後ろに生ずる黒い形をさす例が多い。「天井へつかへて曲る影法師」という川柳の場合も同様だ。光のあたる角度によっては実物より大きく写ることも多く、実物なら天井を突き抜けるほどの長身はめったにないが、ここは影法師だから天井までに入りきらず余った分はそこから横に曲がって写っているのだ。当然の現象に驚いてみせたところから滑稽が生ずる。

村上春樹の小説『ノルウェイの森』に印象的な影の描写が出てくる。精神を病む直子が療養中の京都の山奥の施設を訪ねた主人公が夜中に遭遇した夢とも現《うつつ》ともさだめがたい場面である。無表情の直子がガウンを脱ぐと中に何も身につけていない。やわらかい月の光に照らされた体は生まれ落ちて間もないように艶やかで痛々しい。ほんの少しずつ体を動かすと、「月の光のあたる部分が微妙に移動し、体を染める影のかたちが変」わる。「丸く盛りあがった乳房や、小さな乳首や、へそのくぼみや、腰骨や陰毛のつくりだす粒子の粗い影はまるで静かな湖面をうつろう水紋のようにそのかたちを変えていった」とある。

【水】鉄瓶の口から

武島羽衣の作詞になる『美しき天然』の歌が「空にさえずる鳥の声　峯より落つる滝の音」と始まるように、日本人は水音にさまざまな思いを寄せてきた。「つの国の高野の奥のふる寺に杉のしづくを聞きあかしつつ」という良寛の一首もその一つだ。「つ」の原字は「都」とのこと。「つの国」は「きの国」の誤記ではなく、摂津の国をさすという説もあるという。詞書に「高野のみ寺にやどりて」とあるところからも、そこで一夜を過ごした折の作と思われる。一説に、父親の以南が最後に高野山に身を隠したとされるらしい。長男に生まれながら山本家を継がなかった自身を顧みて人知れず物思いに沈んだのか、いずれにしろ若き日に杉の雫の音を聴きながら眠れない一夜を過ごしたようだ。この杉の下の微かな音は心に重く響いただろうが、むろん心地よい水音もある。橘曙覧《あけみ》の「たのしみは昼寝目ざむる枕べにことことと湯の煮てある時」の一首はその一例だ。昼寝をして眼を覚ますと、脇で囲炉裏か火鉢かの上でことこと鉄瓶の湯が煮えている音が聞こえるのが楽しみだという。

水は聴覚だけでなく視覚的にも楽しめる。「掬《むす》ぶ手に涼しき影を慕ふかな　清水に宿る夏の夜の月」という西行の短歌は、清水に手をのばすと折から夏の月が涼しい光を投げかけてくるという爽やかで心地よい一首である。同じく鎌倉前期の歌人藤原定家に「秋風のかつふきはらふ谷の戸に　おもふもきよくすめる山水」という一首がある。こちらは澄みきった秋の水だ。

秋風が吹き払う谷の入口近くの住い、思っただけでもきれいに澄んでいるように見える、この山川の水は。そんな歌意だろう。「すめる」という音に「澄める」と「住める」という二つの意味を連想させるのが趣向で、山家住いをする世捨て人の境涯をどこか羨むような気持ちがこもっているらしい。

昭和九年に発表された中村草田男の初期作品に「冬の水一枝の影も欺かず」という一句がある。のちに「人間探究派」と呼ばれる思弁的なこの俳人にも、このような透徹した写実の句があったわけだ。木の枝一本もそのまま映しだす、冬の水の澄みきって静止した姿をまっすぐにとらえている。「一枝」と「欺かず」との命の切り結びに草田男の鋭い呼吸を感じさせるという。昭和も三十年代になって高浜虚子の次女にあたる星野立子は「水温む　静かに思ふことのあり」という一句を得た。父親の一周忌も間近の時期に心をきめた作品という見方もあるようだ。

今度は水の味覚である。永井龍男『暖かい冬』という随筆で、「水の味は、寒気のきびしい夜半にかぎる」とし、「酔いざめの水の基本は、厳寒の夜に、鉄瓶の口から直かに呑む甘露の味にある」ときっぱりと言い放つ。むろんそれを味わうために酒を呑むわけではない。「今夜も愚かしく呑み過ごしたことよ」と思いつつ「生命をいつくしむ」のだという。夜半に口に入れる「水の密度が、鉄瓶と合わなくなり、俗に云う花が咲いたように荒く、舌に感じるようになれば、間違いなく春が来ている」と、上戸ならではの季節感を展開する。

【雨】溜息のように

「雨降って地固まる」という諺は、雨が降るとそのあと地面が固く締まるように、困難なことや悪いことがあってその試練に耐えたあとかえっていい状態になる、というような意味合いで、昔からよく使われている。「俄雨昼寝の上ゑほうりこみ」という庶民のあわてぶりをスケッチしたような川柳もある。また、雨の降り方は予測が立ちにくいところから、「本降りに成て出て行く雨やどり」という皮肉な現象をとらえたものもあり、また、門の庇を借りているうちに「雨やどり額の文字を能《よく》おぼへ」という結果にもなりかねない。

『城ヶ島の雨』と題する北原白秋作詞の曲は、「雨はふるふる／城ヶ島の磯に」と抒情的に始まり「利休鼠の／雨がふる」と抒情的に展開し、「雨は真珠か／夜明けの霧か」と視覚的な連想の翼を広げ、「それとも／わたしの／忍び泣き」と思いもかけない心理面へと跳びはねる。そういえば、サトウハチローの『夢多き街』に「二三日降りつづいた雨が、溜息のようにトタン屋根をぬらしてる」という描写が出てきて、はっとする。湿りけをもたらすものとして「息」というイメージを持ち込んだというだけではない。詩人の口からそこに「溜息」ということばが吹きかけられることによって心理的な潤いを帯びるのだ。

季節の雨としては、春雨がよく詠まれる。藤原俊成の「思ひあまりそなたの空をながむれば霞を分けて春雨ぞ降る」という一首は、恋の思いに堪えかねてあなたの住む方角の空をじっと眺めていると霞を分けるような感じで春の雨が降っているという歌意で、なかなか会えない相手に書き送ったものだという。

時代は下って与謝蕪村に「春雨やものがたりゆく蓑と傘」という句があり、南画風の趣があるとされる。「蓑」を着ているのは漁師か百姓か、あるいは樵《きこり》か、傘をさしているのは町人か村人か、世捨て人か、もしかすると女の人か、どういう関係の二人か知る由もないが、雨具からどうやら身分が違うと思われる二人が、春雨の中を何か語り合いながら遠ざかってゆく。そんなちょっと気になる一場面をとらえた微妙な句で、感興を重視し、水墨や淡彩で風景を描くやわらかいタッチの文人画の雰囲気を思わせるのだろう。

梅雨時の白っぽい雨もある。円地文子の小説『妖』にこんな描写がある。「梅雨時のしんめり冷やかな午後」に「坂に出て、人気の絶えた往来の静かさ」に浸っている場面だ。「薄鈍《うすに》びて空に群立つ雲の層が増して、やがて又小絶えている雨が降り始めるのであろう」とリズミカルに展開する一文から、論理の小さな〈間〉を挟んで詩的な空間をつくりだし、「千賀子はこの季節の白い光線を滲ませて降る雨が好きなのである」と流れるのである。

「夕立」が夏の季語となっているように、夏の午後から夕方にかけて急激に降りだす雨が多く、しばしば雷をともなう。「かみなりをまねて腹掛やつとさせ」という川柳もある。この場合の「腹掛け」は職人の仕事着ではなく、昔、子供が寝冷えをしないように腹の部分に当てた布をさす。雷様がへそを取りに来るという俗信を利用して、その腹掛けを嫌がる子供にやっとさせる、そんな当時の家庭の一景である。

また、寒くなってからの「寒雷」という季語もあり、現代になって阿部みどり女は「寒雷をひとつころがし海暁《あ》くる」という一句を発表した。寒い中、ひとしきり雷が鳴って、見ると海が明るくなりかけている。ゴロゴロという音を「転がす」ととらえた壮快な作。

一般に雷にはすぐ夕立という連想がともなう。その夕立はきわめて局地的に降ることが多く、「夕立は馬の背を分ける」という信じがたい諺さえある。雨が一頭の馬の背中の片側だけを濡らし、もう片側は乾いたままだという意味らしく、夕立の場合の雨の降り方がいかに局地的な現象であるかを極端に誇張した表現として笑いを誘う。

佐藤春夫の長編随筆『田園の憂鬱』に、「静かな雨が野面を、丘を、樹を仄白く煙らせて」降りそそぐ場面が出てくる。その雨が「家のなかの空気をしめやかに、ランプの光をこまやかなものに」し、それに包まれて坐る人間の心に「旅愁」に似た情感をよびおこし、「秋の雨自らも、遠くへ行く淋しい旅人のように、この村の上を通り過ぎて行くのであった。彼は夜の雨戸をくりながらその白い雨の後姿を見入った」と、景と情との溶け合った描写が続く。

晩秋から初冬にかけて断続的に降る雨を「時雨」と呼ぶ。季語としては冬になる。西行に「色深き梢を見てもしぐれつつ　ふりにしことをかけぬ日ぞなき」という短歌がある。「しぐれつつ」は「時雨」のイメージから「涙を流す」ことを暗示する。葉がすっかり色づいた梢を見ても、過ぎ去った日々を涙ながらに思い出さない日はない、という歌意だろう。「ふり」に

「降り」と、時を経る意の「古り」を懸けている。

実りの秋は去り、木々の紅葉も終わって冬に入る時期は何だか心細い。「もしもやと残る木の葉をうたがへど　今はしぐれの音のみぞする」という藤原定家の一首も、そういうわびしい気持ちを詠んでいる。ついこの間までは、もしかしてまだ残っていた木の葉の散り落ちる音かと疑う日もあったが、今ではもう時雨の音のみ聞こえる。

江戸前期の俳人内藤丈草には、「淋しさの底ぬけて降るみぞれかな」という深刻な句がある。蕉門十哲の一人で、芭蕉の没後、その墓所の近くに草庵を結んだという。この句の前書きにも「比良比叡」云々、「粟津野（滋賀県）の草庵にともし火きえ、香尽たるよもすがら」とあるらしい。闇の空から果てしなくみぞれ降る夜ふけ、独居を侘びる淋しさはいよいよ増し、まるで底が抜けたようにどこまでも深まってゆく。

【雪】古窓の前

冬まだ浅く、時雨から雪へと移る季節には、庭に降った雪が珍しい。「木の間洩る月の影とも見ゆるかな　はだらに降れる庭の白雪」という西行の一首は、庭にまだらに降り積もった雪の姿を見て、一瞬、樹木の枝の間から漏れてきた月の光かと思ったことを詠んでおり、雪と気がついてはっと驚く感懐が伝わってくる。

藤原定家に「おいらくは雪のうちにぞ思ひしるとふ人もなしゆく方もなし」という一首がある。雪が降り積もると通りにくくなり、おのずと友人知人を訪ねる機会も稀になる。そういう一般的な傾向とは別に、雪が降ると、「おいらく」すなわち自分の老いというものをしみじみと思い知る、そういう心境になるらしい。こんな雪の中を、こちらからわざわざ訪ねて行くような相手もいないし、またぜひとも訪ねたいと思うような場所もない。そういう歌意らしい。そう考える心の奥底にはきっと、昔はこうではなかったという思いが去来することだろう。だからこそ自分のすっかり老いてしまったことに気づき愕然とするのだ。

「是がまあつひの栖《すみか》か雪五尺」という一茶の句はよく知られる。雪深い土地のここが人生最後の住いとなるのかという一茶の溜息の聞こえそうな一句である。継母や義弟との遺産争いが大詰めを迎え、一茶が江戸を出て七日後に故郷の柏原に入った陰暦十一月下旬は雪続きだったらしく、そういう実景を前にして「是がまあ」とぼやいたという。中七を「死に所かよ」とする案もあったらしく、ぼやきにはまさにぴったりだが、江戸俳壇の大家夏目成美の評価に従い「つひの栖か」に落ち着いたという。同じ溜息でも気品が出たようだ。

江戸後期の僧良寛に「草庵雪夜作」と題する漢詩がある。七十代の半ばに没しているから最後の心境と見られる。読み下すと「首《こうべ》を回《めぐ》らせば七十有余年《しちじゅうゆうよねん》／人間の是非を飽くまで看破す／往来　跡幽《あとかす》かなり　深夜の雪／一炷《いっしゅ》の線香　古窗《こそう》の前」となるらしい。顧みれば七十年以上も生きて、人間の善いこと悪いことを飽きるほど見てきた、深夜になっての雪で往来は途絶えているようだ、古びた窓《まど》に寄り、自分は今、一本の線香をとぼして正坐している。悩み、祈り、名筆と数々の味わい深い詩歌を遺した老人の最晩年の姿である。

近代以降では、中村草田男の「降る雪や明治は遠くなりにけり」という句が広く知られている。東京青山南町の小学校の前を通りかかったところ、黒い外套に金色のボタンを光らせて小学生が出て来た。それを目にした瞬間、明治末年に自分たちが黒い絣《かすり》の着物でこの学校に通っていた頃を思い出し、すっかり時代が変わってしまったことを痛感した句という。

詩では「太郎を眠らせ　太郎の屋根に雪ふりつむ／次郎を眠らせ　次郎の屋根に雪ふりつむ」という三好達治の短い単純な作品が日本人の心の奥にしみこんでいるだろう。子供たちが眠り、囲炉裏端で夜なべ仕事をしていた大人も寝床に入った夜ふけになっても、雪は降りやまず、どこの家の屋根も白い厚みを増してゆく。当時はそこいらでよく見かけた「太郎」「次郎」という男の子の名前を並べ、雪国のふつうの家々を象徴させ、郷愁をよぶ。

中原中也の「汚れっちまった悲しみに／今日も小雪の降りかかる／汚れっちまった悲しみに／今日も風さえ吹きすぎる」という詩も広く知られている。自分の奔放な生き方が世間に受け入れられないことからくる自己嫌悪をともなう悲しみ、沈んだ気持ちで歩いていると、雪が降りかかり、風が吹きすぎて、なお孤独感が募るのだろう。

『曠野の歌』と題する伊東静雄の詩は、「わが死せむ美しい日のために／連嶺の夢想よ！　汝《な》が白雪を消さずにあれ」と始まる。高い連峰に降り積もった清浄純白の雪が、自分がこの世を去る瞬間まで消えないことを願い、「わが永久《とわ》の帰郷を」「高貴なる汝が白き光」が見送るようにと祈る作品のように思われる。

雪に関する壮大なイメージとなれば、草野心平が『絶景』の中で描いた「凪いだ夜中の海面《うみづら》に。／億兆億の雪が沈む。」ととらえた光景だろう。その雪の印象は「死への道連れであることに華やぎながら。／それぞれ先を争いながら。」であり、そうして、「死よりもしずかに。／雪は。／沈む。」と結ばれる。その「道連れ」は肝腎の「死」よりも静かだという。

同じ作者の平仮名でずばり『ゆき』と題する詩は、くりかえされる音のリズムで読者の耳にいつまでも残る。それはまず、雪はしんしんと降るの「しんしん」をくりかえす冒頭の行、次の行も同じく「しんしんしんしん」だけで、これで第一聯が終わる。第二聯は「しんしんしんしんゆきふりつもる」という行を四回くりかえし、それだけで終わる。そして、最後の第三聯は「しんしんしんしん」を二行並べた第一聯とまったく同じ形である。何回くりかえしても情報量は増えないが、音もなく雪がいつまでも降りつづける情景が読者のまぶたの奥深く焼きつき、「しんしん」で象徴される雪の音感が心理的に響くことだろう。

川柳に「小言言ふ内になくなる春の雪」とあるように、春の雪は淡く、すぐ融けてしまう。ひらひらと舞う雪もある。こんな意外な現象も雪というもののはかない姿だ。福永武彦に『風花』と題する短篇がある。「白い細かなものが宙に舞っていた。それはあるかないか分らない程かすかで、ひらひらと飛ぶように舞い下りた」と描いてある。遠くに降った雪が風に飛ばされて意外に遠くへ運ばれる現象だが、降り積もった新雪が風にあおられて舞いあがる場合にも言うらしい。「晴れた空から忘れられた夢のように白い雪片が舞い下りて来るのを見るたびに」、陶酔を感じ、「ああ、風花か」と声に出して呟く。「かざばな」とも読むらしいが、「かざはな」と澄んで読みたい。父が教えてくれたそのことばを口にするたびに幼時を思い出すのかもしれない。読者の胸に人生のはかなさを刻む作品だ。

【雲】はぐれた白い雲

雲といえば日本人の心にすぐ浮かぶのは「行雲流水」という四字漢語かもしれない。雲は風の吹くままに動き、水もおのずと低いほうに流れる。偉大な自然の法則に沿って、まったく逆らうことがない。人間も身をまかせきって素直に生きられればと願う。

『柿本人麻呂歌集』から採られたという万葉歌「あしひきの山川の瀬の響《な》るなへに弓月《ゆづき》が嶽《たけ》に雲立ち渡る」の一首は、ありのままの自然を視覚的・聴覚的にとらえた雄々しい響きが作者の心の昂揚を感じさせる。「山川」は山と川をさす「やまかわ」ではなく、山の中を流れる「やまがわ」で、ここでは奈良の三輪山近くを流れる痛足川《あなしがわ》をさすという。山川の瀬音と高峰を覆うばかりの雲の量感とを対峙させた大きなスケールが印象的である。

藤原定家の「春の夜の夢の浮橋と絶えして峰にわかるる横雲の空」という一首も広く知られ

る。水の上に筏《いかだ》や舟を並べて橋の代わりしたのが建造物でない「浮き橋」。「夢の浮橋」ははかない夢をさす。空に浮橋を架けるような甘美で悩ましい春の短夜の夢がぷっつりとだえ、眼を覚ますと、明け方の空にたなびく横雲がちょうど峯から離れてゆくところだ、そんな歌意のようだが、恋の夢が、短い春の夜の逢瀬そのものの中断を暗示し、それによって痛みをともなう恋愛感情がいっそう濃く匂いたつ甘美な情緒が読みとれるともいう。

時代は下って近代に佐佐木信綱は「ゆく秋の大和の国の薬師寺の塔のうへなる一ひらの雲」と、まさに「雲」に焦点を定めた一首を残した。「ゆく」はその場から遠ざかる意だが、「行く」のほか「逝く」と書いて、それを惜しむ心をこめることもある。ここの「ゆく秋」にも、過ぎ行く季節を惜しむ気持ちがこもっているだろう。どこまでも澄みきった秋の空に浮かぶ一片の白雲を追って、作者の眼は大和の国から薬師寺へ、さらに塔の上へと的をしぼり、雄大な構図を定める。白鳳時代の様式をそなえた建物の前で遥かな昔を偲ぶ。

前田普羅の「春昼や古人のごとく雲を見る」という句も大きなスケールを感じさせ、境地に通うものがあったかもしれない。のどかな春の日の午後、ぼんやり空を仰いで雲を眺めていると、なんだか昔の人のような気分になってくる。わかるような気がする。

伊東静雄の『夏の終り』という詩は「夜来の台風にひとりはぐれた白い雲が、気のとほくなるほど澄みに澄んだかぐはしい大気の空をながれてゆく」と始まる。戦後に発表された詩集『反響』はかつての内的リズムを感じさせず散文的になり、この時期になって三好達治はこの詩人の作品をようやく認めたという。孤独の爽やかさの漂うこの詩もそこに含まれている。

高村光太郎の詩集『智恵子抄』の一編『樹下の二人』は「あれが阿多多羅山／あの光るのが阿武隈川」と始まり、少し置いて「この大きな冬のはじめの野山の中に／あなたと二人静かに燃えて手を組んでいるよろこびを、下を見ているあの白い雲にかくすのは止しましょう」と展開する。ここにも大自然の中のささやかな人間の営みが描かれ、ひとひらの白い雲が象徴的に働いている。

サトウハチローの『夢多き街』に『よじれる九月』という詩がある。空を見ながら「また来年ね」「きっとよ」と約束して別れるお嬢さんに、「今年の雲が、来年も同じ形で沖に浮かぶと思っておいでなのですか」と話しかけたくなる。たしかに同じ季節でも同じ形の雲が浮かぶことはめったにない。人生もそう、どの一瞬もかけがいのない時間なのだ。

「霞」となると、入道雲のような逞しい感じとは対照的に、一般に「雲」という語から連想されるイメージとは違った、やわらかい感触となる。だが、自然現象としては、春の霞も秋の霧も雲の一種であることに変わりはない。「霞」という語とともにすぐ浮かぶのは、万葉後期の「春の野に霞たなびきうら悲しこの夕影にうぐひす鳴くも」という大伴家持の一首だろうか。「うら悲し」の「うら」は、「うら淋しい」などと同様、人の内にある「心」を意味し、それとなくしみじみと迫ってくる感情をさす。「夕影」は日暮れ時の弱い光。春の野に霞がたなびいて何となくもの悲しい、そのほのかな薄明りのなかで鶯が鳴いている。眼に映ずる霞と耳に届く鶯の声とを組み合わせ、万物が生き生きと活動し始める春という季節にひそむ、何とはなしにもの憂い気分を漂わせ、アンニュイという文学的な雰囲気を醸しだしている。

一方、秋の霧としては、『新古今和歌集』の撰者の一人とされる平安末期の寂蓮法師の「むらさめの露もまだひぬ槇《まき》の葉に霧立ちのぼる秋の夕ぐれ」の一首がよく知られ、百人一首としてしばしば人びとの口の端に上る。「むらさめ」はさっと降ってはすぐに止むにわか雨。さあっと降り過ぎた雨の雫もまだ乾かない槇の葉に白々と霧が立ちのぼっている夕暮れの秋景色を眺めている歌で、ひっそりと静まりかえった風景の中の動きをとらえている。

【日和】杖を忘れ

江戸後期の僧良寛は書と短歌と漢詩がよく知られるが、「柿もぎのきん玉寒し秋の風」などという飄逸の俳句も残した。「盃をほして眺むる秋日和」などというのもそういう一句だろう。最初から、抜けるような青空の深みに眼を奪われるというよりも、何はさておきまず酒を呑んでいて、きゅうっと酒盃をほしたところで、ふと空を見上げると、すばらしい秋日和だったことに驚く。そういう人間味が読者にはうれしいのだ。

高浜虚子に師事した松本たかしの「秋晴の何処かに杖を忘れけり」という句でも、そういうのんびりした境地が楽しい。爽やかに晴れた秋の一日、杖を引きながら散歩に出かけた。心地よい日和に思わぬ時を過ごし、ふと気がつくと持っていたはずの杖がない。どこで忘れたか思い出せないが、忘れたままここまで歩いて来られたのだから結構なような気もする。

さだまさしの『秋桜《コスモス》』という歌に、やがて嫁ぐ娘が「こんな小春日和の穏かな日はもう少しあなたの子供でいさせてください」と残る日々をかみしめる一節が出てくる。「小春」は陰暦の十月、「小春日和」は晩秋から初冬にかけてめぐってくる暖かく穏やかな晴天。そこを過ぎると、大気の感触も次第に厳しさを増す。五木寛之の『夜の斧』に「初冬の冷く粒立った空気が、爽やかな陽光を含んで冴え返っていた」とあるように粗く感じられるのだ。

【風】遠い世の松風

春の日ざしの中をそよ風が吹き抜けるのが「風光る」、初夏に花や草の匂いをふくんで爽やかな風が吹くのが「風薫る」と季語になるなど、日本人の生活の中でさまざまな「風」が意識されてきた。物事の情勢が変化することを「風が変わる」と言い、その時のなりゆき、物のはずみという意味合いで、「どういう風の吹き回しか」とも言うし、なるようになる、なるようにしかならないという気持ちで「明日は明日の風が吹く」とも言う。「あした」は朝を意味した語なので、ここは「あす」と読みたい。「風の便り」は風の使いという意味から、風が運んでくるものと考え、どこからか伝わってくる噂、風聞という意味で使われる。

谷川俊太郎の『息』という詩に「風が息をしている／耳たぶのそばで／子どもらの声をのせ／みずうみを波立たせ／風は息をしている」とあり、風が生きもののように扱われている。藤沢周平の小説『溟《くら》い海』には「闇がもの言うような、微かな風の音」とあり、闇が発する声という比喩が使われている。いずれも季節の風という感じは特にしない。サトウハチローが山野三郎の名で作詞した『うれしいひな祭り』はもちろん春、「桃の花」の季節で、「金のびょうぶに　うつる灯を　かすかにゆする春の風」とある。小林一茶に「涼風の曲りくねって来りけり」という句がある。通りに面していないどころか、細い路地を何度も曲がった奥にあるわが家にも、ようやく涼しい風がたどりつく季節になったと、ひねくれてみせた一茶らしい句だ。「涼風」は音読みしようが「すずかぜ」と読もうが夏である。

美術史家で書家でもある会津八一は、「はつなつ　の　かぜ　と　なりぬ　と　みほとけは　をゆび　の　うれ　に　ほの　しらす　らし」というふうに和歌を平仮名だけで分かち書きする。「うれ」は先端の意で、仏像の指先をさす。「くわんおん　の　しろき　ひたひ　に瓔《よう》珞《らく》　の　かげ　うごかして　かぜ　わたる　みゆ」の一首は、観音の額に揺れる瓔珞の影に風の動きを感じた一首である。

圧倒的に多いのが秋の風である。額田王の「君待つと我が恋ひをれば我がやどの簾動かし秋の風吹く」という一首はよく知られている。恋しく思いながらお待ちしていると、すだれが揺れる。もしやと思うものの人のけはいはなく、そこにはただ秋の風が吹いているだけ。天智天皇が通い親しまれていた頃の作と言い、今か今かと恋う心が素直に伝わる。「すだれ」から今では夏と思いやすいが、当時は初秋まで戸のあたりに掛けていたらしい。

藤原定家に「たをやめの袖かもみぢかあすか風　いたづらにふく霧のをちかた」という一首がある。「たをやめ」は、雄々しく勇ましい男の人をさす「ますらを」の対で、しなやかで優美な女の人をさす。遠くにちらちら見えるのは、たおやかな女性の袖か、それとも紅葉だろうか、霧の立ち込めているかなたを明日香の風が吹いている、という歌意である。同じ定家に「旅人のそでふきかへす秋風に夕日さびしき山の梯《かけはし》」という旅の歌もある。秋の風が旅人の袖を吹いて翻し、遠くにはさびしく夕日のあたった架け橋が見える。山の中を歩く旅人の孤独きわまる心境が、読む人の胸に深くしみこむような一首である。

永福門院の「ま萩ちる庭の秋風身にしみて夕日の影ぞかべに消え行く」という一首は、こんな歌意だろう。紅紫や白っぽい萩の花の散っている庭に吹く秋風はひとしお身に沁みる。そんな思いで眺めていると、庭にさしていた夕日の光が白壁に薄れ消えてゆく。寂蓼感の中に清涼な感じが漂うという。

三好達治の『乳母車』という詩に「はてしなき並木のかげを　そうそうと風のふくなり」という箇所が出てくる。ここだけでは季節を特定できないが、その少しあとに「旅いそぐ鳥の列にも／季節は空を渡るなり」という一節が続き、これが渡り鳥なら冬が近い。

中原中也の詩にも「汚れちまった悲しみに　今日も風さえ吹きすぎる」とか「ああ、おまえはなにをしに来たのだと〔中略〕吹き来る風が私に云う」とかと風が詠まれるが、「今日も小雪の降りかかる」とあるから、自然の情景としては冬の風と考えるのが素直だろう。

木の葉が一年中緑の色を保つ常緑樹は「常磐木《ときわぎ》」として尊重され、特に松の木は縁起のいいものとして大事に扱われてきた。「ときわ」は永久不変の「とこ岩」から転じたことばと言われる。めでたい松に吹く風はわざわざ「松風」と称するほど観賞の対象となり、その音は特に「松籟《しょうらい》」と呼んで大事にしてきた。茶釜の湯の煮える音がそれに似ているとして茶道ではそれをも松籟と呼ぶほどである。

藤原定家の「池水に千世のみどりをちぎるらし　声すみわたる岸の松風」という一首でも、「すみ」という音が「澄み」と「住み」の意味を響かせ、松の木は千年も変わらずそのときわの緑をこの池に映すことを約束しているらしく、岸の松風が澄みきった声で水面を吹いている、といった歌意を届ける。

松風といえばすぐに、「峯の嵐か松風かたづぬる人の琴の音か」という『平家物語』の一節を思い浮かべる人も多い。峰を吹き渡る嵐か松風の音だろうか、それとも、もしや捜し求めている女の爪弾く琴の音色だろうかと、はっとする名場面だ。身を隠した小督を、恋い求める高倉天皇の勅命により嵯峨に出向いた源仲国が、琴の名手がこのような月明かりの夜に弾じないはずはないと、その爪音を手がかりにとうとう在処をつきとめる。ここでも似ているとされる琴と松風とを響かせて情調をかきたてる。

【雲】の項でもふれた高村光太郎の『智恵子抄』にある「樹下の二人」にも、「こうやって言葉すくなに坐つてゐると、／うつとりねむるやうな頭の中に、／ただ遠い世の松風ばかりが薄みどりに吹き渡ります。」という一節が出てくる。智恵子が心を病み、やがて東京南品川のゼームス病院十五号室で世を去ることを知って読むと、「遠い世」という重いことばは、単に遠くの世界というに留まらず、遠く過ぎ去った時代をも含め、考えることを停めてしまった光太郎の頭に残る茫漠とした内的イメージを連想させる。薄みどりの松風もまた、ぼんやりとしたその記憶の底を吹き続けているような気がしてならない。

時間

季節は街に、和菓子屋の店先から

【時】古思ほゆ

「淡海《あふみ》の海夕波千鳥汝《な》が鳴けば情《こころ》もしのに古《いにしへ》思ほゆ」という柿本人麻呂の短歌は日本人の絶唱とされ、横光利一などは戦後の荒廃した国土を見て、この歌さえあれば日本人が生きた証となるとまで書き残したほどだ。「淡海の海」は近江の海すなわち琵琶湖。湖上に夕もやがかかり始め、穏かな波に飛んだり浮き沈みしたりしている千鳥よ、お前の鳴く声を聞いているとそれだけでも淋しい感じになるのに、昔のことがしみじみと思い出されて心も萎えしおれてしまうという歌意だが、「古」ということばで人麻呂は、天智天皇没後の後継者争いいわゆる壬申《じんしん》の乱で滅ぶ前の近江朝廷時代のことを頭に浮かべていた。

江戸後期の僧良寛が「秋の夜の月の光を見るごとに心もしぬに古おもほゆ」という一首を詠んだ折も、当然人麻呂のその歌が念頭にあったと推測される。「しぬに」とあるのは、露などでしっとり濡れる意から、「しみじみと」という心理的な意味合いに広がった「しのに」の崩れた形。良寛にとっての「古」という語は、もちろん自分の生きてきた時代をさす。

同じ良寛に「みづぐきの跡も涙にかすみけり在りし昔のことを思ひて」という歌もある。

「朝霧に一段ひくし合歓《ねむ》の花」という父親の以南の句の左隅に、「ちゝのかけるものを見て」と小さく添え書きして、この一首がしたためてあるという。涙で筆跡がかすむほど、父の在りし日を思いながらせつなくなるのだろう。

いずれにせよ、ひとたび過ぎ去った時は永遠に戻らない。楽しかった昔の思い出にひたるとしても、心の中は楽しい気持ちだけではなく複雑だ。どんな過去であれ、思い出しているその時は今はもう存在しない。そういう思いが人を感傷的な気分に誘う。

小川洋子は『夕暮れの給食室と雨のプール』という長い題の小説で、「わたしたちはしばらく黙って夕闇を眺めたあと、立ち上がった」と書き、「ひっそりうずくまっていた時間が急に息を吹き返し、一筋、風が通り過ぎていった」と書き添えた。風の動きも単なる自然描写ではなく、ようやく我に返った「わたし」の感覚がとらえたものである。時間が「ひっそりうずくまっていた」のも、「急に息を吹き返し」たのも、心理的な感覚である。

「時」という語には、点としての「時刻」と、線としての「時間」と、両方の意味が含まれている。英文学者で随筆家としてもよく知られた福原麟太郎は、『イギリス的ということ』という随筆で、「夢みる文人墨客」ないしは「市井の隠者」のようなチャールズ・ラムでさえも英国特有の現実家の側面を併せ持っていたことを説くために、散文的な銀行勤めなんかやめて詩人になりたいと言ってきた若い友人をたしなめるラムの書簡を紹介している。詩人では食えないから、勤めを続けながら詩作に励むように説得する内容だ。相手は詩に打ち込む時間がないと思っているらしいが、「午後六時から十一時まで一週に六日あり、日曜は一日ある。人間の時間はあり余ると思えばいい」とラムは忠告する。むろん、毎日、朝から晩まで詩作なり創作なりに打ち込めるなら、文学に向かう時間はそれよりはるかに増える。しかし、生活が安定していなければ詩作に集中できず、満足な作品は期待できないという気持ちだったのかもしれない。ラム自身が会社勤めを定年まで続けながら『エリア随筆』という名編を残したのだから、この現実主義もなかなか説得力がある。

【曙】むらさきだちたる雲

清少納言の随筆『枕草子』は「春はあけぼの。やうやうしろくなりゆく山ぎはすこしあかりて、むらさきだちたる雲のほそくたなびきたる」と始まる。日本人なら原文を見るまでもなく口から自然に出てくるほど有名な冒頭である。四季というものに関する概説ではなく、四季における生活感情の表出とされる。春という季節は何といっても曙がいい、空が少しずつ白みかけ、山の稜線に接するあたりは光を増して、紫がかった雲が細くたなびいている早朝の春景色はすばらしい。「春宵一刻値《あたい》千金」などという中国的な意識から離れ、作者が日本的な美意識を創造したとされる。このあと、夏は夜、秋は夕暮、冬は「つとめて」すなわち早暁と、四季それぞれの見どころを描写して展開する。

藤原定家にも曙を詠んだ「わすればや花にたちまよふ春霞それかとばかり見えしあけぼの」という一首がある。いっそ忘れてしまいたい、春の曙、桜のあたりに立ちこめた霧の間からちらりと見えた、花のように美しいあの面影を。そんな歌意かと思われるが、これは『源氏物語』の野分の巻に出てくる紫上の容姿の描写をふまえた趣向らしい。

【夕暮】日暮の気配

よくとりあげられる時として曙以上に目立つのは夕暮れだろう。アルチュール・ランボーの詩を「巷に雨の降るごとく／わが心にも雨が降る」と訳した詩人の堀口大學に『夕ぐれの時はよい時』と題する自身の詩がある。「夕ぐれの時はよい時　かぎりなくやさしいひと時」と始まり、そのリフレーンが続く。それこそ「かぎりなくやさしい」タッチの詩だ。季節に言及はないが、イメージとしては春か秋、あるいは夏の感じで、冬の雰囲気はない。

良寛の「かぐはしき桜の花の空に散る春の夕べは暮れずもあらなむ」という短歌は「春の夕べ」を賞め讃えている。品よく匂いたつ桜の花の散る春の夕暮れは心地よく、できることなら日が暮れないでこのまま続いてほしいというのだ。「暮れずもあらなむ」の部分が「暮れずともよし」となっているのもあるというが、春の夕べ絶讃の心は変わらない。

中原中也の『春宵感懐』は、その題からして春の宵の想いをつぶやく詩である。だが、冒頭の「雨が、上がって、風が吹く。／雲が、流れる、月かくす。／みなさん、今夜は、春の宵。／なまあったかい、風が吹く。」から「なんだか、深い、溜息が、／なんだかはるかな、幻想が、／湧くけど、それは、摑《つか》めない。／誰にも、それは、語れない。」と流れ、読者も、どうにもならぬけだるさとともに溜息をつくほかはない。

この時刻が文学の中でとりあげられるのは、何といっても秋という季節が圧倒的に多い。まず『枕草子』には、「秋は夕暮夕日のさして山の端《は》いと近うなりたるに、烏の寝所へ行くとて、三つ四つ、二つ三つなど、飛びいそぐさへあはれなり」とある。清少納言は秋は夕暮の風情がいいとする。山の稜線に接するあたりの空を「山際」と呼ぶのに対し、天と接するあたりの山の部分が「山の端」。日が落ちかかり、烏が寝どころに急ぐ姿を「三つ四つ、二つ三つ」と具体的な数で例示してある。むろん、現実の写生ではなかろうが、いかにも自然に感じられる。他の数字をどう組み合わせてみても、これほど自然な感じにはならないのがまことに妙である。そこに「雁などのつらねたるが、いとちひさくみゆるはをかし」と続き、「日入りはてて、風の音むしのね」と風情のある夕景色を展開させる。和風の美であるとともに時代の好みも見え隠れする。

西行法師の「心なき身にもあはれはしられけり　鴫《しぎ》たつ沢の秋の夕暮」という短歌も有名だ。「心なき」は、出家して世俗の情を超越し心を動かされないはずの、という意味合い。そういう身であっても、夕暮れ時に鴫が飛び立ってゆく沢の秋景色にはつい心を動かされる。

藤原定家の「見わたせば花も紅葉もなかりけり　浦のとまやの秋の夕暮」という一首もよく知られている。「苫屋《とまや》」は菅《すげ》や茅《かや》を粗く編んで屋根を葺《ふ》いた粗末な漁師小屋。はなやかな春の桜も秋の紅葉もなく、海辺に漁師の苫屋が見えるだけのわびしい秋の夕景色だ。須磨に流された光源氏の心境を思いやった作と見ることもあるが、はなやかな王朝の世界への憧れを否定し、むしろ華麗さを喪失した虚無感を表に掲げた自負が感じられるともいう。

同じく定家の「こひわびてわれとながめし夕暮も　なるれば人のかたみがほなる」の一首も夕刻の心境を詠んだものだ。恋心に堪えかねて眺めた夕暮れの空も、度重なって慣れてくると、なんだかそれ自体があの人との恋の形見のように思われてくるという歌意らしい。定家の夕景歌としては、「駒とめて袖うちはらふかげもなし　佐野のわたりの雪の夕暮」の一首が新古今調として日本人の記憶に刻まれているだろう。ここ佐野の渡し場には、乗ってきた馬を停めて袖に降り積もった雪を払うような物陰もない、雪だけがただ一面に広がる夕暮れの光景だ。本歌取りとしてもよく知られ、万葉集にある長奥麻呂《ながのおきまろ》の「苦しくも降り来る雨か神《みわ》の崎狭野《さの》の渡りに家もあらなくに」がその本歌。雪を讃美し珍重するような王朝の心を捨て去り、雪景色だけを大写しにしたところに幽玄の美が生じたという。

寂蓮法師の「むらさめの露もまだひぬ槇の葉に霧立ちのぼる秋の夕ぐれ」という一首も、季節は秋。百人一首に入っており、日本人の記憶に刻まれている。「むらさめ」はさっと降ってはすぐにやむにわか雨。「槇」は現代ではマキ科の常緑高木をさすが、古くは杉や檜の美称で

「真木」とも書いた。さっと通り過ぎた雨の雫もまだ乾かない木々の葉に霧が立ちのぼっている秋の夕景色に、何ともいえず心惹かれるという歌意かと思われる。

庄野潤三に『秋風と二人の男』と題する小説がある。「二人の男」のモデルは作者自身と、親しい作家の小沼丹らしい。季節としては晩夏から初秋に移るあたりの話だから、「線路の横の道を歩いている買物籠をさげた女の人にも日暮の気配が感じられる」という絶妙の描写にも、そういう季節のけはいが濃く漂う。これから友人とジョッキを傾けながら歓談することになっており、「半袖シャツの先から出ている自分の腕が気になり出」す。昼間はあんなに暑かったのにと思いながら、「日暮の気配」に何となく心細くなる季節感である。

【季節】秋のけはひの立つままに

イギリスではケンブリッジとオックスフォードの大学対抗ボートレースが英国の春を象徴すると、福原麟太郎がエッセイにいささか興奮ぎみに書いている。ロンドンの住人はもちろん、ひいてはイングランドに住む人びとが、そういうところにようやく春がやって来たという実感を新たにするらしい。日本では桜だろうか。詩人の長田弘はエッセイに「季節は街に、和菓子屋の店先からくる」と書いている。店先のガラスに、新しく並ぶ和菓子の名を毛筆で書いた半紙を見つけると、「ああ、季節が変わった」とはっと気づくという。

高浜虚子に「去年今年《こぞ》貫く棒の如きもの」という句がある。切れ目もなく連綿と続く時の流れ、去年から今年へと流れ入る中に棒が一本がっちりと通っているのを感じる。すでに経てきた時が凝縮されて棒となり、それが未来へとそのまま突き刺さる感覚なのだろうか。

小林一茶は「目出度さもちう位也おらが春」という句を詠み、新年を迎えるのはめでたいばかりではない、自分にとっての新年はまあ中ぐらいといったところかと収めた。

「生酔の礼者をみれば大道をよこすぢかひに春は来にけり」という狂歌がある。この「春」は「新春」の意で、陰暦の一月から「春」としたなごりである。元日に年始の客が挨拶にまわるうちに、それぞれの家で祝いの酒をごちそうになってすっかり酔っ払い、通りを斜めに通るさまを、春がはすかいに来ると揶揄した一首である。めでたい元日もにぎやかに過ぎて夕刻が近づく頃には、どこかけだるい気分になるらしく、芥川龍之介は「元日や手を洗ひをる夕ごころ」という渋い句に、そういう雰囲気を味わいとっている。

「几巾《いかのぼり》きのふの空のありどころ」という与謝蕪村の句にも正月気分がみなぎっている。今日もまた、たった一つ、空の昨日と同じ位置に凧が揚がっているという発見だ。無限の時間と空間との交点にある紙凧の哀感を想像した句だという。

明るいはずの春の季節も、むろん楽しいばかりではない。大伴家持の「春の野に霞たなびきうら悲しこの夕影にうぐひす鳴くも」と、春特有の「霞」に「夕影」と「鶯」を配して、この季節のひだを探り、どことなくひそむ、故知らぬうら悲しさを言い当てた。サトウハチローは

『浅草悲歌《エレジー》』で「ねっとりとした春である」とこの季節のけだるさを触覚的にとらえた。

「五月《さつき》まつ花橘《はなたちばな》の香《か》をかげば昔の人の袖の香ぞする」という『古今和歌集』所収のよみ人しらずの一首もよく知られている。陰暦の五月は今の六月中旬頃にあたり、季節は夏。五月になるのを待って咲く花橘の香りをかぐと、昔親しかった人が袖にたきこめていた香の匂いを思い出してせつなくなる、そんな歌意である。

「いのち短かし泉のそばにいこひけり」という野見山朱鳥《あすか》の句も、「泉」が夏の季語で、人の命は短い、自分もそう、そんなことを思いながら、こんこんと湧き出る泉のそばで憩う。そこはかとない哀愁の奥に、すべてを造物主に任せきったような安堵の心が透けて見え、透明感の漂う作と評される。一方、橋本多佳子の「乳母車夏の怒濤によこむきに」という句は、波の荒れ狂う海辺で乳母車を押している実景に、その幼児に大自然のたくましさをと願う母親の気持ちがかぶさった、勇壮な一句という評価もある。

夏が過ぎると次が秋。はるかな昔、紫式部は日記に「秋のけはひの立つままに、土御門《つちみかど》の有様、いはむかたなくをかし」と書き、「池のわたりの梢ども、遣水《やりみず》のほとりの草むら、おのがじし色づきわたりつつ、おほかたの空も艶なるにもてはやされて、不断の御読経《みどきょう》の声々、あはれまさりけり。やうやう涼しき風のけしきにも、例の絶えせぬ水の音なむ、夜もすがら聞きまがはさる」と続けた。「土御門」は藤原道長の邸。長女で一条天皇の中宮である彰子が出産のため七月半ばからこの親許に身を置いていた。池のまわりの木々の梢や庭を流れる遣水の脇の草むらが秋らしく色づき、空一帯がほのぼのと気持ちをそそる風情であるのに引き立てられて、安産を祈る僧侶の読経の声が絶えることなく続く。ようやく秋めいて涼しく感じられ、遣水の音と読経の音とが入り交じって区別のつきにくい音が夜どおし聞こえている。木々や水辺の草や空の色に秋のけはいを感じつつ描きとった一節である。

「誰かさんが誰かさんがみつけた／ちいさい秋ちいさい秋ちいさい秋みつけた」と歌うサトウハチローも詩人らしく季節に敏感だ。口笛やもずの声が耳にしみ、秋風が忍び込むのを肌で感じ、紅葉したはぜの葉に入日の色を連想するなど、聴覚・触覚・視覚が鋭い。

秋も終わりに近づくにつれて気温が下がる。与謝蕪村の「起て居ても寝たといふ夜寒《よさむ》哉」という句は、肌寒い夜に、出て行きたくない本音を打ち明けている。晩秋の頃に夜の寒さが苦になるのが「夜寒」で、秋の季語だが、もう冬が近い。

高村光太郎に『冬が来る』という詩があり、「冬が来る　寒い、鋭い、強い、透明な冬が来る」と始まる。さらに有名なのが『冬が来た』という詩だろう。「きっぱりと冬が来た／八つ手の白い花も消え／公孫樹の木も箒になった」と始まり、次の聯も「きりきりともみ込むような冬が来た」と始まる。続いて『冬の詩』と題する詩を発表し、「冬だ、冬だ、何処もかも冬だ／再び僕に会いに来た硬骨な冬／冬よ、冬よ」と呼びかけ、「大きな公孫樹の木を丸坊主にした冬／きらきらと星の頭を削り出した冬」と詩人の感覚を光らせる。

漱石の弟子である寺田寅彦に東大の物理学科で学んで文学的な影響を受けたのか、科学随筆に健筆を奮った中谷宇吉郎。『立春の卵』と題するそのエッセイの一編は「立春の時に卵が立つという話は、近来にない愉快な話である」と始まる。「コロンブスの卵」という諺があるほどだから、卵というものはなかなか立たない。それが立春になると立つという噂が広まって、その時期に卵が入手困難になったらしい。噂が真実だとしてもデマだとしても科学者としてここは根拠の有無をどうしても確認しておきたいと中谷は実験を始める。時間をかければ立つし、茹でて分析してみても重心が下がっていることもなく、季節とは無関係だとわかる。つまり、人間が卵は立たないと思い込んでいただけのことだと判明。「立春の卵の話は、人類の盲点の存在を示す一例と考えると、なかなか味のある話である」として一編が結ばれる。

久保田万太郎の「叱られて目をつぶる猫春隣」という句は、目をつぶる猫の姿から、もう春が近いことを何となく感じとった微妙な心の働き。阿部みどり女の「九十のはしたを忘れ春を待つ」という句は、九十歳に達したことはたしかだが、正確には九十といくつだったっけと考え、そんなことよりともかく早く春にならないかとひたすら待っている。ほのぼのとおかしい。

大地

この道より吾を生かす道なし、　この道を行く

【世の中】いまひとたびの

人間としてこの世に生きているかぎり、世間の人びととまったく無関係ではいられない。むろん世間にはいろいろな人がいて、うまく行く時も、行かない時もある。それが現実だ。「渡る世間に鬼はなし」という諺はほとんどの日本人が知っているだろう。「鬼」は角や牙の生えた恐ろしい想像上の生き物だが、非情の代名詞ともなり、およそ人情というものを解さない冷酷な人間をさすこともある。この諺は世間に人情知らずの人間はいないという意味ではなく、そういう非情な人間だけではない、人情に篤い人も必ずいるものだという意味で、困ったときには助けてくれる人が現れるといった意味合いで使われることが多い。

百人一首にも入っている和泉式部の「あらざらんこの世のほかの思ひ出にいまひとたびのあふこともがな」という一首は広く知られている。重病の折にある男に贈った歌であることが詞書からわかるという。病が重くなって、もう長くはないようだ、あの世への思い出に、せめてもう一度お目にかかりたく、という悲痛な歌で、ひたむきな心の表白だ。

俚謡調の戯《ざ》れ歌に「道楽さらりとやめて酒と莨《たばこ》と色バかり」というのがある。とぼけた良寛和尚は、「よしや世の中飲だがましだ下戸の立てたる蔵もない」とわりきってみせる。この世の中、酒を飲みたい時は飲んだほうがましだ、酒を呑まない下戸が金を貯めて蔵を建てたという話も聞かない、と達観してみせたところに、この歌と書に生きた芸術家の人柄の一面が出ている。

【地】トンネルを抜けると

【雨】の項でもふれた「雨降って地固まる」という諺はほとんどの日本人におなじみだ。雨が降ると地面が一時的にやわらかくなるが、そのあと地面が締まってかえって固くなる。それと同じように、悪いことや難しいことがあると、その試練に耐えて、そのあと以前よりむしろよい状態になることが多い、という意味で使われている。

川端康成の小説『雪国』は「国境の長いトンネルを抜けると雪国であった」と始まる。主人公の島村は東京からふたたび越後の入口、越後湯沢らしい温泉地に向かう。今では芸者となった駒子に再会するためである。冬はシベリアからの季節風が山脈にぶつかって雪を降らせ、湿りけのとれた乾いた風が北関東を吹きわたる。そのため、昔は群馬県から長い清水トンネルを抜けて新潟県に入ると、雪景色に一変することがある。小説の冒頭文はそういう風景である。「夜の底が白くなった」と続く。雪が積もり、暗い風景の底のほうだけが白っぽく見える。長いトンネルの手前は無為徒食の島村たちの現実の生活がある此岸《しがん》の世界、向こう側は駒子や葉子たちの住む彼岸《ひがん》の世界、つまりこの世とあの世という別世界を象徴しているような読みが生ずるのも、意味ありげな冒頭文の働きによるという。

【山】浅間のお化け

「朝紫に夕紅」ということばがある。朝は紫に見え、夕方は紅に染まる、遠い山の美しい風景を讃美する諺である。三好達治にまさに『遠き山見ゆ』と題する詩がある。「遠き山見ゆ／遠き山見ゆ」というリフレーンで始まり、「ほのかなる霞のうへに／はるかにねむる遠き山」と続く。遠くに見える山の眺めが日本人の生活で親しまれてきたのだろう。

平安中期の歌人能因法師の「山里の春の夕ぐれ来て見ればいりあひの鐘に花ぞちりける」という和歌はよく知られている。「いりあひの鐘」は「入相」つまり日の暮れ時につく寺の鐘。山里の春の夕暮れ時に来て見ると、ちょうど日暮れを知らせる鐘の音が聞こえ、桜の花が散っている。しーんと静まった中に鐘の余韻が響き、それと呼応するように散りやまない桜。耳と目に残像として働き続ける。

平安末期から鎌倉初期にかけての歌人西行法師は「花も散り人も来ざらん折はまた山のかひにてのどかなるべし」と詠んでいる。桜の花も散って人もやって来なくなる季節は、ここ山あいはいたってのどかな感じになる。「かひ」の音に、山と山との間の意の「峡《かい》」と、効果を意味する「甲斐《かい》」とを掛けているという。

江戸後期の僧良寛も「山住みのあはれを誰に語らまし稀にも人の来ても問わねば」という一首を残している。山に住んでいる趣を誰に語ることもできない、稀に訪ねて来る人さえ絶えた今はと残念がるのは、山住まいにもそれなりの興趣が感じられるからだろう。

どこから眺めるかによって、同じ山でも違った姿に見える。富士も静岡側から見るのと山梨側から見るのとでまるで違う。浅間山も同様だ。軽井沢追分に別荘をもつ作家の後藤明生は、小説『吉野大夫』でこう記した。浅間何景かの一つを発見して度肝を抜かれたらしく、「途方もなく大きな浅間山だった。空一面に広がるというよりも、巨大なスクリーン一杯に映し出されているように見えた。実物の浅間ではない、何か架空の山に見えた。浅間のお化けだ」と、とてつもない迫力にほとほと呆れたように印象を語っている。

【古里】遠きにありて

紀貫之の「人はいさ心もしらずふるさとは花ぞ昔の香ににほひける」という歌は百人一首にも選ばれており、日本人の記憶に残っているだろう。この場合の「人」は自分でないその家の主をさすという。長谷寺に参詣する時の定宿としていた家を久しぶりに訪ねた折、その家の主人からずいぶん長くお出でになりませんでしたねと恨みがましく言われた時に、とっさに返した挨拶のことばらしい。あなたの心はどうだか知らないが、昔なじみのここの梅の花は、いつも変わらない匂いで香っていますねというような歌意のようだ。

時代が少し下って西行は、「古里は見し世にも似ずあせにけりいづち昔の人の行きけん」という歌を詠んでいる。ここも久しぶりに戻ってみたのだろう。昔見た時に比べ古里はすっかり荒れてしまった。ここに住んでいたあの人たちは皆どこへ行ってしまったのだろうか。心に残っている印象とまるで違ってしまったことを知った嘆き、喪失感を吐露した一首。

近代に入って石川啄木の詠んだ「ふるさとの訛なつかし／停車場の人ごみの中に／そを聴きにゆく」という歌も、ほとんどの日本人の共感をよぶ一首だろう。東京に出て来てしばらく経つが、故郷の方言が聞きたくなって停車場の人ごみの中に紛れ込む。万事順調とは行かない時期かもしれない。岩手県の生まれだから、ここの「停車場」は乗客に東北の人が多い上野駅だろう。ふるさとの山とことばは、いつまでも忘れることがない。

「ふるさとは遠きにありて思ふもの／そして悲しく歌ふもの」と始まる室生犀星の詩『小景異情』も、故郷に対する深い思いを吐露した一編として日本人の心に残っているだろう。ただし、懐かしい郷里に帰りたいという単純な心境ではない。「帰るところにあるまじや」と思いつつ、「ひとり都のゆふぐれに／ふるさとおもひ涙ぐむ／そのこころもて」とし、「遠きみやこにかへらばや」と結ぶのだから内心はいささか複雑だ。事実、多様な解釈がありうるらしく、

「都」は東京という大都会、「みやこ」は理想化された観念上の都会をさすとか、ふるさとを懐かしみ涙する気持ちで頑張ろうという抽象的な帰郷を意味するという読みもあるという。が、この詩は犀星の故郷金沢での作と聞く。

早稲田大学校歌に「心の故郷　われらが母校」という箇所があり、「ふるさと」が抽象的な意味で使われている。「心」との結びつきは相馬御風の創意によると何かで読んだ記憶がある。

【道】行く人なし

「通りぬけ無用で通りぬけが知れ」という奇妙な川柳がある。細い小路《こうじ》に面している家の人間は、見知らぬ連中が近道をしようと自分の家の前をやたらに通るのが目障りで、少しでも減らそうと「通り抜け無用」と禁止の札を出した。ところが、その札でそこが通り抜けできることが知れてしまい、通り抜ける人が逆に増えてしまった。皮肉な現象だ。

松尾芭蕉の「此の道や行く人なしに秋の暮」という句は何やら意味ありげだ。情景としては、今目の前に見えるこの道は誰も通らない、人の姿もなく晩秋の夕暮れの彼方へと遥かにのびていて、どこか淋しさが漂う、そんな光景だろう。芭蕉の気持ちとしてはそういう叙景というより自分の心の中を象徴する風景に感じたかもしれない。そこを深読みすれば、「此の道」は俳諧の道とも解釈でき、ひたすらその道を進む自らの孤独を暗示する。

良寛に「ますらをの踏みけむ世々の古道は荒れにけるかも行く人なしに」という一首があり、情景はよく似ている。ずうっと昔から雄々しい偉丈夫たちが踏みしめてきたこの古い道は、今ではすっかり荒れ果ててしまった、道行く人の姿はまったく見えない。だが、ここは純粋にそういう感懐をもらしただけで、寓意や象徴といった雰囲気はない。

良寛では「月よみの光を待ちて帰りませ山路は栗の毬《いが》の多きに」の一首のほうがよく知られているかもしれない。「月」は「つき」とも「つく」とも読まれ、「月よみ」は月の神、転じて月そのものをさす。月がのぼって明るくなるのを待ってからお帰りなさい、この季節、山路には栗の毬が多くて危ないからと、訪ねてきた友人を引きとめた歌だという。

小林一茶に「大根引大根で道教へけり」という滑稽な句がある。大根畑を通りかかった人が、ちょうど畑から大根を引き抜いている農夫に道を尋ねたところ、抜いたばかりの大根を人差指の代わりにしてその方角を教えてくれたという。農家の出である一茶らしい、晩秋から初冬にかけての田園風景の素朴な写生に味がある。

英国を愛し、英国文化やイギリス人の考え方、チャールズ・ラムの生き方などを深く理解し、日本に紹介してきた英文学の泰斗福原麟太郎は、何かの随筆に「ロンドンの街をあるいているとその石じきの舗道を踏む靴のかかとの快い安心感がうれしい」と書いていた。昔、早稲田大学教授として赴任したばかりの頃、語学教育研究所の紀要に、久しぶりで母校のキャンパスを踏む気持ちをそんなふうに記した。実感には精神的な感触がこもるのだ。

立原道造の『のちのおもいに』と題する詩は、「夢はいつもかえって行った／山の麓のさびしい村に」と始まり、「水引草に風が立ち／草ひばりのうたいやまない／しずまりかえった午《ひる》さがりの林道を」と続いて第一聯が終わる。最終聯が「夢は　真冬の追憶のうちに凍るであろう／そして　それは戸をあけて　寂寥のなかに／星くずにてらされた道を過ぎ去るであろう」と結ばれるところからも、「夢」は擬人化されていることがすぐわかる。しかし、村の水引草や草ひばりと同様に、「林道」のイメージもまた現実の風景なのだろう。

「日暮れて道遠し」という諺の場合も、比喩的なイメージとしては、途中でとっぷりと日が暮れてしまい、行く道はまだまだ遠い、そんな風景なのだろう。だが、諺として伝えたい意味は「芸術は長く人生は短い」という感懐と似ている。もう齢をとったのに、わが人生の目標にはまだまだ届かない、そんな諦めまじりの挫折感に近いかもしれない。

武者小路実篤の「この道より／吾を生かす道なし／この道を行く」という詩の形をした内面の吐露は、この作家の本音であり、自負であり、信念であったにちがいない。若き日、雑誌の企画で東京調布市の自宅を訪ねてインタビューした折も、話の端ばしに気迫がみなぎり、人間として圧倒された印象が残っている。人生訓として広く永く生きるはずだ。

【海】のたりのたり

海といい波といえば、源実朝の「大海の磯もとどろに寄する波われてくだけてさけてちるかも」という一首が人びとの記憶に深く刻まれているだろう。大海から次から次へとこの磯に轟くように寄せて来る激しい波は、一つ一つがどれも割れて、砕けて、あたりに細かく散ってゆく。万葉調のスケール豊かに見えるこの歌は、豪壮な響きと繊細な観察とが反撥しあって複雑な印象を与える。小林秀雄は『実朝』と題する批評の中で、「大海に向って心開けた人」からこういう発想は生まれない、青年の生理的な憂悶を感じると述べている。寄せる波が砕け散るまでをじっと見届ける心の中に、小林は多感な青年の孤独を嘆く声を聴き取り、「悶悶として波に見入っている時の彼の心の嵐の形」なのだと評している。

それに比べ、同じく有名な「春の海ひねもすのたりのたりかな」という与謝蕪村の句は、文字どおりいかにものどかな風景である。穏かに晴れた日の海はよく凪いで、波が一日中ゆったりとうねっている。一定のリズムで汀に打ち寄せる穏かな波のようすを、「のたりのたり」と重ねた創作的なオノマトペで写しとり、読み手の感覚を心地よく揺さぶる。

中原中也の『北の海』と題する詩は、それと対照的な海の恐ろしい波を描いている。「海にいるのは、／あれは人魚ではないのです。」とメルヘンの夢を破り、「海にいるのは、／あれは浪ばかり」と厳しい現実に連れ戻す。そうして、「曇った北海の空の下、／浪はところどころ歯をむいて、／空を呪っているのです。／いつはてるとも知れない呪」と北海の荒波に「呪い」をイメージし、第一聯とまったく同じ四行を第三聯に配して一編を閉じる。

日ざしも少なく、ほとんどの時期が曇天の下にある北の海、それは空を映して同じ暗い色をしており、水も冷たい。海面から海底まで生命という存在が想像しにくく、近くを航行する船影もまったく目に入らない。せめてお伽話の人魚の姿でも見えればいいのだが、そんなけはいさえなく、ただ浪だけがうごめいている。これは生きることで傷つき、人生に疲れきった中也自身の心の風景であったかもしれない。「浪ばかり」で救いは見えない。

【川】ゆく河の流れ

「流れに掉さす」という慣用句は、舟で川を下る際に、水の流れに乗ればそれだけで自然に進むところに、棹を操ってさらに勢いをつける、という原義から、一般に、好都合なことが重なって物事が思いのほか早く進むということのたとえとして使われてきた。ところが、舟を棹で進める光景をめったに見かけなくなった近年、「掉さす」の意味がぴんと来なくなって通じにくくなったらしく、逆に進行を妨げる意に誤解する者も現れたという。

武島羽衣の作詞になる「春のうららの隅田川上り下りの舟人が櫂《かい》のしずくも花と散る眺めを何にたとうべし」という有名な『隅田川』の曲もいつまでイメージが通じるか知らん？「舟

を漕ぐ」というのは、櫂や櫓を使って舟を進めることだが、居眠りをする意で使われることもある。こくりこくりとする時に上体が揺れて、舟を漕ぐ姿を連想させるからだ。

『古今和歌集』に東歌として出てくる一首「もがみ河のぼればくだるいな舟のいなにはあらずこの月ばかり」は、稲を積んだ本物の舟が最上川を上り下りする風景をイメージしているが、ここでは「否」と打ち消すことば「いな」という音を導くための序として働いている。結婚が厭だとお断りするのではありません、ただ、「この月ばかりは」お赦し下さいとしばしの延期を申し出ているのである。巫女《みこ》などとして神事に仕える身なのかもしれない。

何といっても有名なのは鴨長明『方丈記』の書き出しだろう。「ゆく河の流れは絶えずして、しかももとの水にあらず。淀みに浮ぶうたかたは、かつ消えかつ結びて、久しくとどまりたる例《ためし》なし」と始まるあたりは、日本人の心に深く刻まれているだろう。川の流れはいつ絶えるということなく、流れの淀む場所の泡も浮かんだり消えたりして同じ場所にとどまらず、常に流れ続けている。ここまでは、目に映る現実の叙景とも読めるが、そのあと「世中《よのなか》にある人と栖《すみか》と、またかくのごとし」と続き、川の流れを人の世のたとえとした、書き手の無常観の開陳、展開と解釈されている。

小説家、劇作家の久保田万太郎は俳句でも知られる。「神田川祭の中を流れけり」という句もその一つ。神田祭といえば山王祭、三社祭と並ぶ東京の三大夏祭の一つ。江戸の昔から下町神田界隈の若い衆たちが神輿《みこし》担ぎに夢中になって来た。今年もそういう街の賑わいを映して、喧騒の中をゆっくりと神田川が流れている。

川ではなく池となれば、芭蕉の「古池やかはづ飛びこむ水の音」というあまりにも有名な俳句がある。「かはず飛び込む水の音」の想を得て上五を思案している芭蕉に、其角が「山吹や」という案を出したところ、芭蕉は即座に「古池や」と定めたという。古びた池に蛙が一匹飛び込んだだけのわずかな水音、その音がしたために周囲の静かさが逆に強く意識されるようになる。黄色い山吹の花のきらびやかな感じを退け、その正反対の渋いことばを選んだわけで、わびさびの蕉風に一歩を進めたことになる。ちなみに、のちに良寛は「新いけやかはづとびこむ音もなし」という句を作った。もじったというよりも、それを下敷きにして、そんな小さな音さえ聞こえてこない静寂さを強調した。当時すでに芭蕉のこの句が幅広く知られていたことの証左だろう。

生涯

風は清し月はさやけしいざ共に踊り明かさん老の名残に

【人生】遅く生まれた

もとは中国の古典から出た句らしいが、「人生意気に感ず」ということばは日本でもよく使われてきた。人間は金銭や名誉などのためではなく、自分をよく理解してくれる人の「意気」、すなわち、思いやりや潔さといった心根に感じてこそ力を尽くすべきだと、私欲のために行動しやすい人間というものに対する戒めのことばとして、かつてはよく使われた。

茶道のほうから出た「一期一会《いちごいちえ》」という語も、日本人のたしなみや心根を諭すことばとして一般に幅広く使われている。「一期」は人が生まれてから死ぬまでの一生涯を意味するから、どの相手に対しても、一生に一度の出会いという気持ちで、真心をこめて大切に接するようにと説く態度の指導だ。その相手に何度も出会うと思うと、人間はつい扱いがおろそかになりやすいので、そこをあらかじめ戒めておくのである。それは出会いだけではない。

むろん、人間、何もしないでぼうっと過ごすことも必要で、文学もそういう無為の時間のあげくに生まれたのかもしれない。柳田国男は『雪国の春』で〝文藝〟というものの誕生を想像し、「嵐も雲も無い昼の日影の中に坐して、ナニをしようかと思うような寂寞が、いつと無く所謂《いわゆる》春愁の詩となった」と記した。「花の林を逍遥して花を待つ心持ち、又は微風に面して落花の行方を思うような境涯」からおのずと生まれ出たことを思い描いたようだ。

『方丈記』の終わり近くに「一期《いちご》の月影かたぶきて余算山の端に近し」とあり、「たちまち三途の闇に向はんとす」と続く。「余算」は「余命」。月が西に傾いて山の端に近づいたように、鴨長明自身の余命も残り少なくなり、程なく三途の闇に向かおうとしている。

時代は下って大正の後半、永井荷風は随筆『雨瀟瀟《しょうしょう》』に、「成りゆきの儘《まま》送って来た孤独の境涯が、つまる処わたしの一生の結末であろう」と書き、「秋の日のどんよりと曇って風もなく雨にもならず暮れて行くようにわたしの一生は終って行くのであろうというような事をいわれもなく感じたまでの事である」と淡々と続けた。

小説家の山田風太郎は『あと千回の晩飯』という随筆に「いろいろな徴候から、晩飯を食うのもあと千回くらいなものだろう」と書いている。ぼけとか病気とか死とか、話題のほうは暗いものばかりだが、そういうことを綴る文章のほうにはまるで湿っぽさがない。最晩年の武者小路実篤の、同じことを何度も繰り返す文章を「ボケレコード」と名づけても、そこに悪意はまったく感じられないのだ。この例文も、あと自分はどれだけ生きられるかという深刻な話題を、晩飯の回数に換算してさらりと即物的に語るのである。

高浜虚子門下の俳人後藤夜半が「着ぶくれしわが生涯に到り着く」という句を詠んだのは、そこを達観した境地だったろうか。寒い冬は何枚も重ね着するから、どうしても着ぶくれの恰好となりやすい。そんな姿で老いているわが身を眺めながら、ここまで辿り着いたかという感慨を覚えたのだろう。どこか超越したような諧謔の作である。

高村光太郎に『ある墓碑銘』という詩がある。「一生を棒に振りし男此処に眠る」と始まり、「彼は無価値に生きたり」と続く。「彼は詩を作りたれど詩歌の域を認めず、／彼の造形美術は木材と岩石との構造にまで還元せり」という二行から、詩人であり彫刻家であった自身を顧みていることは確かだ。そうして、再び「一生を棒に振りし男此処に眠る」という冒頭の一行を繰り返して、墓碑銘を結ぶのである。

内田百閒は『女子の饒舌に就いて』と題した随筆に、女の人のお喋りをその被害者という立場で戯画的に描いてみせた。ことばは男女兼用の道具だが、女はそれを考えることより話すことに使いたがるときめつけ、おしゃべりは健康にいいから、女は長寿を保ち、その結果、世間には未亡人が多くなる、と論理的に展開する。つまり、相手の饒舌のせいで早世する亭主が多くなる結果であり、自分の「憂鬱であった半生」を顧みても、よくぞここまで「しゃべり殺されずに生き延びたものだ」と、感慨にふけってみせるのだ。

その効果を女性の側も積極的に認める作家もある。鷗外の娘森茉莉は『贅沢貧乏』と題する随筆で「女が長生きするのはお喋りだから」とはっきり書いている。それによって心のわだかまりを解消し、さわやかな気分で暮らせるのなら、たしかに健康にもいいし、長生きできるというのは理屈の上でも納得できる。が、いくらしゃべり続けても、人生いつかは終わりが来る。

人のすることに完全ということがあるわけがないと考える福原麟太郎は、『わが読書』と題する随筆に「伝記を好むというのも、その人生記録の面白さなのだ」とし、齢を重ねるにつれて「人生という奴は、むずかしく、変てこなもの、苦労というのが人生なのだという感懐」を抱くに至ったという。そうなってくると、「ひとはどのように生きたろうというところに最後の興味はある」と述懐している。その福原麟太郎と対談した折、なぜか生年を問われ、答えると、ずいぶん遅く生まれたものですねと言われたらしく、庄野潤三はそのわけをこう説明するのを読んだことがある。庄野は大正十年の生まれ、それより前の大正五年に夏目漱石がこの世を去っているから、自分たちと違って、あなたは漱石と同時代に生きることができなかった、そういう不運を嘆いたことばだったという。その不運はその後ずうっと続くことになるが、もう少しで同時代人になれるところだったと惜しむ気持ちはよくわかる。

【生き方】懶惰の風情

福原麟太郎の随筆を読んでいると、人の生き方について考えさせられることがしばしばだ。この大学者はいつも小銭を用意して出かけるそうだ。買物をした際に大きな札を出して釣りをもらうようなことを避けるためだという。店の人に時間をとらせ、他の買い物客に迷惑をかけるということよりも、その行為に利己的な感じがあるのが嫌なのだという。こういう考え方の底にあるのはフェアプレーの精神らしい。その精神を破るのは人間的な破滅を意味すると考えるのだ。その精神を守ったせいであるならば、金銭的に損をしても、争いに負けたとしても、人間として悔いはない、という態度である。基本的にそういう生き方に憧れるから、闇入学などは論外、アルバイト漬けでろくに勉強もせずに卒業し文学士の資格だけは得るという風潮も気に食わないのだ。

また、火野葦平の『河童会議』を紹介する中で、「カッパ会議には多数決という議決方法がない」、そもそも多数の意見のほうが正しいとする考え方には根本的な誤りがあることを力説する。論理的にはそのとおりであり、これもイギリス風のものの見方なのかもしれない。福原によれば、イギリス的な生き方の基本にあるのは、われわれは長くこうしてやって来たのだ、矛盾があってもそんなことはかまわない、個人が幸福に暮してゆける社会ならそれでいいのだ、それがすべての基本らしい。だから、新しいものにすぐ飛びつくようなことはしない。知人の紹介でもないかぎり見知らぬものごとは警戒する傾向が強く、知らない人には会いたがらない。溺れかかった婆さんが、叫び声を聴いて駆けつけた人に、誰の紹介で来たかと尋ねたという笑い話があるほどである。

また、一般にイギリス人は理屈を言うことを好まないという。昼休みなどでも、自分の職場のことをぼやいたりせず、興味深い世間話をしたり、好きな音楽や文学で時間を過ごしたりして楽しむ傾向があるという。その一方、心の中ではこの野郎と思って働いている人が多く、懶《らん》惰《だ》の風情が好きなのだとも書いている。ふだんどおりの日常が一番いい、それは永い間の豊富な経験のうち最良の例を一般化したものだから、という信念らしい。

恥も外聞もなく我遅れじと流行に飛びついたり、その時その時の人気者をみんなで追いかけまわしたり、とかく一極集中の危うさを指摘される日本人だが、争っても他人の内部までは踏み込まないという節度を重んじる傾向がある点では気品が感じられる。電車の中で「捨てる人は拾わない／捨てない人が拾っている」という道徳に関する二行の中吊り広告を発見した時には思わず笑った。だから、どうしろ、という点には一切ふれない。それは相手が考えることだから、そこまで指図するのは野暮の骨頂だという美意識だろう。

平田禿木が語った樋口一葉の印象についての紹介も、そういう日本の文化と関係するのかもしれない。一葉には「料理屋の女将といった鋭さ」を感じたが、初めて訪ねて行った時は「ほとんど一ト間を隔てるくらい遠いところに坐って遠慮ぶかく話し」たという。親しい仲にも礼儀ありという国民性だったから、若くして文才を認められた一葉も、相手との距離を保って丁重に遇したのだろう。これがたしなみであり、その人間の品格である。

福原麟太郎は太宰治の文学にふれ、その生き方についても本音を率直に語っている。作品『富嶽百景』に見られる「のびやかな、のどかな明るさ」を好ましく思い、「こういう時期をこの作者はもっと永くもっと度々持つべきであった」と、その後の生き方を惜しむ。実人生について、「そういう幸福が訪れないために、他の名作が生れたのかも知れないが、名作は無くてもこういう幸福を楽しむ人であったことの方を私は望む」。これが福原の本音だ。同感である。世間で評判となる、いわゆる名作に心を乱されたくはない。

【年齢】おのずからな清潔さ

永六輔は「幼なじみの想い出は青いレモンの味がする」とはにかみ、阿久悠は「青春時代が夢なんて　あとからほのぼの想うもの」と振り返る。戦時中に育った身には、懐かしく思い出すようなことは何もない。青年期ともなると、誰しもとりまく環境が寸法の合わないシャツみたいに窮屈に感じられる。福原麟太郎が『読書ということ』という随筆に「若い時には、寛容とか釣合いとか秩序とかいうものそれ自体に反感を持っているかもしれない」と書いているように、思想的に偏っていても激しい結論に導く考え方に酔いやすい。

だが、人間なかなか自分の思うようには事が運ばない。江戸幕末の地方歌人であった大隈言道は「としをへてなきにしるきをよきことのあるべかしくも思ふ行末」という一首を詠んでいる。何年も暮らしてきて振り返ってみると、これから先そんなにいいことが無いことは重々わかっているのに、それでも人間はあさはかなもので、どうしても先に希望をかけてしまう。その夢が次々に打ち砕かれながら年をとってゆく。言道は「いつしかとわがとりなれて後手《うしろで》の老の姿は誰にならひし」という一首も残している。自分もいつからか、両手を腰の後ろで組むようになっているが、この年寄りくさい恰好は、一体いつ誰に倣ったのか知らん？ そんな歌意だろうが、すっかり老人の姿になったわが身に気づき愕然としたことだろう。呆れているのかもしれない。

藤原定家に「花を待ち月ををしむと過ぐしきて　雪にぞつもる年はしらるる」という歌がある。春は桜花を楽しみに待ち、秋には名月の頃に姿が欠けたり曇ったりするのを惜しみながら、いつか年を重ねてきた。冬になって雪が降り積もると、わが身にもずいぶんと齢が積もってきたものと思いに沈む、そんな心境なのだろう。老いの自覚である。

永井龍男は小説『手袋のかたっぽ』に、「中老の人の孤独さが身の周りに滲んで来るように思われ、それを支える落ち着いた気品と、人柄の確かさを感じさせるものは、肉体と心とを一つにしたおのずからな清潔さから来るのであろう」と書いている。年齢と人柄からおのずとにじみ出る「清潔さ」を掬いとった記述で、それ自体に年齢と人柄がうかがえる。

雑誌の企画で、その永井龍男を鎌倉の自宅に訪ねてお話をうかがった折、永井さんが川端さんの花が咲いたような作品と評した川端康成『眠れる美女』にふれよう。晩年に見せた前衛的な小説と言えるかもしれない。薬で深い眠りに陥った裸の若い女の脇で一晩ひたすら眠るだけという老人専用の「秘密くらぶ」が舞台である。寄り添っていた江口老人は娘の匂いの中にふと赤ん坊の匂いを感じて、はっとする。「心のふとしたうつろなすきまから、乳呑児の匂いが浮び出た」のを「つかの間の幻覚」かといぶかっているうちに、「かなしさとかさびしさとかいうよりも、老年の凍りつくようななさけなさ」に陥ってしまう。

一方そんな老年に、良寛は「風は清し月はさやけしいざ共に踊り明さむ老の名残に」という一首を自筆でしたためたという。風が爽やかに吹き、月は澄んで明るい、こんな心地よい夜は、ともに踊り明かそうじゃないか、年老いたこの身の思い出に。まことに羨ましい境地だが、その奥にやはり生きものとしての悲哀がみなぎっているように読んでしまう。

【病】病気冥加

「苦あれば楽あり」とも言い、逆に「楽あれば苦あり」とも言う。人生、いいことも悪いことも、そうそうは続かない、ということだろうが、何の保証もない。なんだか悪いほうは続きそうな気もするが、気のせいかもしれない。

「禍は口より出で、病は口より入る」という諺もある。人前で言うべきでないことをうっかり口に出してしまい、それが喧嘩のもとになったりする。また、食べたものに中《あた》るだけではなく、病原菌が口から入ることも多く、この諺の後半ももっともらしい。

「病は気から」と言うが、たしかにいろいろ気にしすぎる人は、ちょっとしたことを病気だと思いやすいし、事実、胃酸が増えて胃壁を痛め、潰瘍になる例もある。

「良薬は口に苦し」という諺もある。一般に、よく効く薬ほど苦くて飲みにくいというところから、他人の忠告に耳を貸すのは苦痛なものだが、そういう聞きたくもないことばほど、あとで効果があるものだ、という意味でも使われる。「冷や酒と親の意見は後の薬」という諺もあり、燗酒よりも冷や酒は口あたりはいいが、あとで酔いがまわる、それと同様、親の意見は時間が経ってからその効果がわかる、という意味の教訓だ。

「病上手に死に上手」という諺もある。よく病気をする人ほど案外なかなか死なないものだという意味合いで使われるらしい。信憑性の程はよくわからない。「病気冥加《みょうが》」という奇妙なことばもあるらしく、上林暁は『諸国名物』という随筆にこんな経験を述懐している。「友人知人の篤い情によっておいしい果物やお菓子などが沢山食べられた上に、計らずも諸国の名物まで口にすることが出来た」と書き、そういうことは「病気をしなければ思いの寄らぬことなので、病気冥加と喜んだ」と続けた。病気をしないに越したことはないが、その点だけを取り出せば、たしかに「冥加」と言えないこともない。

東健而の『ユウモア突進』に「健康そのものさえ一種の病気」とあるから、ものは考えようだ。「ホームシック」も「シック」の一種なので、その逸話を紹介しよう。教授でもあった作家の小沼丹が大学の研究休暇の際に英国で半年過ごした。その間、何度か文通があったはずだが、庄野潤三は小沼とよく出かけた鰻屋の話を織り込んだらしく、小沼にはそれがずいぶん応えたようだ。「うなぎの白焼きは芸術品」などという庄野の文字を見ながら溜息が出たとエッセイに書いている。そのお返しのつもりか、庄野がアメリカで過ごしている間に小沼から届いた手紙に、平たくつぶした「樽平のマッチ」の箱が入っていたと庄野は書いている。共になじんだ新宿の酒場である。どちらも相手がホームシックを起こして早く帰国するように仕向ける策謀だが、子供じみていてほほえましい。

【死】きのふけふとは

「往生」という語は本来、死後に極楽浄土に生まれ変わることを意味し、仏を信頼してすべてを託し、ひたすら阿弥陀仏の名を唱えて往生を願うのを「念仏往生」と称している。『歎異抄』という鎌倉中期の法語集は親鸞の教えをその死後に弟子の唯円が編述したものとされるが、その中に「煩悩《ぼんのう》具足のわれらは、いづれの行《ぎょう》にても生死をはなるることあるべからざるをあはれみたまひて、願をこしたまふ本意、悪人成仏のためなれば、他力をたのみたてまつる悪人、もとも往生の正なり。よて善人だにこそ往生すれ、まして悪人は」とある由。その最後の部分だけを「善人なをもて往生をとぐ　いはんや悪人をや」と集約した文句が逆説めいてしばしば話題にされてきた。人を殺さない人間でも、生ある動植物の犠牲のもとに自らの命をつないでいる以上、絶対的な善人など存在しないという考えが基本にあるらしい。いわゆる善行を積んだ人間が往生するなら、自らの悪を認め、ひたすら仏にすがる人間が往生できないはずはないというのだ。悪を自覚する人間は、それだけ祈りも真剣になり、信心深くなるのかもしれない。

死の話題になるとよく引かれるのが、在原業平の「つひにゆく道とはかねて聞きしかど　きのふけふとは思はざりしを」という一首で、『古今和歌集』にも選ばれ、『伊勢物語』にも出てくるから、広く知られている。自分だけは死なないと思っている人間はめったにいないから、どんな人間でも死について考えることはある。ただ、ふだんは、いつかはという程度に考えているにすぎず、病で死に瀕するか、よほどの老齢にでもならないかぎり、自分の身近な問題として意識することは少ない。この歌も、いずれは辿らなければならない道だとわかってはいたが、それがこんなにすぐ近くに迫っていようとは思わなかった、という率直な驚きを詠んでいる。

西行は「願はくは花の下にて春死なん　そのきさらぎの望月の頃」という一首を残した。もしも願いが叶うものならば、春に桜の花の下で死にたい、二月の満月の頃に、という意味の願望の歌である。二月の桜というと現代人にはぴんと来ないが、陰暦の二月は今の暦の三月十日前後から始まるから桜の季節に合う。「如月《きさらぎ》の望月」とくれば、釈迦の入滅と伝えられる二月十五日、いわゆる涅槃《ねはん》の日が頭にあったことは確かで、桜を愛し、仏に仕える身でもあった西行法師らしい願いだ。その夢が叶い二月十六日に世を去るのだから驚く。

藤原定家の「鳥辺山むなしき跡は数そひて　見し故郷の人ぞまれなる」という一首は、鳥辺山に新しい墓の数が増え、昔ふるさとで会った人も稀にしか見かけないと、死別の淋しさを詠んだもの。「鳥辺山」は京都の東山にあった鳥辺野の別称で、平安時代には火葬場があったので「むなしき跡」へとつながる。

与謝野晶子の詩『君死にたまふことなかれ』は、そのタイトルが一人歩きするほど、その一編のその一行が広く知られている。掲載誌の『明星』が発売禁止になるなど反響は大きかったようだが、むろん思想的な反戦の詩ではない。日露戦争に従軍した弟に向かって、人を殺して死ねなどと親は、二十四の今まで君を育てたわけではない、必ず生きて帰って来てと、人間として当然もつ自らの切実な心情をありのままに叫んでいるだけである。

森鷗外はいよいよ死の迫った折に生涯の親友を呼んで口述筆記させた最後の遺書に「余ハ石《いわ》見《み》人森林太郎トシテ死セント欲ス」とある。「森林太郎墓」のほか一字も彫るべからずとし、宮内省陸軍の栄典は絶対に取り止めるように記させたのは、後悔や反抗というよりも、飾ることなく一人の人間として死にたいというひたすらの願いだったかもしれない。

永井荷風が日記中に早々と遺書として記した「余死する時葬式無用なり」のことばにも、どこか共通点があるようにも思える。荷風はその総論のあと、死体は霊柩車でなく普通の自動車に載せてすぐ火葬場に運び、骨拾いは不要。墓石建立も、新聞の死亡広告も一切無用といった具体的な遺志を記したらしい。早稲田の大学院に進学したばかりの昭和三十四年のある日、フランス語担当の教師が授業を早めに切り上げ、荷風が死んだのでと言い残して教室を後にした。よほど近い親戚だったにちがいない。のちに自分がそこに最初の研究室を構えることになったせいか、大隈重信の銅像脇に建つ七号館で若き日に遭遇したその場面をなぜか今でも鮮明に記憶している。後処理が当人の希望どおりになされたかどうか結果は知らないが、世評など意に介さず奔放に生きた荷風は、この世を通り抜けた一人の人間として何の未練もなく死にたかったのだろう。

アララギの歌人、土屋文明は「暁に眼を開くあたり人のなし　かくの如きか墓壙《ぼこう》の目ざめ」という一首を残した。死後に墓の中で眼を開けたらと想像した場面なのだろう。

丸谷才一は小説『横しぐれ』の中で、「自分の死と一日の終りの夕闇とそれから一年の終りの冬の雨とを重ね合せるイマージュ。死というこわいものを、冬の雨で覆いかくすと言ってもいいけれど。でも、その覆いを取れば――後ろ姿の死」というイメージを描いた。

医師でもあった藤枝静男は、『雛祭り』と題する小説で、死という現象を「土となり水となり空気と化して永久に虚空に姿を消してしまう」と淡々と解説してみせた。

高村光太郎は「ひとりで早春の夜ふけの寒いとき、これをあがってくださいと、おのれの死後に遺していった人を思う」と、先立った妻、智恵子の影をいつまでも追い続ける。

【自殺】生意気だ

自分で死ぬのも、結果は「死」に至るが、病死などの自然死とは違って、見方によっては「殺人」のにおいがする。加害者と被害者が同じ人だという特殊性はあるにしろ、人間が殺される事実に違いはない。これが「心中」ともなればなおさらだ。その死に、別の人間がかかわるわけだから、それだけ「殺人」的な要素が濃くなる。小説家の菊池寛は「思い合った男と女とが心中すると云うのも相手の心が変るのを恐れるからだな」と、心中する人間の心理を暴いたという。つまり、相手の気持ちの変化を恐れ、それを回避する目的で、あらかじめその可能性を排除する行為だから、相互殺人とも解釈できそうだ。

大村彦次郎『荷風　百閒　夏彦がいた』によると、『小説新潮』昭和二十三年一月号の巻頭に、銀座の酒場ルパンで林忠彦の撮った太宰治の写真が載っているのを見て内田百閒は、酔ってすっかりご機嫌になった太宰の顔つきが妙に気に入ったらしく、それまで会ったこともなく格別の関心も抱いたことのない太宰と一献傾けたくなったようだ。共通の知人である哲学者の出隆に話を持ちかけたが、三ヶ月経っても何の連絡もない。すると太宰入水の悲報を新聞で知った。その瞬間、百閒はまず「怪しからん」と思ったらしい。死に方はどうであれ、人の死を叱るのは非情に響くが、気持ちはわかる。死ぬにしても「太宰は酒席を済ましてからにして欲しかった」というのだ。表現は不謹慎に見えるが、あの男と一度も話し合えずに終わったことが、百閒は返す返すも残念でならなかったのだろう。

自分を頼ってきたその太宰を愛弟子のように面倒を見ながら永く親交を続けてきた井伏鱒二は、情死事件と新聞が報じたのを苦々しく思い、あれは心中などというものでなく、死にたがっている女に太宰がつきあったのだと信じていたようだ。戦後すぐ流行作家のようになってからは恩人の井伏から距離を置き、平気で悪口まで言うようになったらしい。その生活ぶりに危うさを感じ、忠告しようとしても、太宰のまわりにはいつも取り巻きが何人もいて、二人で話す機会は得られない。そうした時期にとうとう起こってしまった痛恨のこの事件。以前は「書くために生きる」とまで自分の前で断言したあの太宰が、わずか四十歳で自らの生涯を閉じてしまったことが、井伏は何とも残念でならない。「小説のために生きるという人間が自殺するとは生意気である」と叱ってみるが、肝腎の太宰にはもはや届かない。なんともやりきれない気持ちであったことだろう。

【死人】亡くなった子には勝てない

『無言』と題する谷川俊太郎の短い詩は「谺《こだま》はなく／余韻もない／地に横たわる／骸の上に／雨の／最初の／一粒が／落ちた」と展開。若き詩人の感覚に浮かんだイメージだ。

「死人に口なし」ということばがよく使われる。「口なし」とは、しゃべることができないことをさす。死んでしまえば反論も弁明もできないのだから、死んだ人の悪口を言うのは卑怯な行為だ、というような意味合いで使うことが多い。

夏目漱石は『彼岸過迄』という小説で、亡くなった子には勝てないという人間の心の矛盾を例示してみせた。子供が何人いてもみなかわいい、どの子が大事だなどというふうに親は考えない。それが偽らざる親の本音だが、誰かが子供のうちに亡くなってしまったりすると事情は違ってくる、今は亡きその子が特に大事なように思え、誰かがその子の悪口を言ったりすると向きになってかばう。矛盾しているようだが、どちらも人間として自然な感情なのかもしれない。

庄野潤三の『屋根』という作品にもそんな記述が出てくる。早世した姉の妹が、どんなにかわいい顔をしていても、運動がいくら上手でも、母親は器量もバレーボールも姉ちゃんには叶わないと、ついそんなことばが出てしまう。早く死んだ子には勝てないのだ。親にとってどの子も同じように大事なのだが、早く死んだ子の肩を持ちたくなるのも人間の自然な感情だろう。心理がつい論理を言いくるめることもある、人間じみた愚かさだ。

死んで葬礼の終わったあたりから、親類縁者が集まって、亡くなった人の形見分けが始まる。人間いくら悲しんでも欲はなくならないから、「泣きながらまなこを配る形見分け」という川柳が生まれる。少しでも値打ちのある物を手に入れようと、形見の品にちらちら目を配って選別を始める人間の浅ましさを寸描したスナップショットだ。

良寛は「形見とて何か残さむ春は花夏ほととぎす秋はもみぢ葉」という一首を残している。春には桜の花が咲き、初夏には時鳥がやって来てその声が楽しめるし、秋にはもみじの葉が紅や黄に染まる、形見などそれで十分ではないかという満ち足りた心。これなら形見分けの醜い争いも起こらない。

春秋の彼岸とお盆には、墓参りで死者と無言の対面を果たす。もっとも、「墓桶を下げて見とれる隠し町」という川柳もあるから、人間というものはむずかしい。「墓桶」を持っているのだから当然、墓参りに来たのだろう。ところが、昔は寺の門前などによく私娼窟があったらしく、私娼すなわち非公認の売笑婦を抱えていた。墓前に手を合わせた身ながら、そんなあたりがちらちら見えるとなんとなく落ちつかない。すべての迷いを断ち切る菩提と、なかなか断ち切れない人間の煩悩との対比が味わい深い。

【別れ】サヨナラだけが人生だ

死別はどうしようもない悲しみを誘うが、日が経つにつれて次第にそういう感情も弱まり、やがては思い出すことさえ稀になって、関係が薄れてしまう。また、相手が生きていても親しい人との別れはつらいが、これも、永い間たがいに会わずに暮らしているうちに次第に疎遠になってしまう。「去るものは日々に疎《うと》し」という諺は、死者が次第に遠い存在になっていくというだけではなく、生きている人間どうしの関係にもそのままあてはまる。

法華経にあるという「会者定離《えしゃじょうり》」は、一度出会った者はいつか必ず別れる運命にあるという意味で、この世ははかないという無常観の教えだという。日本語としては「会うは別れのはじめ」という諺が昔からよく使われてきたらしい。古くは藤原定家に「はじめよりあふは別れ

ときながら　暁しらで人を恋ひける」という一首がある。最初から、会うは別れの始めと重々聞き知っていながら、別れなければならない暁の悲しさを深く考えもせず、こうして人を恋してしまった、というような歌意なのだろう。この諺、このような恋人との別離について多く使われてきたようで、はかない交際を嘆くような場合を連想させやすい。

もっと一般的な人生観となれば、井伏鱒二の『厄除け詩集』に出てくる、「「サヨナラ」ダケガ人生ダ」という文句が特に有名だ。ふつう漢詩の訳というと、「牀前月光を看る　疑ふらくは是地上の霜かと」といった厳かな文調に響くが、井伏の手にかかると「ねやのうちからふと気がつけば、霜かと思ふいい月明り」といった俗っぽい民謡調に一変する。こんなふうに漢詩を自在に訳した井伏は、于武陵の『勧酒』をこう訳している。「コノ盃ヲ受ケテクレ／ドウゾナミナミツガシテオクレ」と、酒を酌み交わす場面に続き、「花ニ嵐ノタトヘモ有ルゾ／「サヨナラ」ダケガ人生ダ」と、桜花を散らす風の喩えを引いて、人生いつどうなるかわからない、人との別ればかりが続くと、別れを惜しむことばを投げかける。

昭和五十年の暮れ、雑誌の企画で東京荻窪の井伏邸を訪ね、インタビューの最後に名訳と評価の高いこの例を出して、本人の口からその意図を聞き出した。ことばの面で考えると、と話を切り出し、「サヨウナラ」とすればリズムが崩れるということはあるが、意味だけなら「人生は別離である」としても通る。あの訳の魅力はどんな性質のものだとお考えですかと水を向けると、「あれを五七五（五七調）にしたら上品な訳になっちまう。肩が張ってしょうがない。

それを七七調の土俗趣味にした。あれは安来節で唄えますよ、櫓の上で」と、あの丸顔に満面の笑みが浮かんだ。が、残念ながら、唄う声までは聞こえてこなかった。

人間

あんな所へ誰が行くもんかと意地になる

【愚】われ愚人を愛す

「人間は欲のかたまり」という諺がある。人の道を説き、自ら清く正しく生きているつもりでも、出世欲、金銭欲、愛欲と、一切の欲に縁のない人間などというものはどこにも存在しない。いくら偉そうなことを言おうと、人間というものは、一皮剝けば欲だらけの存在だ。たしかに、そう言えないこともないような気がする。井原西鶴は、『日本永代蔵』に「欲をまるめて今の世の人間とはなりぬ」と強調し、『諸艶大鑑』では「人間は慾に手足の生えたるものぞかし」と極言してみせた。

事実はそのとおりかもしれないが、そこを剝き出しにせず、醜いところを皮で覆ってでも、他人と親しく付き合いながらこの世を上手に生きていくのも人間ならではの知恵なのだろう。その賢いはずの人間にも、愚かなところがいくつもある。「間抜けの行き止まり」という滑稽な諺が該当するほどの図抜けた愚者でなくても、人間なら誰しももっている愚かさもあり、陥りやすい過ちもある。

吉田兼好が『徒然草』の中で、木登りは下りぎわが肝腎と注意を促す話を持ち出すのも、人間には油断という大敵があるからだ。「高名《こうみょう》の木のぼりといひしをのこ」すなわち、木登りの名手として知られる男が指図して、人を木に登らせたところ、高い枝に登って危険に感じるところでは何も注意せず、「軒長《のきたけ》ばかり」すなわち、家の軒ほどの高さまで下りて来たところで、「あやまちすな心して降りよ」と初めて注意を促したという話だ。危険な場所では自分で注意しながら慎重に行動するが、ここまで来ればもう大丈夫と思うあたりで、つい油断が出やすく、実際にはそこが一番危ないと名手は心得ているからである。

内田百閒は『解夏宵行《げげ》』に「誰でも知っている事を、自分が知らないと云うのを自慢らしく考えるのは愚の至りである」と、もっともらしく書いたあと、そうは思うもののと続け、みんなが出かける名所に行きそびれて何年か経つと、あんな所へ誰が行くもんかと意地になる、と本音をもらす。個人的には東京タワーも、スカイツリーもその一つ。愚かなことと知りながら、ついそうなってしまう。この心理は実によくわかる。とても他人事《ひとごと》とは思えない。

チャールズ・ラムを愛してやまない福原麟太郎は、その『エリア随筆』を解説し、「愚かなことが人間の人間らしいところである。そこに何とも言えぬ泪ぐましさがある。ヒューマニティーの泪でくもった目に微笑を泛べて書いたエッセイ」と評した。「人間は、その愚かさのゆえに、実に愛すべきところがある」という見方だ。馬鹿な奴ほどかわいい、といった世間の個別の問題ではない。「われ愚人を愛す」というラムの信念の底には、「人間は誰に限らず、ちっぽけな馬鹿、みんな裸になれば同じさという悟り」が横たわっている。

【親子】孝行のしたい時分に

「子に勝る宝なし」ということばがあるとおり、どんな宝も子供には及ばないと思うほど、子はまさに最上の宝物だとされてきた。人情としては今の時代でも基本的にそのとおりだろう。昔は親子が一緒に寝たから、ふつう赤ん坊は間に入って両脇の両親から守られる形ですやすや眠りに入る。誹風柳多留にある「子が出来て川の字なりに寝る夫婦」という川柳は、畳の部屋で三人がそんな形で寝ている姿から「川」という漢字を連想した句である。この字は棒が三本縦に並んでいるが、通常、真ん中の一本を短く書くので、それを赤ん坊に見立てた発想なのだろう。いかにも仕合わせそうな家族に見える。

「寝て居ても団扇のうごく親心」というほのぼのとした川柳もある。赤ん坊を寝かしつけようと添い寝していた母親、日頃の疲れでつい自分が眠りかける。いかにもありそうな風景だが、この句の眼目はそこではない。少しでも涼しい風を送ろうとゆっくりあおいでやっているのか、それとも子供の顔に止まりそうになる蠅や蚊を払うのか、うつらうつらしながらもそこは親、無意識のうちに団扇の手を動かそうとする、そんな親心を詠んでいる。

「旅戻り子をさし上げて隣まで」という川柳もある。長い旅から戻り、久しぶりにわが子の顔を見たうれしさに、思わず抱き上げ、その子を目よりも高く差し上げ差し上げしているうちに、つい隣の家の前まで来てしまったという、ほほえましい情景を詠んだもの。その折、隣の人と顔を合わせてしまったら、照れくさそうに挨拶したにちがいない。

サトウハチローの詩『あの子の残した上衣には』に、「あの子の残した　手袋に／風の匂いが　しみている」とあり、「あの子のすわった　古椅子に／あの子の帽子を　のせてみる」と続く。子を亡くした親はもちろん、そうでなくとも自分から離れていった子供を考える母親の気持ちは、きっとそんなものなのだろう。

「子は鎹《かすがい》」という諺もある。「かすがい」は二本の材木をつなぐ役をする、コの字の形をした太い大釘のこと。二人の間にできた子供に対する愛情によって、親である夫婦どうしの間もしっかりとつなぎとめられて、その縁が長く続くことを意味している。

わが子を大事に思うのはごく自然であり、そのこと自体は好ましいのだが、その愛情があまりに甚だしく、ほかのことが冷静に判断できなくなる段階に達すると、いろいろ支障も出てくる。「子ゆえの闇」という諺もあり、『後撰和歌集』に藤原兼輔の「人の親の心は闇にあらねども子を思ふ道に惑ひぬるかな」という一首もあるとおり、事実、人間の世の中では、わが子かわいさが度を過ぎ、自分の子供のことを思うあまり、親がすっかり分別を失ってしまうこともあるかもしれない。この一首もそういう世間にありがちな親の盲愛を詠んでいるのだろう。

ところが、「親の心、子知らず」という諺もあるように、わが子を思う親の深い気持ちも知らず、子供のほうはそういう親の期待を無視して勝手なことをする傾向があるようだ。中には、ぐれて親の手に負えなくなることもあるだろう。それでも親は、それは自分の子供のせいではなく、誰かに誘われてそうなったのだと思いやすい。「あれと出るなと両方の親がいひ」という川柳は、どちらの親も、わが子が悪くなったのは相手の影響を受けたせいだと思いやすい、そんな風潮を皮肉ったのだろう。

いずれにしても、親というものはいつも、子供のことで心配が絶えない。「子が無くて泣く者は無い」ということばもあるほどだ。わが子がいなければ、自分が死んでも、ほんとに心から泣いてくれる者は誰もいないという意味にも使うようだが、自分の子が無ければ、子供のことで泣き悲しむようなことも無く安楽だという意味もあるらしい。

子を持つことに象徴されるように、こんなふうに喜びと悲しみが隣り合わせだというのは、いかにも人間らしい運命なのかもしれない。また、親子の関係もべたべたしたものとも限らず、特に大人に育ってからは、「親子の仲でも金銭は他人」という態度をとる例があり、昔より増えてきたような気もする。もっとも、このことばにはニュアンスの違いがある。一つは、血を分けたほんとの親と子の間でも、金銭の問題はきちんとけじめをつけるべきだと、あるべき生活態度を説く場合だ。もう一つは、とかく金のことになると親子でも水くさくなるのが世の常だ、と人間世界の傾向を批評する場合である。前者については、ぜひともそうありたいと思うし、後者についても、人間どうしてもそうなってしまいやすいと、その傾向を認めざるを得ない。どちらも、まさにそのとおりなのだ。

子供が親の期待どおりにうまく育てば、やがて親の言うことに耳を傾け、時には、それも一理ある、もっともだと認めるようになる。だが、「親の意見と茄子《なすび》の花は千に一つも徒《あだ》はない」という昔の諺どおりには、今はなかなか運ばない。茄子《なす》は花さえ咲けば必ず実をつけるから、役に立たない花というものはない、それと同じように、親が子に意見することには無駄なことはない、そんな意味のことばだが、今の親と子の間では理想論に過ぎるような気がする。が、大人になれば、よく考えると、なるほどそのとおりだと思うぐらいのことは今でもあるような気がするが、それも大人になってからのことだろう。

「子を持って知る親の恩」という諺もある。自分が親となってはじめて、自分を育ててくれた親のありがたさが身にしみてわかるようになり、その親を大切にしたいと思う気持ちも強まる。ところで、子を思う親の気持ちと、子が親を思いやる気持ちとを天秤にかけたらどうなるだろうか。その答えが、「親思う心にまさる親心」だと、親の気持ちのほうに軍配を挙げた人がある。子が親を思う気持ちより、親が子を思う気持ちのほうが深いというのである。萩の松下村塾で尊王攘夷の運動の指導者を育成し、安政の大獄で刑死となった吉田松陰の辞世の句に見られることばだという。

はたしてこれが純粋に客観的な判定かどうかはわからない。一般に何かを書き残すのは、子供自身ではないし、若い人も少ない。世間で認められた人間となると、どうしても中年以上が多くなり、子を持った親の立場での発言が多くなるはずだ。それが行司の軍配にも影響し、ある傾向を生ずる可能性を否定できないからである。

当然、どこの家庭でも親は子よりだいぶ年上だから、それだけ早く死ぬケースが多くなる。そのため、子供の自覚が遅いと、「孝行のしたい時分に親は無し」という「柳多留」に出るしみじみとした川柳のとおりになりかねない。人間一般に、若いころは遊びほうけて親に心配ばかりかけやすく、そういう自分の親不孝にようやく気づいて恩返しに親孝行をしたいと思うころには遅すぎて、もうその親がこの世にいない、というケースもけっして珍しくないだろう。事実、「石に布団は着せられず」という痛恨の川柳もある。さんざん苦労をかけた親がすでに世を去り、墓石になってからでは、いくら親孝行をしようと思ってももう遅い、というのである。

親が死ぬより前に自分が死んでしまえば、そういう経験をしないで済む理屈だが、「親に先立つは不孝」と、早く『源平盛衰記』にも記されているとおり、親より先に死んで親を悲しませることほど親不孝なことはない。鎌倉中期に、法華経に仏法の神髄を見出した日蓮上人の遺文に「親には一日三度笑って見せよ」とあるという。自分を生み育ててくれた大恩ある実の親に対して、何か特別に親孝行をなどと大仰に構えると、いつ実行できるかわからない。そんなことより日頃から穏かな笑顔で接して安心させるのが、ほんとは何よりの親孝行になるのだ、と教え諭すように説いているのだろう。おかげで気が楽になる。が、問題は、はたして来る日も来る日も、それが実行できるかどうかだろう。

はるかに時代は下り、この節のフィナーレとして、三好達治の『乳母車』と題する詩をとりあげよう。「母よ――／淡くかなしきもののふるなり／紫陽花いろのもののふるなり／はてしなき並樹のかげを／そうそうと風のふくなり」と始まる。追憶を誘う日本語の美しい調べが、なつかしく胸にしみる。そして、無心に母を呼ぶ裸の心が「時はたそがれ／母よ　私の乳母車を押せ／泣きぬれる夕陽にむかって／轔々と私の乳母車を押せ」と、切々と訴える。そうして、「母よ　私は知ってゐる／この道は遠く遠くはてしない道」と結ばれる。

そうそうと風が吹きわたり、淡くかなしい紫陽花いろのもののふる、遠くはてしなく続く道をイメージしながら、この詩人はいつまでも母の慈しみに浸っていたいのだ。いくつになっても親と子の、それが本音なのだろう。日本人の心を、この哀切な響きがいつまでも、はてしなく揺りつづける。

【夫婦】鏡の中のレモン

昔のように娘を他家に嫁に出すのは、親としてつらいことだったにちがいない。蕗谷虹児作詞になる『花嫁人形』という歌に「金襴緞子《きんらんどんす》の帯しめながら花嫁御寮はなぜ泣くのだろ」という一節がある。女と生まれたせいで自分一人が親兄弟と別れてこの生家から出て行くことになった。嫁入りというめでたい行事ながら、万感胸に迫るものがあるのだろうか。山野三郎ことサトウハチローの作詞した『うれしいひな祭り』という曲に出てくる「お嫁にいらした姉様によく似た官女の白い顔」ということばも、嫁に行ってこの家から姿を消してしまった姉を思い出してしんみりとしてしまう一瞬だったろうか。その点、男でも女でもそれぞれ生まれた家から出て別に所帯を構える現代の結婚は、心理的にもだいぶようすが変わってきたようだ。

好きになるのは感情だから、勘定が合わなくても突っ走る。好きな男と夫婦になれるならどんな貧乏暮らしでもかまわない、という女の気持ちを表すのに、昔は「手鍋提げても」という言いまわしをよく使ったらしい。「手鍋」は鉉《つる》のついた鍋をさし、最小限の所帯道具を誇張した表現だと思われる。そういう気持ちは高く買うが、菊池寛の『茅《かや》の屋根』に「手鍋下げても、いとやせぬなど云うて、唄の文句では粋だけれども、やってみると、つらいわねえ」というせりふが出るように、現実は悲惨な暮らしだったことだろう。

生活の苦しさとは無関係に、男と女が所帯を持てば、おのずと子宝に恵まれることも多い。前に引用した「子が出来て川の字形《なり》に寝る夫婦」という川柳は、生まれた子供を挟むようにして親子三人で寝床に横たわる姿を、「川」という漢字の真ん中の短い一画を子供に見立てた、ほほえましい家庭風景のスケッチであった。亭主が外で働いて帰宅する頃には、赤ん坊はもう眠らせる時間になっているが、昼間ずっと顔を見ていないわが子を見ると、もうかわいくて仕方がない。そこでうっかり抱き上げたりすると、女房の苦労が台無しになり、「寝かす子をあやして亭主叱られる」という川柳の場面が実現する。こんな風景は今でも見かけるかもしれない。

「腹の立つ裾へかけるも女房なり」という川柳もあるらしい。夜遊びをしたのか、遅く帰ってきた亭主がごろりと横になって眠っている。ちょいと憎らしく思っても、そこは夫婦、風邪をひいてはいけないと、女房が一枚掛けてやっている場面のようだ。はたして現代の夫婦にもふつうに見られる家庭の日常風景だろうか。実態は知らない。

親しい仲にも礼儀ありと言うが、夫婦ともなればどうしても遠慮なくものを言うようになり、時折は喧嘩に発展する。それでも、じきに仲直りすることが多く、他人が仲裁に入るまでのこともない。「夫婦喧嘩は犬も食わぬ」という諺は、だから周囲の人間があれこれ気をもむ必要はない、という意味で使われてきた。今でも仲直りが早いのかどうか、いささか気になる。

妻に先立たれるのはどの時代でも耐え難いつらさにちがいないが、特に乳飲み子をかかえている時期だと、夫は扱いにおろおろするばかりだ。川柳に「南無女房乳を飲ませに化けて来い」とあるが、万策尽きて、そう叫びたくなる気持ちはよくわかる。

新川和江の『ふゆのさくら』と題した詩は、夫と妻というかけがえのない二人の関係を、比喩の連続で綴る全編ひらがなの作品である。一編はまず、「おとことおんなが／われなべにとじぶたしきにむすばれて／つぎのひからはやぬかみそくさく／なっていくのはいやなのです」と始まる。「割れ鍋」すなわち、罅《ひび》の入った鍋に、「綴じ蓋」すなわち、割れたのを修理した蓋というふうに、どんな人にもそれにふさわしい相手がいる、という配偶者に関する諺を下敷きに語り始め、「糠味噌くさい」という慣用句を背景に、家事にばかり追われて所帯じみるのはまっぴらだと、自分の希望を語り始める。

そして、「あなたがしゅろうのかねであるなら／わたくしはそのひびきでありたい／あなたがうたのひとふしであるなら／わたくしはそのついくでありたい／あなたがいっこのれもんであるなら／わたくしはかがみのなかのれもん」と、対になった比喩表現が並ぶ。相手が「鐘楼の鐘」なら自分はその「響き」、相手が「歌の文句」なら自分はその「対句」、相手が「レモン」なら自分は「鏡に映ったレモン」というふうに、二人の関係をそれぞれ切り放せない存在に喩えて列挙する、どの比喩も相手を主にして、あくまで自分を控えめに。

男と女の関係は、あるいは女と男との関係は、ぜひともこうありたいと読者も願う。たといわけあって一緒に暮らせない時でも、二人の並ぶイメージは「そこだけあかるくくれなずんで／たえまなくさくらのはなびらがちりかかる」心地がする。

【友】友とするにわろき者

世の中はすぐ変わるし、とかく人も変わりやすい。考え方も変わるし、立場も変わる。諺にも「昨日の敵は今日の味方」と言い、逆に「昨日の友は今日の仇」とも言う。前者は、ついこの間までは敵として争ったり闘ったりしていたのに、今では情勢が変わって味方どうしの間柄になっている。後者はその反対で、前には味方として親しくしていた相手が、今は逆に敵として自分に刃向かってくるという意味である。個人どうしの関係にもありそうだが、移籍の多いスポーツの世界ではそういう関係になる例は珍しくない。党派の離合集散を繰り返してきた政治の世界を考えると、もっとわかりやすいかもしれない。

吉田兼好は『徒然草』の第十二段を「同じ心ならん人と、しめやかに物語して、をかしきことも、世のはかなき事も、うらなくいひ慰まんこそうれしかるべきに、さる人あるまじければ、露違《たが》はざらんと向ひゐたらんは、ひとりあるここちやせん」と書き起こしている。もしも自分と同じ気持ち同じ考えの人がいて、そういう人としんみりと語り合い、面白い話や世間の噂などをたがいに隠すことなく話し合うのがほんとは嬉しいのだが、そんな相手はめったにいない。そうでもない人と向かい合い、相手に合わせて少しも食い違わないように気をつけているのでは、かえって一人ぼっちという気がするというのである。

第百十七段は「友とするにわろき者、七あり」と始まり、「一には、高くやん事なき人」、すなわち、身分が高く非常に高貴な人だという。窮屈で緊張するからだろう。「二には、若き人」とある。考え方が違いすぎて話が合わないのだろう。現代社会なら、ことばが通じにくいという点もありそうだ。「三には、病なく身強き人」とあるのは、相手の苦しみがわからず同情してくれないというのだろう。「四には、酒好む人」とあるのは驚きだが、兼好は下戸だったらしく、声高に同じ話を繰り返す酔っ払いに閉口したのかもしれない。上戸ならむしろ「よき友」の条件に入れたいところだが、そこまでは書かないでおこう。「五には、たけく勇《いさめ》る兵《つわもの》」

とあるのは、猛々《たけだけ》しいつわものは一般に情趣を解さない傾向があったからだろう。「六には、虚言《そらごと》する人」「七には、欲ふかき人」と続くが、この二つは当然で、今でもそのまま通用する見解だ。

そのあとに「よき友三あり」と続き、こちらの条件はわずかしか挙げていない。「一には、物くるる友」とあり、こちらはいきなりきわめて現実的な条件が出てくる。内容の点で誰にも異論はあるまいが、兼好としてはいささかおどけてみせたのかもしれない。「二には医者《くすし》」とあるのも当然すぎて、誰も反対しないし、実際そういう友があれば心強いだろうが、友情論としては夢がないし、芸もない。そこで、というわけでもあるまいが、「三には、智慧ある友」として無難に締めている。だが、これとて、困った時に助けてくれるという理由であれば、現実路線から一歩も出ない。『徒然草』らしく一ひねりほしい気もする。

江戸末期の国学者であり歌人でもあった橘曙覧に、「友無きはさびしかりける然《しか》りとて心うちあはぬ友もほしなし」という一首がある。友人がいないのは淋しいが、そうかといって、自分と気持ちの合わない人なんか友人として欲しくはない、それが本音だろう。その当人が「たのしみは」で始まる和歌をずらりと並べた中に、「たのしみは心をおかぬ友どちと笑ひかたりて腹をよるとき」と詠んでいるように、気の置けない友人と親しく語りながら笑い合う時の楽しさは何ものにも代えがたい。これは時代を超えて通用する鉄則らしい。

立場

学者はわからぬものをありがたがる

【職業】盗人の戸締り

サトウハチローは『青春五人男』に「女はキリョウのわるい方が親切です」と書いている。もちろん統計調査の結果を紹介しているわけではない。だが、何となくそんな感じがするのは、美人と自覚する女は他人に媚びる必要などないと、こちらが勝手にきめつけているせいかもしれない。また、『新生活行進曲』では「動物園に来ている奴に悪人はいない」と断定している。むろんこれも調査結果にもとづく結論ではないが、悪事を犯すような人間には、無邪気な動物を眺めながら心癒されるひとときなど考えにくいからか、妙に信憑性があって、一概に否定しがたい。どちらも大胆な推測ながら、案外そのとおりであるような気がするから不思議だ。思い込みにはちがいないが、心理的に納得できるのだ。

「悪がたい下女君命をはづかしめ」という川柳もある。「悪がたい」は度を超えてむやみに堅い意。家の雑用や下働きをする下女が勤め先の主人に口説かれた場面らしい。お内儀への義理立てか、旦那の要求に応じないお堅い使用人の行為を、武家階級なみに扱って「君命をはづかしめ」と大仰に表現した滑稽。「下女」も「君命」も今や遠い。

「よく閉めて寝ろといひいひ盗に出」という皮肉な川柳がある。夜になってこれからよその家に忍び込もうとする泥棒稼業の人間が、自分の家の者に、しっかり戸締りをして寝るように念を押して家を出る場面だ。世の中に盗人は一人ではないから、自分が出て行って稼いでいる間に、ほかの泥棒に盗まれる危険はたしかにある。論理的にはきわめてもっともな注意なのだが、盗みに出る人間が泥棒の用心を促すという矛盾感が笑いを誘う。

女中や泥棒に限らず、職業に関する諺も多い。「船頭多くして船山に登る」というのはもともと、一艘の船に船頭が何人も乗り込むと、別々の司令が交錯して船の進路が定まらず、とうとう山に登ってしまうようなとんでもない混乱が生ずるという教えだったと思われる。が、今では船に限らず、指図する者が多いと方針が一定せず、物事が思わぬ方向に進んでしまう、という一般的な意味に広がっている。

「医者衆は辞世をほめて立たれたり」という川柳は、その場の雰囲気がよく想像できる。いくら治療に手をつくし、薬を与えても、病人が死んでしまっては施す術《すべ》はなく、なんとも間が悪い。臨終に立ち会った医者は発する言葉に窮し、死者が生前あらかじめ覚悟をして認《したた》めてあった辞世の句を褒めていくらか間をつくり、患者の家を辞去した場面だ。

「仲人にかけては至極名医なり」という昔の川柳は、はやらない医者をからかう句である。医者はあちこちの家に往診に出かけることが多く、その結果おのずと、どこの家に年頃の娘がいるといった情報をよく知っていたのだろう。暇な医者は、肝腎の診察や治療よりも、そういう縁組のほうが忙しく、そちらの腕は相当なものだ、という皮肉である。

「あきんどと屛風は曲らねば世に立たず」とも言われたらしい。屛風が折り曲げないと立たないように、商人というものは自分の本心を曲げても客の意を迎えるようにしないと倒れてしまうという意味だという。そのためか、「あきんどの嘘は神もお赦し」という諺もあるようだ。

庄野潤三の『足柄山の春』にこんな文句が出てくる。父親が入院生活を経験したあとの誕生日に届いた長女からの祝いの手紙だ。「親分さんがていへんな山を乗り越えられたからには、こりゃもうお上さんともども達者で長生きされることはまちげえねえ」といった調子が続き、「金時のお夏」と署名してある。おどけて大親分に宛てた雰囲気を演出したもの。「金時」は足柄山に住む縁、「夏子」を「お夏」としてその雰囲気になじませた。近時の暴力団とはまるでイメージの違ったらしい、旧き佳き時代の人情味溢れる親分子分の関係に見立てて、父親に対する親愛の情を示した出色の文面である。

【教師】エジプトの涙壺

職業関連では何といっても、文学作品には学者や教師をからかう例が多い。夏目漱石の『吾輩は猫である』など全編がそういう記述から成り立っているように見える。まずは学者。張り替えた障子の紙を見ては「あの表面は超絶的曲線で到底普通のファンクションではあらわせない」となどと日常生活にはふさわしくない学術めいた表現をふりかざす。自分の理解を超える対象をみな高級だと思い込み、むやみに崇拝するのか、「学者はわからぬものをありがたがる」といった皮肉も多い。「教師は「知らない」と言わずごまかす」傾向があると迷亭は言うし、「大学の講義でもわからん事を喋舌る人は評判がよくってわかる事を説明する者は人望がない」と容赦がない。わが身を振り返っても、学のない自分が「学者」だと思ったことは一瞬たりともないが、免許の要らない大学教授であった経験は長いから、教授内容と人望との関係については、わかることしかしゃべれない自分に異論などない。

この手の教授先生は漱石作品にだけ登場するわけではない。小沼丹の小説『エジプトの涙壺』は題名そのものが思わせぶりで、具体的なイメージが湧かず、なにやら胡散《うさん》臭い。後輩の教授にその内容を質問されても、先輩は自分でもよく知らないらしく、「エジプトの涙壺はエジプトの涙壺さ」とまるで説明しようとしない。そして、「リルケに「涙壺」って云う詩があるのを知らないかね」と相手の教養を疑うそぶりをちらつかせ、自分も知らないのをごまかしてしまう。

昔は「休講掲示」ならぬ「出講掲示」というものが出るほど、偉い先生は平気でよく休んだらしい。講義もきまって十五分遅れて始め、それが一時間の四分の一にあたるところから、「アカデミック・クォーター」などともっともらしく呼んでいたという。講義を担当し始めたころ、開始時刻から十分後にトイレに行き、それから教室に向かうとちょうどいいと大学教員としての心得を説く先輩もあった。終わりはもちろん勝手に、適当なところで切りがいいということにして、さっさと教場を後にする。あとは研究か、酒場か、人さまざまだ。

【学生】文学に痩せる

自分自身が学生だった大昔にいたっては、二時間単位の講義で昼間部は四コマ、その間に休憩時間はおろか昼休みも設定されていなかった。それでも一向に困らなかったのは、授業時間のそういう人間味溢れる融通が、あの頃の世間の常識だったからだろう。別にだらしがないとも思わずのんびりと過ごした学生時代の夢のような時間が懐かしい。当時の学生が身につけた知識や教養がはたしてそのせいで貧弱になったのか、今と比べるすべもない。

英文学の大家で、随想全集が刊行されるほど、自らも味わいあるエッセイを多数残した福原麟太郎は、『大学教授』と題した随筆でこんな大胆な私見を述べている。しみったれはそれらしい学問の風を、出世好きは見せかけのよい学問をこしらえ、こすい人は手抜きをして小賢《こざか》しい学風を築くというのだ。また、『文科の学生』という随筆では、「文学」と「学問」とが矛盾するようにできているのが大学の文学科だと指摘したあと、文科志望の学生の多くは創作家や批評家になりたいという希望を一度は持ったはずだと述べている。早稲田の文科も今では学問研究を志しているようだが、数十年前までは「創作家を出すことを誇りとしていた」という記憶があり、その前の時代までは「日本全体が早稲田文学的」だったという。

そういえば早稲田の現役の教授だった頃、酒の席で、大先輩にあたる英文の教授から、自分が高等学院から学部に進学する折、志望先を問われて即座に「文学部」と答えると、文学部のどこかと質問されて面喰ったという体験談を聞いたことを思い出す。英文とか仏文とか露文とか国文とか、あるいは哲学とか心理学とか歴史とか、科がいろいろあるから当然の質問なのだが、当人は文学部といえば創作の場だと思い込んでいたから、もう一度「文学部」とだけ答えたそうだ。時代の雰囲気がわかるようで、なんだか羨ましい。当時は「文学に痩せるのが文学者の看板」であり、文科の学生は「文士の卵」気分で時代を謳歌していたはずだと、英文学の泰斗で自らも珠玉のエッセイに健筆をふるった福原麟太郎は、そういう往年の気風をいかにも懐かしそうに書き残している。

顔面

下顎が出っぱっているとせりふに凄みがつかない

【髪】その子二十

『源氏物語』の「若紫」の巻に、その名のとおり、のちに紫の上となる女の子の幼い姿を垣間見て、光源氏がその愛らしさにすうっと心惹かれるところが出てくる。源氏の君が「夕暮のいたう霞みたるに紛れて、かの小柴垣のもとにたち出《い》で」、簾の少し上げてある僧坊の中を覗いてみると、「髪は扇をひろげたるやうにゆらゆらとして」いる少女が見える。行末の美貌が今から目に見えるようだと、源氏が思わず見惚れる場面である。「つらつき、いとらうたげにて、眉のわたり、うちけぶり、いはけなくかいやりたる額つき、髪《かむ》ざし、いみじう美し」、すなわち、顔つきがかわいらしく、ぼうっと匂いやかな眉のあたり、幼く手で掻きやった額ぎわの髪も美しいと、目につくところを手放しで褒めちぎるのだが、特にたおやかな髪の美しさに心惹かれるようである。

近代では、与謝野晶子の「その子二十櫛にながるる黒髪のおごりの春のうつくしきかな」という一首もよく知られ、強烈な印象を残す。どこかの花見か何かの群衆の中に、たまたま二十歳ぐらいの娘の美しい黒髪を見出して、その感動を詠んだのではない。鏡の前で晶子が、そこに向かい合うこととなった自身の姿を眺めて、思わず感情が昂ったのだという。そしらぬ顔で「その子」などと他人のように呼びかけながら、豊かな黒髪に象徴される自身の若さを誇らしく思う。表現されているのは、自分が今そういう美しさの絶頂を極めているという手放しの青春讃歌だが、もしもその奥で、これがいつまで続くのだろうという不安が一瞬よぎることがあれば、得意満面の底深く、美しさが衰え消える時の喪失感の予兆のようなものがゆらめくはずだ。そういう光と影によって、作品はたちまち深い陰翳を帯び、印象はぐっと重く、複雑になるにちがいない。

林芙美子の『放浪記』に、「日本髪はいいな。キリリと元結を締めてもらうと眉毛が引きしまった。たっぷりと水を含ませた鬢出しで前髪をかき上げると、ふっさりと前髪は額に垂れて、違った人のように私も美しくなっている」と書いている。わが身の変化にはっとする印象的なくだりだ。「キリリと」「たっぷりと」「ふっさりと」と擬態語を先行させ、あくまで感覚的に描く場面である。

毛ひと筋の乱れもなく整った髪は、見る人の緊張を誘い、時には重苦しい感じにも見える。永井龍男は『「あいびき」から』で、女のこんな髪のたしなみを描いてみせた。「その髪かたちにしても、実に神経が行きとどいていながら、何処かで軽く定石をはずしたような、かすかな乱れを故意に残しておいて、それで襟足の美しさを引き立たせる、といった風な好みが、全身を包んでいる」というのである。隙のない人には警戒心を抱くという人間の心理をあやつって本能的に魅力を演出できる、そんな女の勘なのかもしれない。

三島由紀夫は戯曲『鹿鳴館』で、「会わないでいた二十年の間というもの、夜の闇が夜毎に染めて、ますます長く、ますますつややかになったこの髪」と、女の黒い髪を美化して描いたが、黒ければ黒いほどつねに美しく見えるわけではなさそうだ。川端康成は『雪国』に「駒子の髪の黒過ぎるのが、日陰の山峡《やまかい》の侘しさのために反《かえ》ってみじめに見えた」と書き、黒過ぎると背景によってはみじめに感じられることを描き出した。

黒い髪が美しく見える印象的な場面といえば、同じ作品に出る同じ駒子の、朝の鏡に映った紫光りの黒髪だろう。島村の部屋で一夜を明かした駒子は、明るくなる前に帰ろうと、夜明け前に鏡に向かう。背後から眺める島村の眼に映る鏡の映像だ。「鏡の奥が真白に光っているのは雪である」と始め、「その雪のなかに女の真赤な頰が浮んでいる」と続け、「なんともいえぬ清潔な美しさであった」と印象を簡潔に語る。そして行を改め、「もう日が昇るのか、鏡の雪は冷たく燃えるような輝きを増して来た」と自然の背景を描いて、「それにつれて雪に浮ぶ女の髪も紫光りの黒を強めた」と人物をくっきりと浮かばせる。鏡に映る女の髪の色の微妙な変化をとおして、昇ってくる朝日の存在を読者に感じさせるのだ。

【顔】二千万人の祖先

夏目漱石は『草枕』で「此僧は六十近い、丸顔の」と書いた後、なんと「達磨を草書に崩した様な容貌を有している」などと、誰も考えつかないような大胆なイメージの比喩表現を駆使して、その坊さんの顔の印象を描いてみせた。絵でよく見る達磨大師のいかつい顔はすぐ想像できるが、文字ではないその風貌を草書体に崩すというのだから読者は面くらう。

改まった楷書体を少し崩して書きやすくしたのが行書体、それを早く書けるようにさらに崩したのが草書体だから、きっと、いかつい達磨の顔をぐっと軟らかい感じにした顔だと見当はつくが、次元を超えた不思議な発想に笑ってしまう。いわば隷書《れいしょ》体の比喩みたいなもので、まるで写実的ではないが印象をよくとらえており、これで通じるのがおかしい。

不思議な発想といえば、室生犀星も独特の感性を発揮する。『舌を嚙み切った女』に「顔色に斑点のようなあお白さが、最初はぽつぽつに現われはしたものの、次第にその斑点はそれぞれに溶け合って全面を覆」う顔が描かれ、そこにこの作家は思いがけないものを連想する。「お臀《しり》のような蒼白い顔の女になった」と、「顔」をなんと「尻」のイメージでとらえるのだ。突飛な連想だが、皮膚の色彩という一点に限れば、たしかにそういう類似もありえないわけではない。

その犀星が『愛猫抄』では、具体的なイメージのわかない、こんな顔を読者の前につきつける。「なまじろく、うどんのような綟《よ》れたかおをしながら、しずかに、ふふ……と微笑《わら》った」というのだ。女の顔が「うどん」に似ていると言われても読者はぴんとこない。その前に「なまじろく」とあるから、顔面に粉をふいたような連想を誘うが、「綟れた」と続くところから、くしゃくしゃっとした皺だらけの顔を思い浮かべるかもしれない。

落語に、上から見ていくと真ん中を忘れそうな長い顔というのが登場するが、漱石門下の内田百閒の『山高帽子』という随筆にこんな話が出てくる。顔の長い友人に一言「長い」と言ったばかりに、「貴方の顔は広い」と反撃され、次第にエスカレートする。以前の倍もあると言われ、寝てばかりいるから太るのだと弁解すると、いやいや、それは太ったという顔ではない、ふくれあがっている、はれている、むくんでいると病的な方向に攻め立てられ、「もう一息でのっぺらぼうになる顔」だと決定打を浴びる。悔しまぎれに、「まっくら長ラス戸の外に、へん長らの著物《きもの》を著た若いおん長たっている」という調子の手紙で意趣返しをしたという。文意はいっさい無視してナガという音連続をつくりだし、そこにことごとく「長」の字を宛てた文面だ。ひたすら相手の長い顔をからかう嫌がらせの手紙で、用件が何もないというのだから、読者には楽しいが、とても大人の対応とは思えない。

なにしろ列車の時刻表を眺め、到着時刻がちょうどいいからぜひその便にしたいが、これでは出発時刻が早すぎるので、なんとか乗らないで着く手はないかと考える百閒だから、随筆『弾琴図』には顔が要らなくなる話も出現する。大学紛争の折に教員を辞めて、人前でしゃべる機会がなくなり、したがって通勤も無用、家でごろごろしているぶんには対面用の顔は不要。むろん、それでも眼や口がなくては生活に困るし、鼻もあるに越したことはないが、そのまとまりとしての顔がどんな状態でも、学生や同僚に驚かれる心配はない。時折、自分で撫でてみるほか顔に用はないから、そのままほったらかしておいたら、髯は伸び放題、髪は耳にかぶさって、顔が痒くなったが、それを掻くのも楽しみの一つで苦にはならない。道ですれ違う相手が驚こうが、そんな知らない人にまで気を遣う必要はないし、訪問客が「驚くのは、向うの自業自得だから、私の知った事ではない」と構わずにいたらしい。ある日、著書の口絵にするため版画家がやって来て写生を始め、その下絵にちらと目をやると、気がふれた乞食みたいな顔が自分に似ていて不気味でならない。あわてて床屋に飛び込んだが、親父がものを言わないので、脱獄囚とでも勘ぐっているのかと、あれこれ気をまわしてぐったりしたと続く。戯画化されているが筋は通る。

同じく漱石門下の先輩にあたる寺田寅彦は『自由画稿』という随筆にこんなことを述べている。物理学者で随筆でも名高い寅彦は、よく自画像を描いたらしい。鏡に向かって描くのだから自分のほんとの顔でなく左右が逆になった顔だ。着物の襟の合わせ方が気になって頭で修正することもあったというが、顔を頭で想像して左右を逆に描くのは困難だから、鏡に映った顔を写生する。自画像を何枚も描いていると、どれも同じはずなのにそれぞれ少しずつ違って見え、ある日、父親の顔がのぞいて驚いたという。血がつながっているのだから似たところがあるのはむしろ自然だが、それぞれ違って見える顔が、会ったこともない先祖の誰かに似ていても不思議はない。祖先を千年さかのぼるだけで、今の自分は昔の二千万人の血を受け継いでいる計算になるという。自分の「先祖」というとふつうは何十人か、せいぜい百人程度という感覚だろうが、そんな莫大な数をイメージすれば、たまたま自画像にそのうちの誰かに似た顔が現れるのはむしろ自然なような気もする。ただし、それがどの先祖かと突き止めようとしようものなら、考えただけで気が遠くなる。

スケールの大きなこの空想、面白いがどこか不気味。寅彦もそう感じたのか知らん？

【額】血管の影

二葉亭四迷は『浮雲』に「額に芋蠋《いもむし》ほどの青筋を張らせ、肝癪《かんしゃく》の眥《まなじり》を釣上げて唇をヒン曲げている」と描写し、顔面を上から眺め下ろした。夏目漱石の『こころ』には、「先生は始終静かであった。落付いていた。けれども時として変な曇りが其顔を横切る事があった、窓に黒い鳥影が射すように」と、顔面の曇るようすを鳥影に喩えた例が出てくる。

その弟子筋にあたる森田草平は『煤煙』で、「あの眉と眉との間の暗い陰は、誰の眼にも附くじゃないか。冥府《あのよ》の烙印《やきいん》を顔に捺《お》したような」と比喩のイメージを来世にまで広げて、表情の暗さを強調してみせた。

志賀直哉は『暗夜行路』で、女性の顔の肌を「近くで見ると登紀子の米噛《こめかみ》や頤《おとがい》のあたりに薄く細い静脈の透いて見えるような美しい皮膚」と繊細にとらえている。川端康成の『名人』に出てくる「こめかみから額にかけて浮き出た血管も、影を持ってうつっていた」という例も、血管の影が写真に映るほど老齢の痩せ衰えたようすを描いているが、特定の感情の間接的な描写を意図した表現ではない。

しかし、青筋の変化でその人間の精神状態がわかることも多く、顔面を走る血管はその人間の心の状態を映し出す。田宮虎彦の『落城』に出てくる「青白い額にみみずばれのような青筋がぴくぴく痙攣する」というあたりは、そういう例の一つだ。嘉村礒多は『秋立つまで』に「殺気立って蟀谷《こめかみ》にむくむくと幾筋もの青筋を這わして」と、登場人物の激しい怒りの感情を強調してみせた。

井上靖の『天平の甍《いらか》』には「良弁《ろうべん》は小柄で、額の冷たい感じの無表情な僧侶であった」という一文が現れる。ここは心理というより、その人物の性格を描写している箇所だろう。日常生活で人の額から、知性的だとか狡猾だとかといった性格的なあり方を感じとることもある。が、「冷たい」は感覚であって情趣ではないから、この例はそういう主観的な評価ではない。熱に浮かされて興奮することなくつねに冷静な判断のできる人物を思わせ、「無表情」という語を含めると、冷徹とも言える性格を思わせるだろう。

尾崎一雄の心境小説『虫のいろいろ』に、額で蠅をつかまえるという、にわかに信じがたい場面が出てくる。「ある日、額に一匹の蠅がとまった。それを追いはらおうとするはっきりした意志もないまま何気なく眉を上げたら、額の上で騒ぎが起こった」という。下を向いている姿勢でなにげなく目を上げると、おのずと額に皺が寄る。その額の皺が蠅の脚を偶然はさんでしまい、驚いた蠅が飛び立とうと羽をばたばた動かしたというのが事の真相である。表面上は喜劇的なひとこまだが、若い人の額ではこうはならない。年老いた主人公は病み衰えて、額の皺がそこまで深くなってしまったことに愕然とする。

いつまでも笑っている家族と離れ、生きものの命についてじっと考える幕切れだ。

【耳】空気を清冽に

織田作之助の『蛍』に、「お前のように耳の肉のうすい女は総じて不運になり易いものだ」というせりふが出てくる。逆に、耳朶《じだ》の大きな人は「福耳」といっていかにも幸せいっぱいの人生を送りそうな気がするのは、とげとげした印象を与えず、ふくよかな感じがするからだろう。どこの国にもありそうな気もするが、耳に限らず、このような体形と運命との関係には必然的な結びつきがありそうには思えない。

森田たまは『続もめん随筆』で「耳のうしろがすきとおってさくら貝を陽にすかしてながめる、そういうお化粧をバスの車掌さんに望みたい」と期待を述べた。乗合自動車ということばも消え去り、バスの中で案内をしたり切符を切ってまわったりする女性の車掌の姿を見かけなくなって久しい現在、ぴんと来ないかもしれないが、そういう清楚ですっきりと垢抜けた薄化粧は車内の空気を爽やかにし、当人も気品に満ちて見えそうだ。

阿部知二の『冬の宿』に、「繊細な円みをもって、薄い桃色に半ば透きとおった耳は、こんな時、生きもののように見える」という例が出るし、織田作之助の『雪の夜』には「耳の肉がうすく、根まで透いていた」という例も出てくる。単に「耳が薄い」で片づけず、その薄さを「根まで透く」といくぶん誇張ぎみに視覚化してイメージを鮮明にしている。

谷崎潤一郎の『鍵』に出てくる耳の描写は特に印象的だ。中国の婦人は耳の肉の裏側が白くて美しいと何かで読んだことがあるというところから、「妻ノ耳ノ肉モ裏側カラ見ルト白クテ美シイ」と身内の話に移り、「アタリノ空気マデガ清冽ニ透キ通ッテイルヨウニ見エル」と展開する。その耳と真珠の玉とが相乗効果をあげるのを知ってか、妻は「イヤリングを着けた耳朶をわざと寝室へさし出して、「出かけて来ます」という顔つきをしてみせる」というのだ。それにしても、冴え冴えと白い耳の美しさが、そのあたりの空気まで透明にし清冽に感じさせるという突っ込んだ記述には圧倒される。

丸岡明の『ひともと公孫樹』には、「パジャマを着、鼻眼鏡をかけ、まれに見る大きな耳朶の佐藤さんは、片頬についた黄色い絵具には気づかず、絶えずその右の耳朶を引き伸ばすように撫でいじりながら、太宰治の面会強要に根負けしたことを嘆いていた」とある。ここは大きな耳の描写というより、耳をいじる癖を描くことで、作家の姿やその場の雰囲気が生き生きと伝わってくるような気がする。

三木卓の小説『胸』に「耳が遠くなったので、この頃の入沢ヨシには、いろいろのことが突然おこる」とあって、はっと納得した。これも耳そのものの描写ではないが、聴力の衰えることが意外なところに波及することの発見がある。聴力が正常であれば小さな音も拾うから、少し遠い場所のようすもある程度わかり、何かが近づいてくる過程が認識できる。ところが、耳が遠くなるとその対象がかなり近づかないと気がつかない。気がついた時にはすぐ近くにあるから、物事が急に起こったように感じてしまうというのである。

【眼】咲くという眼なざし

人間の目には感情が現れやすく、目を見ただけでその人の気持ちがわかることも多い。それだけに「目」に関する諺や慣用句は多い。「目は心の鏡」は、目はその人の内面を映し出すという意味である。たしかに、目を見ると、今、いかにも嬉しそうだとか、かんかんに怒っているらしいとか、どこか淋しそうだとかと、見当がつく場合も少なくない。

「目が物を言う」というように、意図的に目の表情でひそかに自分の気持ちを伝えることも多い。「目で知らせる」のも、ことばを口に出すことなく、目もとのようすで意図を伝え指図をすることをさす。「目で殺す」のも殺人ではなく、色っぽい目つきで相手を悩殺することである。「目を光らせる」は、鋭い視線を注いで監視する意味であり、「目に余る」は、程度がひどすぎて黙って見逃すことができないという意味で使われる。「目をつぶる」は逆に、見て見ぬふりをして相手を咎めないことである。

「目がある」「目が利く」「目が肥える」「目が高い」などの「目」は、対象の品質や価値を見抜く能力をさしている。「目が眩む」は一時的に視力が利かなくなる意から、何かに心を奪われて正常な判断ができなくなる意にも発展する。

人間の眼球の見え方や、そのまわりの眉や睫毛、あるいは瞼などはどう描写されているのだろう。永井荷風の『腕くらべ』に、「頭はきれいに禿げ頬は落ちてしまったが、真白な眉毛だけは筆の穂のように長く垂れている」とある。老人の長い豊かな眉を筆の穂のイメージでとらえた比喩表現である。絵本で見る良寛さんの眉などは、能筆の歌人にふさわしく、なるほどそんなふうに見えるような気もする。

島尾敏雄の『われ深きふちより』には、こんな病的な瞼が描かれている。「妻のあの視覚ばかり鋭敏になって発達してしまった皮膚のうすい熱っぽい、自らを統御できなくなった困惑に満ちたまぶた」だ。ただ、そこに「一種の幼さをただよわせた」というのが、主人公にとってはいくらか救いだったか、あるいは、逆にいっそうたまらない気分に誘ったか。

宇野千代の『色ざんげ』には、「窓からさすうす日をうけて半眼に開いているつゆ子の瞼は庇《ひさし》のように濃い睫毛の影を頬に落とし」という描写が現れる。描写の焦点は瞼よりも長い睫毛にあるだろう。比喩的に「庇」のイメージでとらえられた「濃い睫毛」が、頬に影を落とすというのだから、その量感に読者は驚くにちがいない。

川端康成の『雪国』にも、「女が黒い眼を半ば開いているのかと、近々のぞきこんでみると、それは睫毛であった」という箇所が出てくる。黒眼と見間違うほどの睫毛だからこれも読者をはっとさせる。作品冒頭の車窓の夕景色の中に浮かぶ女の瞳も印象的である。汽車に揺られているうちに夕闇が漂い始め、車内はスチームのぬくもりで窓ガラスが曇り、島村が人差指でぬぐうと、「そこに女の片眼がはっきり浮き出」て驚く。いつか外が暗くなっていてガラスが鏡の役をし、向かい側の席の女が映ったのだ。車窓には同時に風景が流れ、点々と人家の灯も見え、女の顔の奥をそのともしびが流れる。「小さい瞳のまわりをぽうっと明るくしながら」「娘の眼と火とが重なった瞬間」、島村は「夕闇の波間に浮ぶ、妖しく美しい夜光虫」を連想する。のちに葉子とわかるその女が、「刺すように美しい目で、島村をちらっと見た」瞬間、「島村はなにか狼狽した」とある。女の視線に動揺したのだ。

こんな厭らしい眼もある。吉行淳之介の『原色の街』に出てくる「この女は、金でなんとかなるかな、いくら位でついて来るかしら、それともタダでうまく浮気できるかな、という、あの舐《な》めまわすような、疑りぶかい湿った眼」である。

対照的に、幸田文は『流れる』で、芸者置屋の女主人の目つきを「重い花弁がひろがってくるような、咲くという眼《ま》なざし」と書いてみせた。開花のイメージでとらえた卓抜の比喩表現である。これもまた、男を戸惑わせる目つきなのかもしれない。

上林暁は『薔薇盗人』で、「薩摩芋のようにいびつに赤肥りした大きな顔の端っこのほうに、飯粒のように白くくっついた小さな眼」と比喩表現を連発して書いているが、どこかかわいいと感じてにこりとする人はいても、女も男も狼狽《ろうばい》することはありそうもない眼である。

【鼻】顔中にはびこる

夏目漱石の『吾輩は猫である』に出てくる金田夫人の偉大な鼻は、一度読んだら忘れられない。「鼻丈《だけ》は無暗に大きい」とあり、「人の鼻を盗んで来て顔の真中へ据え付けた様に見える」し、「三坪程の小庭に招魂社の石燈籠を移した時の如く」、顔の中で鼻が「独りで幅を利かして居る」というのだ。靖国神社の石燈籠のような存在感をもって君臨する鼻である。そのため、当人がしゃべっていると、周囲の人間はその鼻に圧倒されて、顔の他の部品が目に入らず、「鼻が口をきいて居るとしか思われない」というありさまだ。作中の迷亭などは、気づかれずに迷惑している眼や口を「先生」呼ばわりし、「眼、口、其他の諸先生と何等の相談もなく出来上った鼻」と、その傍若無人ぶりを痛烈に非難している。

徳富蘆花の『思出の記』にも巨大な鼻が登場する。「鼻が無性に大きいので、一寸見ると顔中鼻ばかりかと思われる」とあるから、顔の部品の中で鼻だけがやたらに目立つのだろう。永井荷風が『おかめ笹』に「小鼻の開いた大きな鼻ばかりが一段目立って顔中にはびこってゐる」と書いた鼻も、「顔中にはびこる」のだから極端に大きいのは確かである。

宮地嘉六も『煤煙の臭い』に「素的に偉大な鼻」と書いているが、「偉大」なのは鼻の大きさだけではない。「約五秒置き位に自動車の警笛に似た発声と共に異様な震動を起す」のだから すさまじい。今は昔、欧州旅行の際にウィーンから船でドナウ川を下った折、船のエンジン音が聞こえないほど豪快に響きわたる人間のいびきを聞いて驚いたことがある。乗り合わせた客連中の笑顔は記憶にあるが、あいにく当人の顔を見ていないので、鼻の形も巨大だったかどうかは確認できていない。

幸田文の『流れる』に「秋の尾根を見るような高い鼻をもった初老の女」と描かれた鼻は、まるで違った印象を与える。秋の澄みきった空の下に高く盛り上がった尾根を見る心地がするというイメージだから、すっきりと爽やかな印象を与えるのかもしれない。

鼻そのものでなく、鼻孔から出る液体「鼻汁」も「はな」と呼び、特に「洟」という漢字を書いて区別する。「洟も引っ掛けない」というのは、そういう汚いものを引っ掛けるような嫌がらせさえしない関係をさし、まったく相手にしないという意味で使うことばだ。

みんなが嫌がる洟水も時には文学となるのだから意外だ。「御仏の御鼻の先へつららかな」という小林一茶の句は、鼻からつららがぶら下がるという珍しい景物をとらえ、聖と俗との偶然の結びつきを興じたものだろう。ごく寒ければ、ほんものの洟水が凍ることもありそうだ。

芥川龍之介は「自嘲」として「水洟や鼻の先だけ暮れ残る」という句を残している。洟水を拭いすぎて鼻の先が赤くなった自分の顔を揶揄するように、夕闇が垂れ込めてもその部分だけが残照のように明るく見えると詠んだのかもしれない。自殺を決行する何年も前のこの句を短冊にしたため、主治医に渡すよう家人に託したという。そこから、肉体の消滅した後に残る自意識を象徴する、まさに自嘲の句という解釈が有力になった。

芥川と親しかった室生犀星にも、「わらんべの洟もわかばを映しけり」という句がある。が、雰囲気がまるで違う。子供が鼻の下に垂らしている汚い洟水に、思いもかけず美しい若葉が映っている。子供はそんなことを知らないから、これはまったくの偶然だ。いわば美と醜とのまったく偶然のめぐりあい、人と自然との一瞬の交差をとらえた俳味が心にくい。鍛え上げられた繊細な感覚と洒脱な「軽み」に、読者は心地よい時を味わう。

【頬】恐ろしい笑くぼ

吉行淳之介の『原色の街』にこうある。「眼のまえの女性の好意にみちた眼差しにおもわずほほえみ返したとき」、「彼女の視線が自分の斜めうしろの人物に向けられていたことに気付くと、「行き場のなくなった微笑がそのまま頬に凍りついてしまう」という。アメリカの北部バーモント州のミドルベリー・カレッジに沿った小径で、それと反対の体験をしたはるかな昔を思い出す。女性がほほえみかけるが、周りに誰もいない。日本では、宣伝でもないと、知らない人にほほえみかけられた記憶はほとんどないから、キャンパス内で何度かすれ違った相手かと一瞬考えた。大学構内でなら、よく知らない人と笑顔を交わすことも珍しくないからだ。が、相手の直後の反応から、こちらの勘違いと判明、何とも恥ずかしかった。明らかな笑顔のすれ違いで、こんなに間の悪い思いをしたことはない。よほどの美人だったのかもしれないが、残念ながら、顔のほうはよく覚えていない。

古くは小林多喜二の『蟹工船』に、「便所から、片側の壁に片手をつきながら、危い足取りで帰ってきた酔払い」が「通りすがりに、赤黒くプクンとしている女の頬ぺたをつっついた」というくだりが出てきて、その女の頬ぺたが今でも感覚的になまなましい。

円地文子は『冬紅葉』で、「きめの細かい皮膚の下に、頬の肉が水母《くらげ》のように漂わしく指さきに揺れる弾性のない軟かさが無気味であった」と書いている。「水母」をイメージにした比喩表現だが、ここも不気味な感じが肌をゆすって、なんだか落ち着かない。

宇野千代は『色ざんげ』に、「血の気のない頬」を描いている。それが「よそよそしい冷たさ」に感じられるのは、すぐに見当がつくが、「その冷たさによってやっとこの部屋の婬《みだ》りがましさに反抗しているような、そんな冷たさが浮んでいた」と展開するから驚く。言われてみれば、その関係がよくわかるだけに、的を射た観察だと感心させられる。

幸田文は小説『流れる』に、まず「雪丸はこっくりをして、にいっと笑った」と書き、「笑ったのだろうと思う」と付け加えた。つまり、それが雪丸という芸者の笑顔と思いながらも、ほんとに笑顔なのかと疑う気持ちがきざしたからだ。解釈を加えず客観的に記述すれば、「顴骨《けんこつ》から顎へかけて長い深い溝が両頬へぐいっと吊った」ということになる。印象としては、「刀痕《かたなきず》と云うよりほかない」という「陰気なおそろしいえくぼ」なのだという。その「斬られた顔としかうけとれない陰惨な笑顔」を眺めながら、主人公の梨花は、「雪丸の不幸が笑っているようなもの」だと思ってしまう。

【口】ひらりと一さじ

飲み食いするのも、ことばを発するのも口だから、「口」に関する諺も多い。「口は心の門」というのは、思っていることはうっかり口に出やすいので、発言の際にはよくよく気をつけるように、という意味で使う。もっとも、「口は口、心は心」という諺もあり、ことばはつねに本心とはかぎらない。「病は口より入り、禍は口より出づ」は「禍は口より出で、病は口より入る」と同様、病気は飲食に起因することが多く、ことばを慎まないことから禍を招くことも多いから、口にはくれぐれも気をつけるようにという忠告となる。また、「刃《やいば》の疵《きず》は癒すべくも言葉の疵は癒すべからず」とも言うように、刃物でできた肉体的な傷なら手当や薬で治癒できるが、相手の不注意な発言でこうむった心の傷は深く、容易なことでは回復しないから、心して口を慎むべきである、という意味の注意として働く。

堀口大學の『秋のピエロ』という詩に、「Oの形の口をして／秋ぢゃ！　秋ぢゃ！　と歌ふなり」という一節がある。ことばを発する際の開いた口の形からアルファベットの「O」という文字の形をイメージした例だ。「オ」段の音の発音ではきわめて自然な連想である。

こういうスマートな印象と対照的なのは、木山捷平が『河骨《こうほね》』に「小男に似合わぬ大きな口をぐわっと開けて、黄色い出歯がふうふうと喘いでいた」と描いた口だろう。「ぐわっ」という擬態語の働きも加わって、「黄色い出歯」から出る息の臭いまで伝わるようだ。

開高健の『パニック』にも、「まるでどぶからあがったばかりのような息をしていることがある。生温かく甘酸っぱい匂いだ。口だけでなく、手や首すじからもその匂いはにじみ出てくるようだ」と、口臭や体臭を強調する例が現れる。

それに比べ、太宰治が没落貴族の家庭を描いた作品『斜陽』に現れる「お母さま」の口の動きは、対照的に優雅で気品にあふれている。朝食のシーンに、「ひらりと一さじ、スウプをお口に流し込み、すましてお顔を横に向け、お勝手の窓の、満開の山桜に視線を送り、そうしてお顔を横に向けたまま、またひらりと一さじ、スウプを小さなお唇のあいだに滑り込ませた」と、「流し込み」「横に向け」「視線を送り」と連続的に動詞の連用形で中止させながら、きわめて主観的に描き出した。そうして太宰は、垢抜けたスプーンの操り方を、「燕のように、とでも形容したいくらいに軽く鮮やか」と、翼をひるがえす燕のイメージを導入して優雅な動きを印象づけ、気品を漂わせるのである。

唇の描写としては、何といっても、志賀直哉の『暗夜行路』に出てくる赤ん坊の唇の薄い皮の触感が忘れがたい。そこには、「赤児《あかご》は指でも触れたら一緒に皮がむけて来そうな唇を一種の鋭敏さをもって動かして居た」とある。そのやわらかい唇に指でもふれようものなら、ごく薄い皮が剝けて、まるで指にくっついてくるかと不安になるほどに頼りない、唇の薄い皮膚。読者はまず、この発想にはっとし、やがて感覚的に納得することだろう。

今度は大人の女の唇だ。川端康成『雪国』のヒロイン駒子はこう描かれる。「細く高い鼻が少し寂しいけれども、その下に小さくつぼんだ唇はまことに美しい蛭《ひる》の輪のように伸び縮みがなめらかで、黙っている時も動いているかのような感じだから、もし皺があったり色が悪かったりすると、不潔に見えるはずだが、そうではなくて濡れ光っていた」とあり、美しい唇を喩えるのに、なんと、気持ちが悪いと人に嫌がられる「蛭」のイメージを導入するこの描写に読者は一瞬驚く。が、ぬめぬめした触感をよく伝えるような気もする。

尾崎一雄の『霖雨』に、珍しい場面が出てくる。なじみの店を訪ねたら、あいにく閉めた直後で、なじみの女が気がついて内側からいたずらっぽいポーズを見せる。「節子は、いきなり硝子板に唇を押しつけた」。それを主人公の昌造がガラス越しに眺めると、「少し厚いと思われる節子の唇が、ルージュの色を失って硝子の向うで妙な形に崩れた」。日ごろ見ることのない女の唇の異様な姿に、男は内心のとまどいを隠せない。

舌については、中勘助の『銀の匙』に出てくる女の子の描写が印象的だ。「不意に顔をあげべろっと舌をだして　ああいい気味だ　というように得意に笑いこける」のをじっと眺めていた男の子が「すべっこい細い舌だった」と感嘆するシーンである。

次に歯を取り上げよう。抱いているわが子の口をなにげなくのぞいて見たのだろう。中村草田男の「万緑の中や吾子《あこ》の歯生え初むる」の一句の印象は鮮明だ。親としての驚きと喜びがじわっと伝わってくる。東京吉祥寺に広がる井の頭公園だったか、降るように旺んな木々の緑の中、幼子の口になにやら白いものが見える。歯が生えてきたらしい。大自然の緑と一点の白、そういう対比も鮮やかだが、発見の瞬間に思わず漏れた親の本音が感動的だ。抑えきれずに迸りでた生命讃歌として、おのずと読者の口もとも緩む。この句によって「万緑」が夏の季語として定着したという。

きらびやかな金歯がこれ見よがしに何本も並ぶと、正月などに見る獅子舞を連想させる。永井龍男は『「あいびき」から』で、ちらりとのぞく金色の歯を、女性のたしなみとして言及している。「犬歯より奥の方に、さりげなく入れた金色の歯は、ことに二十三、四以上の或る年齢の女性の場合、談笑裏にそれのキラリとかい間見られるのは、貴女が身を以て証明さるる如く、好ましいものであります」というのが、そのくだりである。

三島由紀夫が『仮面の告白』で、「小さいあくびをして、白い指をそろえて隠した口を、おまじないのように、その指で二三度軽く倦《だる》そうに叩いた」と書いたあたりも、口そのものではないが、女性の口のあたりに目をひかれた人物描写として記憶に残っている。うっかり人前でもらしてしまったあくびをとりつくろう、女のたしなみなのだろうか。現代社会にも残っているのかどうか、いささか気になる。

ほんもののあくびを、夏目漱石は「永き日や欠伸《あくび》うつして別れ行く」という句に残した。あくびはほかの人にうつるとよく言われるが、誰かがすると、それに気づいた人もつい気が緩むのか、それを機に何人かが人前で気楽にあくびをもらす風景をよく見かける。

あくびと同様、咳も口から出る。尾崎放哉の「咳をしても一人」という句はよく知られているだろう。職も妻もすべて失い、今では咳が出ても誰ひとり自分の身を案じてくれる人はいない。嘆いても始まらないその孤独な現実を、しっかりと受け止めているのが救い。

【顎】ふくふくと動く

横に張った顎もあれば、下に突き出た顎もある。野間宏が『暗い絵』に、「角張った横顎、しゃくり上げるように突出た下顎」と描いたのは、その両方に特徴のある顎らしい。

嘉村礒多の『途上』という作品には、「前歯の抜けた窪《くぼ》い口が遥か奥に見えるくらい半島のように突き出た長い頤《あご》」とある。口が遥か奥に見えると誇張したり、「半島」などというイメージを導入した比喩で極端に表現したり、滑稽なまでの扱いをしてみせた例である。

例の中勘助の『銀の匙』に「美しいさくらんぼが姉様《ねえさま》の唇に軽くはさまれて、小さな舌のうえにするりと転《まろ》びこむのを眺めている」という表現が出てくることにはすでにふれた。そのあとに、「貝のような形のいい腭《あご》がふくふくとうごく」という表現が出てくる。女の子の顎を「貝」のイメージでとらえた比喩もさることながら、その顎の動きを「ふくふく」という創作的なオノマトペで形容した表現には、思わずはっとする。そういうやわらかな印象で眺めるところに、その女の子から眼を離せなくなっている男の子の感覚が映っている。

何度か引用している幸田文の『流れる』には、年齢を重ねることからくる冷酷な変化が顎に顕著にあらわれることをすっぱ抜く場面も出現する。染香という芸者がコッペパンを食っている横顔を眺めて、置屋の女主人が哀れを催すシーンである。「もぐもぐとやるたびに顴骨《けんこつ》が形なりに浮き出して見える」のだ。これほどはっきり顴骨の形がわかるのは、年齢を重ねるごとにその部分の肉が落ちてきたからであり、「なんとも傷ましく眼を刺す」。若ければ、こんなふうに顴骨の形で他人に憐れまれることはないと言う。聞いている主人公の女中梨花は、まさに「若さは神の恵み」だと思わずにいられない。「それからもう一ッ」と前置きし、「これはあんたへの置き土産」として、「下顎が出っぱってるとせりふに凄みがつかない」と言い残し、女主人は「ご機嫌よう」と立ち去る。このあたりの記述は、心理と感覚とが融合した、いわば一つの発見なのかもしれない。

人体

一寸肱を曲げて、此縁側に一眠り眠る積である

【手】鬱陶しい触感

人体の描写を頭の髪から始め、上から順に顔全体を顎まで下りてきた。流れとしては、以下、胴体を、首、胸、腹と進むところだが、「体」は印象の面からとらえると「姿」と分かちがたく、その前に、比較的独立した身体部位として、腕や手、指や爪、脚部などを扱っておきたい。

夏目漱石が『こころ』と『道草』との間に、持病の胃潰瘍の発作と発作との間を縫うように朝日新聞の紙上に連載した自伝的随筆『硝子戸の中《うち》』の末尾に、こうある。鶯、春風、眠っている猫という点景を散らして、「家も心もひっそりとしたうちに、私は硝子戸を開け放って、静かな春の光に包まれながら、恍惚《うっとり》と此稿を書き終るのである」と結びかける。うっとりとした、いかにも結びらしい結びだ。ところが、何を思ったか、この文人はそのあとに、「そうした後で、私は一寸肱を曲げて、此縁側に一眠り眠る積《つもり》である」と、もう一行追加するのである。恍惚とした終わり方が気に入らなかったのかもしれない。

雑誌のインタビュー企画で、たまたま帝国ホテルに宿泊中の吉行淳之介を訪問した折、この作家は作品の結び方に関する信条を「終ってギュッと締めて、フワッと放してふくらます感じを出す」と話してくれた。昔話などは「昔むかし、あるところに」と始まり、「めでたし、めでたし」で終わるのが、ひとつの型になっているが、話は終わっても主人公たちはその後も生きて暮らしてゆくわけだから、そういうけはいを漂わせておくのかもしれない。ともあれ、『硝子戸の中』のこの終わり方は、そんなけはいを残しているように思える。ただ「眠る」とか「昼寝」とかということばで済ますことなく、「一寸肱を曲げて」と具体的なイメージを一筆書き添える、暢《の》びやかな遊びも、場の雰囲気を伝え、効果的に働いているように思われる。

大岡昇平の小説『野火』に、兵士が自分の左手をうっとりと眺める場面があり、読者をはっとさせる。「生れてから三十年以上、日々の仕事を受け持って来た右手は、皮膚も厚く関節も太い」と、右利きの男が酷使してきた右手が鍛えられて逞しくなったことを述べ、それと対照的に、「あまやかされ、怠けた左手は、長くしなやかで、美しい」と続ける。長い間、楽をしてきた左手が今なおしなやかさを失わず、「肉体の中で、私の最も自負している部分である」という。「甘やかされ、怠けた」といささか自嘲ぎみに擬人化した表現の手つきが、自分の手を眺めてうっとりとしている自己陶酔の気分を茶化した感じにする。

室生犀星は『性に眼覚める頃』で、「指はみな肥り切って、関節ごとに糸で括ったような美しさを見せていて」と讃えた後、「そのなまなましい色の白さが、まるで幾疋かの蚕が這うてゆくように気味悪い」と、「蚕」のイメージを導入した比喩で、同じ対象にマイナスの印象を添えて描いた。「美しさ」と「気味悪い」とで、なまなましい感触をかきたてている。

三島由紀夫は短篇『橋づくし』で、指先が受けた感触を心理的に描き出している。八月十五日の夜、願かけして、誰ともことばを交わさずに七つの橋を渡りきると、その願いが叶うという、花街界隈《はなまちかいわい》に残る伝統的な風習を「橋づくし」と呼ぶらしい。そんな空気を吸って育った大学生の満佐子は、連れの芸者たちが次々に脱落したあと、最後の備前橋にさしかかった。橋のたもとで手を合わせて祈ったあと、さて渡ろうと歩き出したところで警官に声をかけられる。身投げと勘違いされたらしい。受け答えをすれば願が破れるので、渡りきった後で釈明しようと走り出すが、途中でつかまってしまう。お供に付いて来た女中が一言説明すれば済むのに、なんて気が利かないと思っていると、山出しのその女は自分だけさっさと渡りきって最後の祈念を凝らしている。

その姿を痛恨の目つきで眺めるほかはなかった満佐子は、それから何日かして、あのとき何を願ったのかと聞いてみるが、相手はかたくなに口をつぐんだまま答えない。「憎らしいわね」と、肉づきのいい相手の肩を、マニキュアをした鋭い指先で笑いながらつつく。

その折の感触を三島は、「その爪は弾力のある重い肉に弾かれ、指先には鬱陶しい触感が残って、満佐子はその指のもってゆき場がないような気がした」と記した。指先の鬱陶しい触感、そして、その指先の持ってゆき場のないような気持ちを、読者も心理的に体感する。

新川和江は『赤ちゃんに寄す』と題する詩を、「うす紅いろの小さな爪／こんなに可愛い貝がらが／どこかの海辺に落ちていたらば／おしえてくださいい」と始めた。「未完成」のまま

「完璧」に見えるのだ。〈わたしが生んだ！〉と思う充実感がほとばしっている。

【脚】あまりに無防備

顔や手の傷は外から見えるから目立つが、脚の臑《すね》となるとふだんは衣服に隠れて見えないから、そこに傷があっても気がつかない。そのため、悪事を働いた暗い過去のある人間を慣用的に「臑に傷を持つ身」と言い慣わしてきた。また、大人になっても自活できずに親などの世話になって生活することをさす「すねをかじる」という慣用的な言いまわしもある。

脚部の描写の際は、太いか細いかが中心となるが、尾崎一雄の『痩せた雄鶏』にこんなシーンも出てくる。病気で痩せてしまった主人公の体を話題にして、運動ができないから脚なんかこんなに細くなってと妻が世間話をしている声が、当人の耳に届くと、指でも丸めて見せたらしいと想像する。「その細い脛《すね》を、家中でかじっているのかと思うと、いやになっちゃいます」という、調子に乗っているらしい妻の得意げな声も響いてくる。聞きながらこの作家は、きっとひとり苦笑していたことだろう。

三浦朱門は『箱庭』で、女の脚について細密画のような描写を試みている。「ちょっとO脚の気味がある」と概説したあと、「ボッタリ肉のついた腿《もも》が二本、太い指のように並んでいて」という比喩表現が現れ、「膝と膝の間は雑誌がはさめるくらいすいている」と、O脚の程度を記述する。さらに、「日に当らないために生白く、のっぺりと平らで、青い血管が何本か見える」と、今度はその裏側の色彩や形状の写生に移り、「形もあまりに無防備で、つい先刻まで、そこに何かがはりついていたのを、むりやりにはがして、はじめて外気にさらされた、という感じがする」と執拗に展開する。被写体のほうは他人の目にさらされるはずがないという油断がある。初々しさに不安と恥じらいの漂う雰囲気なのだろうか。

【首】レモンの切口

手脚に次いで、胴体の描写を首から順に下っていこう。相撲の場合、腕と胴との間を開くか閉じるかで、防禦体勢に大きな差が出る。四つ身に組む際、脇を締めて肱を強く押し付ければ隙間が生じないため、相手のはず押しも差し手も防げて、守りが堅くなる。そうできるのを「脇が固い」、逆に簡単に緩んでしまうのを「脇が甘い」と称している。そこから一般に、相手につけこむ隙を与えないことを「脇が堅い」、容易につけこまれるのを「脇が甘い」と表現する慣用句に発展している。

田宮虎彦の『銀心中《しろがね》』に、「胸から肩にかけての筋肉が牡牛のようにもりあがっていて、短かい首はその肩の中にうずもれていた」という、牡牛をイメージにした比喩表現の例が出てくる。外から見るとほとんど無いように見える肉づきのいい短い首の描写である。

川端康成の『雪国』には、「鏡のなかでは牡丹雪の冷たい花びらが尚大きく浮び、襟を開いて首を拭いている駒子のまわりに、白い線を漂わした」という描写が出る。川端らしく対象に直接視線をあてず、鏡に映った女性の首のあたりを眺めているシーンだ。それも、駒子の首というより、そのまわりを漂う花のような雪に焦点をあてた感じにぼかしている。同じ作品に、うつむいた駒子の「首に杉林の小暗い青が映るようだった」という例も出る。

それから十数年後の川端作品『千羽鶴』には、菊治を見上げた文子の「のどから胸になる、そこのくぼみに、薄黄色いかげりがあった」とあるが、それは菊治の視線がそこに注がれるからであり、「令嬢のはにかみの色はなお濃くなって、色白の長めな首まで染まって来た」と感情をあらわにするほど、表情ゆたかな首として描かれている。同じ作品の栗本ちか子は逆に、「手をついて首を上げると、骨太の両肩が怒って、毒を吐くような形に見えた」と、主人公から魔性の女と見える怒り肩が強調して描かれている。

首の裏側に移ると、井上靖の小説『猟銃』に、「襟足の手入れが行き届いてレモンの切口のようにすかあっとして」という女のうなじの描写がある。すがすがしいレモンをイメージにした比喩表現で、「すかあっと」という擬態語によって、爽やかな感じを描出した。

【胸】七月の葡萄の粒

太宰治の戦後の小説『桜桃』に、夫婦と小さな子供三人の家庭の夕食の場面が描かれており、母親がまじめな顔で「お乳とお乳のあいだに、……涙の谷」と言いだす。「涙の谷」という思いがけないことばに、いつもと違って返すことばを失い、「父は黙して食事をつづけた」と続く一節がある。妻に「お父さんは、お鼻に一ばん汗をおかきになるようね」と言われた夫が苦笑して、「お前はどこだ。内股かね？」と言い返すシーンである。当人は「医学的な話」と言い訳するが、論理というより照れ隠しにわざと話を落とした感じだ。

その近くに位置する乳房や乳首に目を移すと、平林たい子が『鬼子母神』で、女の子の描写で「七月の葡萄の粒のような小さい二つの乳」と比喩的に描写した例が印象に残る。イメージは熟す前の葡萄だが、「これでもこの中に豊穣な稔りを約束する腺や神経が絹糸ほどの細さで眠っているのだと思えば、蕾の時から実の形をつけている胡瓜や南瓜のなり花のように、こましゃくれて見えた」と続く。小さいなりにそれ相応の形をして将来の可能性を秘めている乳首の姿を「こましゃくれて」感じるのがポイントだろう。

【腹】臍が宿替え

腹部に下ると、日本語の「腹」は慣用的に実に多様な意味合いで使われてきた。まず、「腹が出てきた」では腹部の外見、「腹が空く」「腹が減る」では胃腸の内部、「腹を下す」で内容物、「腹違い」では母胎を意味している。象徴化すると慣用的に抽象的な意味合いを帯びる。「腹を探る」「腹を読む」「腹を割る」などではその人間の心の中、本心を意味するが、「胸に一物《いちもつ》」となると、よくない考えをもって何かを企んでいることを暗示するが、「腹に一物《いちもつ》」とも言い、そのあとに駄洒落感覚で「手に荷物」と続け、七五調に調えることもある。「腹が黒い」でひそかに悪事を企む性質、「腹が据わる」でものに動じない精神力、「腹に据えかねる」で我慢がならない、「腹をくくる」で覚悟をする、「腹を固める」で決心する、「腹を肥やす」で不当に儲ける、「腹を切る」で昔は「切腹」を意味したが、今はそういう肉体的な激痛から転じて、辞任や辞職をするなど、自分が責任を取って辞める意を表す。

「臍《へそ》曲がり」は性質がひねくれている意、「臍を曲げる」は機嫌を損ねてすねる意を表す。また、笑い転げると腹部もよじれるところから、ひどくおかしいことを「臍が宿替えする」とか「臍で茶を沸かす」とかと大仰に表現してきた。

【尻】放屁なされた

尾崎一雄の『痩せた雄鶏』に、風呂から出たばかりの主人公が、八歳の次女に「お父ちゃんのお尻、無いよ」と言われる場面が出てくる。臀部《でんぶ》をそなえていない人類は存在しないが、ふつう「お尻」というと、丸みを帯びた出っぱりを連想するから、極端に痩せて肉が落ちると、イメージが違ってしまうのだろう。その子が「もとは有ったんだねえ」と感慨深い声を発するのもおかしい。

尻から出る気体は通常は多少とも悪臭をともなうが、家族や友人など親しい間柄では、うっかり出てしまうとそれが笑いのタネになることも多い。しかし、ひとりでいる時に出たのでは笑う人はめったにいない。「屁をひっておかしくも無い一人者」という川柳は、相手が居なくては笑いのきっかけにもならないという意味で、独り暮らしの味気なさを象徴する一句としてよく知られてきた。臭くても肥料にもならず、当人がすっきりする以外、何の役にも立たない。そのため、取るに足らない、まったく価値のないものという意味で、慣用的に「屁でもない」「屁とも思わない」などと使われてきた。「屁の中落ち」などという凝ったことばまである。「中落ち」は魚を三枚におろした際の骨の付いた部分を意味するから、それだけでも価値のないことをさす。それが魚でもない、もともと何の役にも立たない屁の中でも、特に無価値な部分をさす滑稽な表現だったが、残念ながら今ではほとんど通じない。

太宰治の小説『富嶽百景』に、こんなシーンがある。太宰が「井伏氏」と連れ立って滞在先の御坂峠から三ツ峠の頂上をめざして細い山路をよじ登る場面だ。何とか辿り着いたものの、あいにく急に濃い霧がかかってまったく眺望が利かない。そこに作者は「井伏氏は、濃い霧の底、岩に腰をおろし、ゆっくり煙草を吸いながら、放屁なされた」と記した。井伏鱒二は随筆『亡友』で、その後日談を披露している。「読物としては風情ありげなことかもしれないが、事実無根である」と真っ向から否定し、「井伏氏」と実名で登場させながら嘘を書くのはよくない、今後はやめるようにと直接たしなめたところ、太宰は「たしかに、なさいましたね。いや、一つでなくて、二つなさいました。微かになさいました」と譲らなかったという。井伏は随筆で、この「なさいました」を「話をユーモラスに加工して見せるために使う敬語」だと解説している。そういえば、太宰は小説でも「放屁なされた」と敬語を使っている。無根かどうかはもはや確かめようもないが、太宰が以後の作品に「井伏」という本名を使用しないと誓う詫び状を書いたという事実は残っている。

話は気体に次いで固体に移る。与謝蕪村に「大《だい》とこの糞ひりおはすかれの哉」という雄大な景の写生句がある。「大とこ」は「大徳」すなわち高徳の僧をさす。「ひりおはす」は「放《ひ》る」すなわち、体外に出す、排泄する意の尊敬表現。一面荒涼たる枯れ野の広がる、その真ん中に、高僧がどっかりと腰を下ろして脱糞に余念がない。おのずと超然たる風貌までが浮かんでくるような、雅俗渾然とした雄大なスケールの作である。

【肌】流れかかる

川端康成の『十六歳の日記』は、ただ一人の肉親となった祖父を看取る初期作品だ。「脚も頭も、くしゃくしゃに着古した絹の単衣物のように、大きな皺が一杯で、皮をつまみ上げると、そのまま元へ戻らない」と、すっかり潤いも弾力も失うまでに衰えた老人の皮膚を描いている。のちに小川洋子が『博士の愛した数式』で、熱を出した時の博士を「お腹や太股や二の腕の肉はたるみ、だらしない皺が寄り、身体中どこに触れても青白い皮膚が窪むだけで、弾力がなかった」と描写したあたりも、印象はよく似ている。

川端は『雪国』では、駒子について「白い陶器に薄紅を刷《は》いたような皮膚」と若い女の肌を比喩的に美化して描く。

谷崎潤一郎は『盲目物語』で、「おんはだえのなめらかさ、こまやかさ、お手でもおみあしでもしっとり露をふくんだようなねばりを持っていらしった」とし、「あれこそまことに玉の肌と申すもの」と、あんまを業として長く数知れない女の肌にふれてきた、目の不自由な男が訥々《とつとつ》と語るけはいを、極度にひらがなの多い字面で再現しようと試みた。

三浦朱門の『箱庭』には、この肌についても細密画のような描写が見られる。「毛は一本もないが、それでも毛穴は一つ一つ小さく隆起している」と書き、「鮫肌というのはこのことだろうか」と概括した。そして、その隆起はあまり日にさらされない箇所では「バラ色の発疹」

のように見えると敷衍《ふえん》している。

吉行淳之介の『娼婦の部屋』に「皮膚の裏側に層を成して沈澱しているあの町の汚れが、彼女の皮膚の外側ににじみ出し、この店の中で、彼女だけが異質の翳《かげ》に取り囲まれているように、その時私の眼に映った」という箇所が出る。なかば生理的、なかば観念的な「町の汚れ」を、娼婦の肌をとおして皮膚感覚でつかみとった象徴的なイメージなのだろう。

肌の触感としては、何といっても、永井荷風の『腕くらべ』に出てくる「肌身はとろとろと飴のように男の下腹から股の間に溶け入って腰から背の方まで流れかかる心持」という感覚的な描写が印象に残る。抱きしめようとすると滑り抜けそうなほど極度になめらかな肌は流れかかるような心持だったとあるから、読者もとろとろとなって、しばしことばを失う。

【姿】風に吹かれているような後姿

岩本素白の随筆『街の灯』に、湯上がりらしい浴衣姿の女たちとすれ違うシーンが描かれている。「表通りの店から流れる火影《ほかげ》に、道ゆく人の浴衣が白く、深い横町の灯は心細いほど幽かに見え」る昔の築地橋周辺の、月の無い夏の晩の一景だ。銭湯から出てきたらしい「三四人連れの女達が何か睦まじげに物語りながら、宵闇に白い浴衣を浮かせて通り過ぎた」あとに、「覚束《おぼつか》ない白粉の匂いが、重い夜気の中にほのかに漂っていた」という。その二日後に関東大地震が発生し、そのあたり一帯が焦土と化す。あの人たちも無事だったかどうかわからない。今となってはわずか二日前の宵闇に浮かぶ白い浴衣も、おぼつかない白粉の匂いも、遠い夢のように浮かんでくる。

川端康成は『千羽鶴』で、稲村ゆき子を「若葉の影が令嬢のうしろの障子にうつって、花やかな振袖の肩や袂《たもと》に、やわらかい反射があるように思える」と三谷菊治の視点で描き、太田文子を「姿全体にふと本能的な羞恥」が現れ、それを「令嬢の体温のように感じた」と、やはり菊治の視点で記述している。

同じく川端の『名人』には、囲碁の呉秀哉名人を「幽鬼じみている」と書き、「放心しているのだが、上体は盤に向っていた時から崩れない」と客観的に淡々と記述したあと、はっとするような比喩で「余香のような姿である」とその印象を記した箇所がある。あとに残る「余薫」というイメージが新鮮で、印象に残る描写である。

その逆に、「ずんぐりした体軀はまったくビール樽そっくり」といった北杜夫『夜と霧の隅で』の例や、「身長よりも肩幅の方が大きい」と誇張した高見順『故旧忘れ得べき』の「超絶した」体型の描写例も記憶に残っている。

幸田文の『流れる』には「狭い階段に肥りじしのからだは空気を濃くするような感じがある」という例が出てくる。いくら肥っていても空気の濃度に変化はないはずだが、そのようすを眺める側の心理的な圧迫感をよくとらえている。同じ作品に出る芸者雪丸のしっとりとした姿の描写も印象的だ。「裾のあたりが水気を含んでいるんじゃないかと疑われるくらい、からだじゅうにしとっと軽くないけはいがある」というのである。

この作家の初期作品『黒い裾』には、「女も二十五を越すと、内面的な美や個性的な光りはふえるけれど、肩さきや後ろつきの花やかさは薄れる」とあり、これにもはっとする。直後に「鏡に映らない部分から老は忍びこむし、衰えは気のつかない隅から拡がりはじまる」と続く。鏡に映る部分は衰えに気づくから、それなりに対応できるが、後ろ姿は見えないだけに、衰えに気づく頃にはもう手遅れになっている。そこから先に花が消え老いが進むという格言のような一節だ。

井伏鱒二『珍品堂主人』には虚無感を秘めた苦いユーモアが漂う。「ちゃんとした学校の先生」くずれの骨董屋加納夏麿、通称珍品堂が商売に行き詰まり、金主の世話で料亭を任される。凝りに凝った甲斐あって「途上園」は繁昌するが、顧問格の蘭々女という茶の師匠に弱みを握られ、自分の育てたその店からいびり出されて、傷心のまま骨董の路に舞い戻る話だ。そのラストシーンにこうある。「例によって、禿頭を隠すためにベレー帽をかぶり、風が吹かないのに風に吹かれているような後姿に見えているのを自分で感じているのでした」と絶対的な時間を創出して幕が下りる直前、見えを切って姿よく結ぶことに照れるこの作家は、最後に、「前祝に飲みすぎて腹を毀したのです。このところ下痢のために少し衰弱しているのです」と書き添えて、せっかくの雰囲気に水をさす。こういうはにかみの文学は井伏流の粋なのかもしれない。

この作品が映画化された折、作者は「風が吹かないのに風に吹かれているような後姿」がうまく出せればそれでいいと言ったらしい。全文脈の重みがそこに流れ込んで、作品のラストシーンに神韻とも言うべきふくらみが生じたのだろう。

思考

少女の恋は詩、年増の恋は哲学

【睡眠】時雨空の薄日

『更級日記』にこんな一節がある。ここは怪しげなけはいのある所らしいから、眠ってはいけない、思いがけないことが起こっても、けっして怖がることなく、「息もせで臥させ給へ」といふのを聞くだけでも、「いといみじうわびしく恐ろしうて、夜をあかすほど、千年を過ぐす心地す」、一夜を明かすのが千年もの長さに感じられたとある。

『徒然草』にはこんな話が出てくる。「念仏の時、睡《ねぶり》におかされて行《ぎょう》を怠り侍《はべ》る事、いかがしてこの障りを止め侍らん」、念仏の行の途中で眠くなってつい修行を怠ってしまうことがあるが、どうしたらいいものかと法然上人に訴えると、すかさず、「目の醒めたらんほど、念仏し給へ」、すなわち、目が醒めたらその間に念仏を唱えるように、と指示があったという。あたりまえすぎて一見何の教えにもなっていないように思われるが、「往生は、一定《いちじょう》と思へば一定、不定《ふじょう》と思へば不定なり」、すなわち、念仏の功徳を重ねて死後に阿弥陀仏の浄土である極楽にたどりつくという教えも、確かだと信じれば確か、不確かと思えば不確かなものだ、と語ったという。人間性をよくとらえ、宗教の神髄を伝えた言だとして、兼好は「尊し」と高い評価を与えている。

時代は江戸後期にくだって大隈言道は「たれかきていつ帰りけむおもほえずわがゐねぶりのはても無間《なきま》に」という一首を残している。つい居眠りをしてしまった、ほんのわずかの時間のように思うが、その間に誰かがやって来て、眠りを妨げないようそのまま帰ってしまったらしい、いつ来ていつ帰ったのかまったく記憶がない。うつらうつらとしていた時の長さは見当もつかない。それが居眠りというものなのかもしれない。

いくら浅くても眠ってしまえば自分で本のページを繰るわけにはいかないから、川柳どおり「うたた寝の書物は風が繰って居る」という風景が展開する。寝転んで読んでいた本を開いたまま顔に載せて光をさえぎる光景も見かけたような気がする。「うたた寝の皃《かお》に壱冊屋根に葺《ふ》き」という川柳は、それを屋根に見立てた作である。「きぬぎぬの跡は身になる一ト寝入」という川柳も残っている。「きぬぎぬ」は男女が共寝して別れる翌朝を意味する情緒ある古語だが、ここは遊女。客を送り出したあとの一眠りは、何の気兼ねもなく熟睡できると想像した作品だろう。「身になる」という絶妙の言いまわしは憎いほどだ。

近代では、梶井基次郎の『のんきな患者』に出てくる「睡眠は時雨空の薄日のように、その上を時どきやって来ては消えてゆく」という比喩表現が印象に残る。長く続かず、深まりもしない眠りの実感が、自然のイメージで美しく描きとられた例である。

【夢】この世にいたかもしれない

信じがたい出来事に遭遇すると、昔は七五調で「夢か現《うつつ》か幻か」などと大仰に表現した。「現」は現実の出来事、「幻」は正常な判断力を失って、現実に存在しないものが見えるような気がする場合のイメージ。そして、「夢」は睡眠中に物事が現実に存在しているように感じる精神現象をさす。ここでは、それをとりあげよう。「夢に牡丹餅」という言いまわしは、夢かと思うほど、現実では考えられないような、思いがけない幸運に恵まれるという意味で、千両の持参金付きで美人の嫁を迎えるといった具体例をあげることもあるらしい。この「夢」はありえないことを強調する喩えとして使われているが、ほんとの夢となると、なかなか自分の思うようにはならない。「金財布拾ふとつつき起される」という川柳がある。大金の入った財布を拾う夢を見て、あまりの嬉しさについ声が出て、唸り声かと思った親切な人につつき起こされてしまい、喜びがはかなく消えてしまったのだろう。他人に起こされなくても、いい夢はなかなか続かない。運よくうまいご馳走にありついても、たいてい食う前に消えてしまう。自分でも、食って満足したという夢を見た記憶はない。

『古今和歌集』にある「思ひつつ寝《ぬ》ればや人の見えつらむ夢と知りせばさめざらましを」という小野小町の短歌は広く知られているようだ。あの人のことを心に思いながら寝たからか、夢に現れた。もし夢だとわかっていたら、そのまま眼を覚まさずにいたのに。夢の中で出会った心躍る思いと、あまりにはかなく消えてしまったことへの心残りを、さらりと述べた一首として、読む人の胸にまっすぐ届く哀れ深い作である。

江戸時代の僧良寛は、「夢の世にまた夢むすぶくさまくら寝ざめさびしく物思ふかな」という短歌を詠んでいる。「夢のまた夢」は夢の中で見る夢をさし、ただでも短い夢のうちのほんの一瞬という意味から、きわめてはかないことの喩えとなっている。自分の生きている夢のようにはかないこの世、旅先で眼を覚ますと淋しく、つい物思いにふけってしまう、そんな歌意だろうか。

英文学者福原麟太郎が愛してやまないチャールズ・ラムは、姉のメアリーが心を病み、周期的に狂気の現れた時期に、裁縫を教えていた相手と口論になり、逆上して刃物を振りまわした折、止めに入った母親を刺し殺してしまう。そんな事情もあってか、エッセイでも本名を明かすことをためらい、勝手に昔の会社の同僚の名を借りて『エリア随筆』という題で『ロンドンマガジン』誌に連載した。のちに、当時すでに他界していたことを知るのだが、ラムのこの気まぐれがきっかけで、「エリア」という自分の名前が後世に残ることとなるが、むろん、亡くなった当人は知らない。人生にはそんな皮肉なこともある。

その随筆中に「夢の中の子供たち」と題する一編がある。姉のそういう血が自分にも流れていることを気にしてか、チャールズは生涯独身を貫いた。表題は、流産の結果この世に生れ損なった子供といった現実味のある夢ではない。何年か交際の続いた初恋の相手がいて、もしも結婚していたら二人の間に生まれたかもしれない子供を空想しながら眠りに就いたのか、夢にその女の子供たちが登場し、自分たちはアリスの子供でもあなたの子供でもないと言って消えてゆく。その現実の夢に現れたのは、ありたかった未来、結局は叶わなかった望みである。実に悲惨な話なのだが、人間というものの愚かさがしみじみと感じられる。と同時に、どこかほのぼのとしたおかしみも漂うような気がしてならない。

【幻想】ゆりかごの子守唄

庄野潤三の『夕べの雲』に、こんなところが出てくる。家族が集まってみんなで見て楽しんでいるテレビ番組があって、毎週その時間に「耳馴れた音楽が始まると、みんな安心したような心持になる」。何年か続けて見ていると、そのドラマがいつまでも続いて、なじみの登場人物と毎週会えそうな気持ちになってくる。ところが、ある日、その番組が終わることを知って驚くと同時に、「その番組を見ない木曜日の晩というのは考えられない」、そんな気持ちになる。冷静に考えれば、これは幻想だ。始まったものはいつか終わるのが当然で、いつまでも続くと思い込んでいた自分たちがどうかしていたことになる。これも愚かさの一例ということになるが、いかにも人間的な幻想のように感じられる。

中原中也の詩『春宵感懐』の第二聯は「なんだか、深い、溜息が、／なんだかはるかな、幻想が／湧くけど、それは、摑めない。／誰にも、それは、語れない」となっている。物思いにふけって、深い溜息が出たり、幻想が湧いたりするが、はっきりとその正体をつかみ、ことばで他人に説明できるようなものではない、そんな気持ちなのかもしれない。

柳美里の『水辺のゆりかご』は、在日韓国人の長女として生まれ、若くして多くの過去を持ちすぎて、離散家族という重荷を背負いながら執筆活動に入った作者のひとつの自画像という一面をそなえている。自分がこんなに早く自伝めいたエッセイを書くのは「過去を埋葬」し、「墓標を立て」て、自身から遠く離れたかったのだという。前に自殺を図った海岸を訪れるラストシーンで、乳母車の残骸を見つけ、それを、現実の自分には縁のなかった「ゆりかご」のつもりで身を任せる。そうやって両親の祖国である韓国へと続く海を眺めていると、耳に幻の子守唄が聴こえるようで、いつか幻の海峡を思い描いている。

【記憶】障子に映る影

立原道造の『石柱の歌』と題する詩の第三聯に「花模様のついた会話と　幼い傷みと／よく笑った歌い手と……それを　ときどきおもい出す／風のように　過ぎて行った　あれは」とあり、「私の記憶だろうか　また日々だろうか」と続く。「花模様」は「花」をかたどった絵模様だから、きっとすてきな思い出として記憶に残ることばのやりとりだったにちがいない。「幼い傷み」は幼いなりに心を痛めた事実。今そういう昔のことを考えると、そのとおりのことが実際に起こったのか、それとも記憶の中で少しずつ修正されて行ったのか、そのへんがぼやけてしまうという気持ちなのかもしれない。

向田邦子の随筆集『父の詫び状』の中に「ねずみ花火」という一編がある。「何かのはずみに、ふっと記憶の過去帳をめくって」と、古い記憶を、故人の俗名・法名や死亡年月日などを記載しておく寺の記録である「過去帳」というイメージを用いた比喩で表現した。「鬼籍に入る」のあの「鬼籍」に喩えたのだ。「ああ、あの時あんなこともあった、ごく小さな縁だったが、忘れられない何かをもらったことがあったと、亡くなった人達を思い出す」、それが自分にとってのお盆だというのである。

昔の記憶がひょっこり浮かぶことは誰にでもある。小沼丹は随筆『障子に映る影』を「障子に映る樹立の影を見ていると、古い記憶が思い掛けなく顔を出すことがある。それは障子に映って消える小鳥の影のように、心の窓を掠めて消えて行く」としっとり結んだ。

【思い出】追憶というトランク

平安中期の歌人和泉式部の「あらざらんこの世のほかの思ひ出にいまひとたびのあふこともがな」という悲愴な気持ちを詠んだ一首は、きわめてよく知られている。病が重く、この世にあるのももう長くないようだから、せめて来世への思い出として、もう一度お目にかかっておきたいと、ある男性に訴えた切実なことばらしい。真摯《しんし》な心のストレートな表現がまぶしい。

時代は少し下って、西行法師は「いかで我この世のほかの思ひ出に風をいとはで花をながめん」という一首を残している。これも来世への思い出としての願いだが、こちらは色恋ではなく、吹く風を苦にすることなく、桜の花を思う存分眺めておきたいというのだ。

現代では、小沼丹の『昔の仲間』という小説を紹介しよう。昔、大学の同期だった伊東という友人と訪れたことのある東京調布の深大寺を、それから何年も経って今度は独りで再訪する話である。六月頃の暗く曇った日で、樹木の緑は以前と同じだが、寺の境内はひっそりと人気が無く、何となく陰気に見える。そのうち雨が降りだしたので寺の軒を借りて雨宿りしながら、昔のことを思い出しては苦いたばこを口に運ぶ。その友人から最後に届いた手紙に、秋田の部隊から外泊を許されて酒田の家に帰っているが、海を渡るのも近いとあり、海を渡ったという手紙は来なかったから、その頃に戦死したらしい。

末尾に、暗い長いトンネルを出たら「いつの間にか座席のあちこちに空席が出来ていて、座席の主は帰って来ない。棚の上に残されたのは、追憶と云うトランクだけ」という比喩表現が展開する。「暗い長いトンネル」は会えないでいた年月の象徴、「トンネルを出てみたら」は、気がつくと、という意味合いだろう。「空席」は親しい友人が自分の前から姿を消したことを暗示し、座席に帰って来ないのは、相手が亡くなって二度と会えない現実のイメージ化だろう。

そうして作品は、深大寺で「雨に濡れる青葉を見ながら、そんなことを考えていたように思う」と結ばれる。さぞや「苦いたばこ」だったことだろう。

【心】朝日ににほふ山桜

「大和魂」は客観的には日本民族固有の精神をさすが、何だか無駄に力が入っているようなイメージもある。このもとになったのは、おそらく本居宣長の「敷島の大和心を人問はば朝日ににほふ山桜花」という一首だろう。「敷島の」は敷島の宮があることから「大和」にかかる枕詞。「大和心」は大和に住む人の気持ちという意味から、広く日本人全体の心を意味するようになった。中国の「漢心《からごころ》」に対してそう呼んだらしい。「にほふ」は「丹秀《にほ》ふ」すなわち、赤みがかった朱色が輝いて美しく見える意。日本人の心はどんなものかと誰かに問われたら、朝の光に美しく映える山桜の花とでも答えようか。宣長としては国学の道を歩む人間として純粋な気持ちを述べたにすぎなかろう。ところが戦時中、山桜の花はその散り際のよさだけに矮小化され、潔く命を捨てることの象徴として、国粋主義思想の喧伝に利用されることになる。視覚的に「丹秀ふ」のとはまるで違う、このような妙な色が着いてしまったのは、宣長には思いも寄らぬ無念なこと、朝日に照り映える当の山桜にとっても、さぞや不本意な結果だったことだろう。

そもそも、国民性というものは永久不変なのだろうか。あるいは、永久不変の部分だけを国民性と呼ぶのだろうか。個人でも、人が変わったように、言うこと、なすこと、以前とはまるで違った言動を示す例がある。初めて敗戦というものを経験した戦後の日本人は、戦場であるいは空襲でおびただしい数の人間が命を落としてから間もなく、そんなことを忘れたように、アメリカ人でさえ驚くほど柔順に、むしろ得意になって新奇な文化を受け入れ、その真似をする。この民族がこれほど新事態に迎合する才能を有していたことに驚き嘆く人もある。晩年の小津映画はその一例だった。が、振り返ると、日本人はそうやって明治維新も乗り越えてきたのかもしれない。ただし、近年の日本語の中の外国語の氾濫を見ていると、国民性が進化したのか、どうしても必要な概念を取り入れるために外国語を媒介とするという往時の必然的な風潮から逸れて、次第に軽く安易になり、いわばファッション化している気がしてならない。

『古今和歌集』所収の小野小町の歌として「色見えで移ろふものは世の中の人の心の花にぞありける」の一首をとりあげよう。「心」を「花」に喩えて、その移ろいやすさを嘆く作品だ。「色」は花の色彩であり、人の心の外面。「移ろふ」は、花が衰えて色褪せることであり、人の心が変わってしまうことに対応する。美しかった花が色褪せて散るように、世の中の人の心もいつの間にか変わってしまう、という嘆きの声を漏らした作品。むろん、主たる内容は後者にあり、恋する相手にいつの間にか忘れられる嘆きを訴えているのだろう。

西行に「水茎の書き流すべき方ぞなき心の内は汲みて知らなん」という一首がある。詞書に拠《よ》れば、保元の乱に敗れて讃岐に配流《はいる》されていた崇徳院に宛てた手紙に付けた短歌という。「水茎」は毛筆、また、その筆跡。「流す」「汲む」は「水」の縁語。苦しいお心の内は文字には尽くせず、推し量るほかはないということらしい。

「胸の病」といえば肺をさし、「胸がどきどきする」では心臓を意味するが、「胸」という語が「心」の婉曲表現となる例も多い。心に衝撃を受けることを「胸に応える」、思いを募らせることを「胸を焦がす」、期待が大きくなることを「胸がふくらむ」、喜びや期待で心がわくわくすることを「胸が躍る」「胸を弾ませる」、強い感動を受けることを「胸が熱くなる」「胸を打つ」、その感動で息が詰まる感じがすることを「胸がいっぱいになる」、悲しみや悩みなどが込み上げて息苦しく感じることを「胸が詰まる」「胸が塞がる」、激しい感情に襲われて心が毀れそうな感じを「胸が張り裂ける」、心配で心が落ち着かないことを「胸が騒ぐ」、心配事があって気持ちがすっきりしないことを「胸が痞《つか》える」、気になっていたことが解消して気持ちがすっきりすることを「胸が透く」「胸が晴れる」、不安や悲しみで心が苦しいことを「胸が痛む」、悲しみや心配で心が締め付けられる感じになることを「胸が潰れる」、期待で心がときめくことを「胸が轟く」、口外せずに自分の心の中に秘めておくことを「胸に納める」「胸に畳む」、「胸に秘める」など、日本語では、心のありかを頭よりも胸のイメージでとらえてきた長い歴史がある。

【恋】くすぐったい沈黙

『平治物語』では、戦《いくさ》に敗れて東国に落ちる源義朝からはぐれた、少年時代の頼朝を助けた善行がもとで、後に天下をとった頼朝に手厚い恩返しを受けるめぐりあわせとして、「情けは人の為ならず」ということばが使われている。『曾我物語』や『太平記』にも現れ、謡曲『葵の上』にも「世の中の情は人の為ならず」とあるという。「情けは人の為ならず」の「人」は、「われ」と対立する「ひと」、すなわち、自分以外の人間、つまり他人を意味している。他人に情けをかけておけば巡りめぐって、いつか自分に戻ってくる、おおよそそんな意味合いで用いられてきた。ところが近年、「人」の誤解から、情けをかけるとかえってその人のためにならないという新しい解釈が出現し、そのもっともらしさからいっとき世間を騒がせた。このあたりは「好意」「厚意」に近い感情である。

吉行淳之介の小説『驟雨』に、「その呼声を気遠《けどお》く聞きながら、夜はクリーム色の乾燥したペンキのように明るいだけの筈であるこの町から、無数の触手がひらひらと伸びてきて、彼の心に搦《から》みついてくるのを知った」という一節が現れ、「夜のこの町から、彼ははじめて「情緒」を感じてしまったのである」と続く。思いもかけなかった街の魅力を「無数の触手」という比喩的イメージを駆使して描いている。この心惹かれる気持ちの対象が人に向かえば「愛」とか「恋」とかと呼ばれる感情となる。初恋の心を「恋の初風」、恋の気持ちが高まるのを「恋の坂」、高く積もる恋心を「恋の山」、恋心の深いことを「恋の淵《ふち》」、恋慕の情にとらわれて自由を失えば「恋の奴《やっこ》」、恋のために理性を失うことを「恋は闇」と言い、恋というものは常識では説明できない現象だという意味で「恋は思案の外《ほか》」と言う。

田安宗武に「なかなかにあはざらましをそれよりぞ日にけに人の恋しさ増ぬ」という一首がある。こんなことならかえって逢わなければよかったのに、ひとたび逢ってしまうと人恋しさが一日一日と増してゆく、そんな歌意だろう。だから理屈を超えた現象なのだ。

瀧井孝作の小説『無限抱擁』に、「樹木か何か揺さぶられているような」と自分の気持ちを触覚的に表現して、「それが恋だろうね」と応じられる例が出てくる。

太宰治の『斜陽』に「或るひとが恋しくて、恋しくて」とあり、「両足の裏に熱いお灸を据え、じっとこらえているような、特殊な気持になって行った」と続く。人を恋しく思う気持ちを「お灸」に喩え、恋心という感情をまさに触覚的に、執拗なイメージでとらえてみせた比喩表現である。

室生犀星の『杏っ子』には、「女の人の心にはいつもピアノのような音色がある」と、愛情を音に喩え、「愛情だってピアノが鳴るようなものじゃないか」と、聴覚的なイメージで比喩的に描いた例が出てくる。同じ作品に「愛情という匿《かく》れた蛆虫《うじむし》」と、虫に喩えた例もあり、さらに、「恋愛はびいるす菌みたいなものだから、いつの間にしていたのやら、終ったのやら判らないのが本物なのよ」と、恋愛をウイルスというイメージでとらえた比喩表現の例も出てくるから、この作家らしい特異な想像力に驚く。

川端康成の『雪国』には、「全く徒労であると、島村はなぜかもう一度声を強めようとした途端に、雪の鳴るような静けさが身にしみて、それは女に惹きつけられたのであった」と感じる場面が出現する。「雪が鳴る」というイメージで「静かさ」をとらえた、その全体が恋愛感情という心理を、やはり聴覚的にとらえた例と見ることもできよう。

井伏鱒二の『駅前旅館』には、「胸のなかが酸っぱくなっているような気持」と、恋愛感情を嗅覚的にとらえた表現が登場し、その原因を、「胸のなかに、いきなり鼻茸《はなたけ》か何かのようなものが出来て」「頻《しき》りに酸っぱい花粉を散らしてやがる」と、嗅覚的、味覚的な想像を奔放にくりひろげる例が現れる。

長谷川如是閑の『如是閑語』には「少女の恋は詩、年増の恋は哲学」とあり、感覚を超えて人文科学の領域に突入する。しかし、サトウハチローは、「恋をしている者にとって沈黙の時ほど擽ったくも楽しいものはない」と発見的認識をなかば感覚的に表現した。

川上弘美は小説『センセイの靴』で、老人と元の教え子との恋愛感情を、「体のふれあいは大切なことです」と肯定しながら、「でも自信がない」とふかぶかと頭を下げ、相手の「頭のてっぺんを、いつものように何回か撫ぜた」という行動をとおして恋心を描いた。

大岡昇平は『武蔵野夫人』において、既婚の女性の恋について、「困難な情事においては、女の恋はそれを職業か偏執とする女でない限り、なかなか過度には至らないものである」という法則を明文化してみせた。時代によるのかもしれない。

武者小路実篤は『幸福者』で、「馬鹿なものは独身の間は結婚した時のよろこびを空想し、結婚すると独身のときのよろこびを空想する」と、人の心の微妙な動きを明るみに出した。

感情

鏡の余白は憎いほど秋の水色に澄んでいる

【喜】まぶしいような

天衣無縫の武者小路実篤は、何のためらいもなく『友情』に「自然はどうしてこう美しいのだろう。空、海、日光、水、砂、松、美しすぎる。そしてかもめの飛び方のいかにも楽しそうなことよ。そして人間にはどうしてこんなに深いよろこびがあたえられているのだろう」と書き、「まぶしいような。彼はそう思った」と続けた。喜びの絶頂という心理状態を、「まぶしい」という視覚的イメージでとらえ、臆面もなく「自分のわきに杉子がいる」と書き放った。まさにまぶしいほどの幸福感が素直に伝わってきて、文章も輝いて見える。

寺田寅彦の『団栗』に「頬を赤くして嬉しそうな溶けそうな顔をする」という例が出てくる。いかにも嬉しそうに全身の力が抜けてくにゃくにゃとだらしなく笑っている顔を眺めて、まるで溶けてしまいそうだと誇張したのだろうが、感覚的によくわかる。

山本周五郎の『花筵《はなむしろ》』に、「大きな安堵のおもいと譬えようのない幸福とでうっとりとなり、溜息といっしょに自然と眼が閉じてしまう」とあるのも、感情の感覚的な表現である。

大原富枝が『婉という女』に「体中がやさしく柔らかに、手足のはじばしまで、溶けてゆくような幸福感が湯のように流れている」と比喩的に表現した例も一脈通じる。

太宰治は『富嶽百景』で、どっしりと構えた頼もしい富士の姿を眺めたときの安心感を、「人は、完全のたのもしさに接すると、まず、だらしなくげらげら笑うものらしい」と書き、「全身のネジが、他愛なくゆるんで」とか、「帯紐といて笑うといった感じ」とかといった感覚的な表現を連ねて、まさに体感的に伝えようとする。

井伏鱒二の『珍品堂主人』では、憎たらしいライバルの女の口から、思いもかけないお詫びのことばが漏れた瞬間、主人公の珍品堂は「すっと一陣の風が通りすぎたような感じ」を受け、「今までの殺気だった気持が吹き飛んで、苦笑が浮かぶ代りに、どうしたことか涙が込みあげてくる」始末だ。もちろんすぐに相手の態度が変わって、手もなく追い出されてしまうのだが、その柔順な態度に接した瞬間の感動は、幸福感に満ちていたにちがいない。

坪田譲治の『風の中の子供』は善太と三平の物語である。父親が陰謀にはまって私文書偽造の罪を着せられ、警察に連行されたあげく、財産も差し押さえられる。母親が働きに出る必要が生じ、一年生でまだ手のかかる三平を親戚に預けたものの、この子は危なっかしくて預かりきれないと連れ戻される。そうとは知らない善太がお使いから帰って来て、柿の木に登っている三平を発見。嬉しいが、数日ぶりの対面でどちらも照れくさい。とっさに善太が挑発し、三平が応じて、「二人は取り組んだ」。そのあとに、「うれしさ、恥しさのやり場はこれ以外になかった」と作者は二人の心理を解説している。

宮沢賢治が『銀河鉄道の夜』で、「まるではね上りたいくらい愉快になって、足をこつこつ鳴らし、窓から顔を出して、高く高く星めぐりの口笛を吹きながら」と書いたのも、喜びの気持ちをことばで説明する代わりに、その行動を描くことで伝えようとしたのだろう。

川端康成の『伊豆の踊子』は、幼くして身内を相次いで亡くしたことで、自分の気持ちを素直に出せない「孤児の感情」に悩む主人公が、ありのままの自分を見つめ直そうと伊豆の旅に出る作品だ。旅芸人一座の踊子たちの素朴な好意にふれているうちに、自分もいつかすっかり素直な気持ちになっていることに気づく。そのラストシーンに「頭が澄んだ水になってしまっていて、それがぽろぽろ零れ、その後には何も残らないような甘い快さだった」とある。この「甘い快さ」は素直な喜びの感覚的な表現と見ることができよう。

【憤】じんじんと音を立てて

網野菊の『風呂敷』は、こんな話で始まる。道で風呂敷を落としてしまい、気がついて振り向いたときには、誰かが拾って持ち去っていた。家に帰って夫に話すと、「その風呂敷を拾って喜ぶ奴があったら、それでいいではないか」と言われ、そういう考え方にすっかり感心する。しばらくして、その夫に離婚を迫られる。どうやら女ができたらしい。しかもその相手というのが、前に二人で嫁ぎ先を探してやっていた女だと知って呆れる。人間は風呂敷とは違うと憤慨し、同時に、「いまいましさに、いても立ってもいられぬ気持」となった。この傷は当分癒えそうもないと思う。しばらく経ったある日、風呂から出て体を拭いている時、自分が外国の唱歌を口ずさんでいることにふと気づく。「なアんだ、歌なんかうたってるじゃないか」と、「わざと呆れたように声に出して自分に言い、ニヤリと笑」う。癒えそうもない傷がいつか癒えていたことに気づき、こういう時にこそ健康に注意しなくてはと思う。それだけの場面だが、一人身の女性が生きている姿がよく映っている。

永井龍男の『とかげの尾』に「もうやってくる頃だからどき給えというんですよ。ぐっときたから、先きへきた者が腰をかけて、なぜ悪いんです」と応じる例が出てくる。この「ぐっと来る」という表現も、怒りなどがこみあげて息苦しくなる場合に使われる。

幸田文の『おとうと』に「碧郎はがっと怒るけれど、そのときだけのことが多い」とある。ここでは急激に怒りをあらわにするようすを「がっと」というオノマトペで表現した。

上林暁の『極楽寺門前』にこんな場面が出てくる。妻は産後のこともあり不機嫌が高じて一種病的になっている。ある日、妹を連れて新宿へ出かけ、西瓜をみやげに意気揚々と帰宅した。妹がそれを冷やして「義姉《ねえ》さん食べない?」と声をかけても、「不興がいぶりつづけて」いる妻は見向きもしない。そして、「ぷすんと黙ったきりだった」と続く。「ぶすっとしたまま」とか、「ぶすりとして口も利かない」とかと表現するのが慣用的で落ち着くかもしれない。だが、「ぷすん」という独創的な擬態語は、対話中にことばが途切れた不機嫌な雰囲気を巧みに演出しているように思う。

尾崎一雄の『暢気眼鏡』に、妻が子供を連れて外に出たまま暗くなっても戻って来ないのに腹を立てて、外に向かって「ばか」と大声でどなる場面がある。「前の原を隔てた或大学の野球部合宿の建物が闇の中から「莫迦《ばか》」と木魂を返して来た」というから、すごい迫力だ。早稲田大学の今は姿を消した、かつての安部球場がその舞台らしい。

また、『擬態』には、「じんじんと音を立てて湧き上る怒りを感じながら」という箇所が出てくる。「怒りが湧く」という表現は慣用的だが、「じんじんと音を立てて」と感覚的に誇張してあるから、読者としてもものすごい迫力を感じることになる。

小沼丹の小説『竹の会』と随筆『大先輩』に、文芸批評家青野季吉が会の途中で癇癪を起こして座敷から飛び出すエピソードが盛り込まれている。宴会の途中で「青野さんは憤然として席を立った」とあり、土間に下りてから、レーンコートを忘れたとどなる。幹事の小沼が持って行くと、「先輩が帰るときは、黙っていても後輩はレエン・コオトぐらい持って来て着せ掛けるべきだ。それがヒュウマニズムだ」とすごい権幕で食ってかかる。その怒りが伝染したか、後輩が「そんなヒュウマニズムは真平御免蒙りたい」と応じてそのまま席に戻ったら、「青野さんが血相を変えて、土足で座敷に駈け上って来た」という。名だたる文学者たちも酒が入ると実に大人げないとは思うが、やはり人間味が横溢している。この両氏とじかに接したことのある身には場の空気が特にありありと浮かんでくる。読んでいるぶんにはむしろ滑稽でおのずと顔がほころびる。

なお、遠藤周作の『海と毒薬』に、「白々とした空虚感が、時には突然黒い怒りに変ることがあった」という一節が出てくる。唐突に白から黒に色変わりする比喩が面白い。

【愁】風の止んだ後

夏目漱石の『坊っちゃん』の第一章は、旧制の松山中学の教師となって赴任する主人公が東京を発つ場面で終わる。駅まで見送りに来た下女の清が、汽車が動き出してからもずうっと立っている。坊っちゃんが「もう大丈夫だろうと思って、窓から首を出して、振り向いたら、矢っ張り立って居た」とあり、二人の気持ちには一切ふれずに、作者が「何だか大変小さく見えた」と添えたまま序章の幕は下りる。距離が離れれば姿が小さく見えるのは当然だが、「何だか大変」とあることに注目したい。ひとり残される清の姿がかわいそうに見えると同時に、もう引き返せない段階まで来てしまった坊っちゃん自身の心細さも感じられるからだ。

長編『吾輩は猫である』の終わり近くに、「呑気と見える人々も、心の底を叩いて見ると、どこか悲しい音がする」という一文が現れる。太平の逸民たちが集まって果てしなくくりひろげてきた、およそ世の中の役には立ちそうもない、愚にもつかぬおしゃべり。どんなに呑気に見えようと、人間であるかぎり逃れ得ない悲哀が心の奥にしみついている。そういうものにまともに向き合いたくないから無駄話に避難したがるのかもしれない。

川端康成の『山の音』に出てくる「はっきり手を出して妻の体に触れるのは、もういびきをとめる時くらいかと、信吾は思うと、底の抜けたようなあわれみを感じた」という一節、永井荷風の『雨瀟瀟』に出てくる「此れから先わたしの身にはもうさして面白いこともない代りまたさして悲しい事も起るまい。秋の日のどんよりと曇って風もなく雨にもならず暮れて行くようにわたしの一生は終って行くのであろう」という一節、それに佐藤春夫の『田園の憂鬱』に出てくる「秋の雨自らも、遠くへ行く淋しい旅人のように、この村の上を通り過ぎて行く」から「夜の雨戸をくりながらその白い雨の後姿を見入った」と流れる一節などは、そういうどうにもならない深い愁いを描いている。

太宰治の『女生徒』に「五月のキウリの青味には、胸がカラッポになるような、うずくような、くすぐったいような悲しさがある」という表現が出てきて、はっとする。心情をきわめて感覚的に描いた一節と言えよう。

小沼丹の小説『藁屋根』に、一時は銀行までやった大金持ちが零落し「そのすぐ近くの陋屋《ろうおく》に住んでいる」老人が登場する。狭苦しいぼろ家から、以前住んでいた大邸宅を眺める気持ちはどんなものだろうと同情していたら、そのころ爺さんはもう耄碌《もうろく》していたらしいと聞いた。それなら「案外何でもないのかもしれない」と一瞬思ったが、「しかし、そう思うと何だか淋しい気がした」と意外な展開をみせる。いやな思いをしないで済むこと自体は幸いなことだが、耄碌してそんな悩みさえ感じなくなってしまうのは、人間としてさらに大きな深い不幸を背負うことだから、思いやる側も憂鬱になるのだろう。

永井龍男の『蜜柑』という作品に、「夕方になれば、風は止むかもしれない」とあり、「止んだ後って、淋しいものよ」と続く。この理屈は心理的にうまく説明できないが、祭りの後、物事が終わりになるときの喪失感に通じるのかもしれない。いずれにせよ、この感覚は永井龍男という作家のちょっとした発見であり、言われてみれば、ほっとしたあとの空虚な気持ちを読者も想像できるような気がする。

サトウハチローの『青春相撲日記』には、「お隣りから濡れ縁を伝っておせんこ花火の匂いがしてくる」とあり、「風鈴の音がその日いちにちの終りをセンチメンタルにむすぶ」と流れる。畳の部屋が珍しくなり、縁側も濡れ縁もめったに見かけなくなった現代の住いでは、ちょっと想像しにくくなった夏の情緒だが、昔を想い出すと物寂しさが蘇るようだ。

【怖】老松の大蟻

梶井基次郎の『ある崖上の感情』に「薄い刃物で背を撫でられるような戦慄」という例が出てくる。背中に刃物を突きつけられただけでも背筋がひやりとする。薄い刃物となればちょっと触れただけでも皮膚に突き刺さる。しかも、「撫でられる」のだからその刃が皮膚に接して動く感触となる。まさに身動きならぬ思いで、その恐怖感が高まる比喩表現だ。

福永武彦の『死神の馭者』には、「父親の蒼ざめた顔の上に、あらゆる毛細血管が一筋ずつ膨れ上ってどす黒く浮び上り、異様に血の気の引いた唇が湧き上って来る言葉を押し殺すかのように固く結び合された」という箇所が現れる。血管と唇が不気味である。

谷崎潤一郎の『陰翳礼讃』に、時の感覚が麻痺する、そら怖ろしい気持ちが描かれている。「庇《ひさし》をくぐり、廊下を通って、ようようそこまで辿りついた庭の陽光は、もはや物を照らし出す力もなくなり、血の気も失せてしまったかのように、ただ障子の紙の色を白々と際立たせているに過ぎない」とあり、「ほのじろい紙の反射が、床の間の濃い闇を追い払うには力が足らず、却って闇に跳ね返されながら、明暗の区別のつかぬ昏迷の世界を現じつつある」と格調高く展開する。そんな部屋に長く居ると、感覚が麻痺するのか、いつか「時間の経過が分らなくなってしまい、出て来た時には白髪の老人になりはせぬか」と不安になるという。谷崎はそれを「悠久」に対する怖れと呼んだ。わかるような気がする。

川端康成『山の音』に、老人が異様な音響を耳にする場面が出てくる。「ふと信吾に山の音が聞えた」とあり、「風の音に似ているが、地鳴りとでもいう深い底力があった」という説明があり、「音が止んだ後で、信吾ははじめて恐怖におそわれた。死期を告知されたのではないかと寒けがした」と展開する。不気味な幻聴に怯える冒頭場面である。

作家仲間との交流を描いた庄野潤三『文学交友録』の中に、井伏鱒二が雷嫌いの内田百閒をからかう話が出てくる。ところがその井伏自身は地震を異様に怖がるらしい。「つくばいの水がどういう具合に波打っているかを見て、震源地の見当をつける」というエピソードは、好奇心の旺盛な井伏らしい逸話だが、どうもそれを確かめるためにつくばいに向かって急ぐのではないらしい。地震が怖いから「先ず飛び出して、それからつくばいの水に注目するという順序」なのだと庄野は強調し、地震に気づくと「井伏は、立っている私を突き飛ばして逃げる」という井伏節代夫人の証言まで添えてある。現代では「親父」だけ怖いものの代表の座から滑り落ちたが、地震や雷は依然として恐れられる。だから、百閒や井伏の逸話は今でも興味深い。

竹西寛子は『山河との日々』の中で、自身の体験した意外な恐怖場面を描いている。子供の頃、「大蟻が、老松の幹の、剝落しそうな樹皮の上を上り始める」のを見ると、ざりざりという音を感じたらしい。そうして、「大地の裂け目を想像し、姿のつかめない巨きな生き物に踏みにじられる小さな生き物の悲鳴を聞くような気がし」て、「金色の夕陽に染め変えられてゆく海のそばで、時には一雨来そうな空の下で、大蟻の動きに立ちすくんだ」というのである。こういう子供がやがて作家になるのは、何だかよくわかるような気がする。作家になってくれてよかったと読者も思う。

【惑】凍りつくようななさけなさ

歓喜の気持ちとも、哀しみの感情とも、怒りの心とも違う、戸惑いというものがある。『徒然草』の書き出し「つれづれなるままに日暮らし硯にむかひて心にうつりゆくよしなし事をそこはかとなく書つくればあやしうこそものぐるほしけれ」という心境もその一つだろう。何かしたい気持ちはあるが、特にこれといってすることもなく、話し相手もいない所在なさから、一日中、硯を前にして、あれこれと心に浮かんでは消えてゆく、どうでもいいようなことを、順序も考えずにひたすら書きつけていると、不思議にあれこれ思い出されて、われながら妙な気持ちになってしまうという。

照れくささや恥しいと思う感情も、そうした困惑の気持ちの一部だろう。川端康成は『千羽鶴』で、ヒロインの太田文子について「恥じらいがぱっと咲いたようであった」と書き、「姿全体にふと本能的な羞恥が現われた」と記す。それが主人公の菊治には思いがけなく、その「令嬢の体温のように感じ」てしまう。のちの『眠れる美女』では、薬で眠らされた若い女に添い寝をし、体に触れることなく一夜を過ごす、そんな老人用の会員制高級娼家で、ふと男を襲った感情、自身の内部に向かうむなしさを、川端はひとたび「かなしさを含んださびしさに落ちこんだ」と書いたあと、さらに突き詰めて、「かなしさとかさびしさとかいうよりも、老年の凍りつくようななさけなさであった」と分析している。

安部公房は『S・カルマ氏の犯罪――壁』で、「顔がほてって、ぷつぷつ毛穴から血が吹き出すのではないかと思われ」というふうに、心理面を感覚的に描いている。河野多恵子が『幼児狩り』で、「全身から眼に見えない粘液がにじみ出ているような、感覚に迫る、いまわしい、うとましい気分」と書いたのも、気分を「粘液」という感覚でとらえうる存在に喩えた表現である。

金井美恵子も『夢の時間』で「ひどく憂鬱で絶望的で、不吉な気分」という心理状態を、「胃の底から頭まで雨雲のように広がり」と、感覚的に描きとっている。

安岡章太郎が『海辺の光景』で「内股にヒリヒリしみながら小便が流れおちて行くのを我慢するような恥ずかしさ」と表現したのも、「恥ずかしさ」という心理面を触覚的にとらえた例で、「ヒリヒリと痛いような恥ずかしさ」というふうに痛覚を刺激する例としている。

間の悪さも、照れくささの一つであり、広く恥ずかしい気持ちの一部である。小沼丹の『黒と白の猫』の終わりのほうに、こんな場面が出てくる。かつてはわが家を自分の住いの如く横行した猫がその後ぱったり姿を見せなくなったので、死んだのかと家族で話題にしていた。ある日、道端でその猫を見つけたが、相手は知らん顔なので、一言たしなめようと近寄り、「やい、こら」と猫を睨みつけた。とたんにその家の窓が開いて飼主に「あら先生、今晩は」と声をかけられた。近所の奥さんだから大学の先生と知っているのだ。猫に注意しようと顔を近づけた、その頭の上から覗かれたので、なんとも間が悪い。「今晩は」と挨拶を返したものの、いかにも憮然とした言い方になり、「ひどく仏頂面をして歩き出した」と一編を結ぶ。

その後の生活を題材とした『銀色の鈴』では、こんな心の変化が描かれる。それまでとんと関心のなかった台所用品について、最近は便利な電気製品がそろっていて助かるなどと言う。「スイッチ一つひねると洗濯が出来たりするのを見ると、何となく安心する」とあり、「娘が洗濯板でごしごしやっていたら、大寺さんもちょっと困るのである」と続く。細君は戦友という意識だったのかもしれない。母親が急死したせいで、思いもかけず家事を背負うこととなった娘たちに対する労りの心が働くのだろう。この場合の「困る」という気持ちは、黙って見ていられない、困惑した心理をさすようである。

『浜松の茶瓶』に、東京駅で下車する際に、浜松の駅で買った茶瓶を自分の鞄に入れて持ち帰る際の、理屈に合わないためらいを記した木山捷平《みしょう》は、『茶の木』にこんな不思議な気持ちを披露している。「石垣の下の道に、茶の木の実生が何十本か生えているのが見えた」ので、一本抜き取ろうとするが、通行人が来そうな気がしてなかなか実行に移せない。玄関から堂々と持ち主に声をかけて、一言「一本下さい」と言えば「どうぞ、どうぞ」と言われるにきまっているのだが、そんな乞食のような真似をするのがどうしても嫌だったという。こんなふうに神経を遣う作家だから、『下駄にふる雨』では、「正月に買ったばかりの自分の下駄が、雨にぬれているのをみていると、私は鼻緒がびしょ濡れになった下駄をはいた時の気味悪さが五感によみがえって、自分の身がすくみ込むような気持を覚えた」と書いている。このような経験なら覚えのある読者もありそうだ。もうびしょ濡れになってしまった下駄を今さら取り込んでみたところで、当分乾きそうにないから、しばらくそのままにすることもあるかもしれない。ところが、この作家は、「何だかその下駄が自分の一生を象徴しているのではないか」と、そこに自分の生涯を重ねるのである。

サトウハチローは『母とボクと鯉のぼり』という詩に、「わが家の庭の　鯉のぼり／むかしとおなじに　およぎます／ボクが大きくなったのが／ちょっぴりさびしい　母でした」と記した。わが子の成長を素直に喜びながら、そうして大人になりだんだん自分から離れていくことを、特に女親はどこか淋しくも感じる。そういう母の気持ちに気づいたときは、子供の心も複雑だ。だから、どうできるわけでもないが、とまどいは消えない。

もう一つ、幸田文の随筆『余白』から、複雑微妙な心境を紹介しよう。鏡をのぞくと季節の移ろいが感じとれるという。「畳のへりのけばだち」に秋を感じ、「はすかいに写っている卓上の花」から秋の深まりを知るらしい。鏡面に姿を映す場合、姿の周囲に見える部分を、この作家は「余白」と呼ぶ。ある日ふと気がつくと、大柄で肉づきもよかった若い頃は鏡面を広く覆っていたはずなのに、「鏡の中に納まりすぎるくらい納まって」いて、その周りに澄みきった秋の空が広がっている。肉体の衰えに気づき、老いの近づいたことを知らされる。そういう複雑な戸惑いを、この作家は「鏡の余白は憎いほど秋の水色に澄んでいる」と記した。澄んだ美しさを「憎い」と感じる心の奥を読者は想像する。

【昂】下駄の理想型

歓喜でも、激怒でも、悲痛でも、困惑でも、さまざまな感情で、心が躍ったり震えたり激しく沈んだりする。そういう気持ちの昂りに焦点をしぼり、日本語の表現の在り方を眺めてみよう。一見、事実だけを淡々と述べているように見えて、その奥に人のけはいが感じられることもある。誰かの息づかいが聞こえるように思うこともある。まずは、そういう目立たない例から入ろう。

森鷗外の歴史小説『阿部一族』は、肥後城主細川忠利が他界し、家中の十人ほどが殉死の許しを得ていた。その一人、内藤長十郎は切腹する当日の朝になって初めてそのことを母親に告げ、暇乞いをするが、母は覚悟していたのか動揺することなく、嫁に別れの盃を交わす用意を命じる。弟を含めた四人で黙って盃を酌み交わすと、長十郎は心地よく酔ったと笑いながら居間に下がり、鼾をかきはじめる。「母は母の部屋に、よめはよめの部屋に、弟は弟の部屋に、じっと物を思っている」。そう書いた作者はそのあと、「居間の窓には、下に風鈴を附けた吊《つり》葱《しのぶ》が吊ってある」と鼾の聞こえる部屋の描写をし、その下に手水鉢があって、伏せてある柄杓にやんまがとまって羽を垂れたまま動かないことを書き添える。誰が何をしている、どこに何があってどうなっていると客観的に述べるだけで、人の心の中にはまったく踏み込まない記述である。

そして、「一時立つ。二時立つ。もう午《ひる》を過ぎた」と、極度の短文が三つ並ぶ。ここも時の経過を事実どおりに記してあるだけで、何の説明もない。それでも、ここにはかすかに人のけはいが感じられる。そんなふうに畳みかけ、「もう」と感じる心の動き、それは嫁の気持ちではないか。一家の主が切腹する当日、介錯《かいしゃく》を務める武士を待つ緊迫した時間に、姑がはたして昼食《ちゅうじき》をとると言われるかどうかわからず、聞きに行こうと思いながらためらっているうちに、刻一刻と時はいたずらに過ぎてゆく。そう思っているにちがいない嫁の息づかいのようなものが読者の肌に感じられるのである。

同じ鷗外の『青年』には、「温い血の波が湧き立って、冷たくなっている耳や鼻や、手足の尖《さき》までも漲り渡るような心持がした」と比喩的にわかりやすく述べた例もある。

井伏鱒二の『無心状』にこんな場面が出てくる。美術学校に通う女学生を見そめ、偶然のように同じ駅で降りて並ぶように歩いてみる。何度目かの時に一緒に古本屋に入り、女学生が学校で習った画家の説明が載っている日本美術史を手に取る場面だ。「相手は頰を私の頰と殆どすれすれにして、声に出してそこを読みだした」ので、「私は読むどころではなく、胸がごっとんごっとんと高鳴るのを、どうしたら押し殺せるか、そのことばかりに気を取られていた」とある。冷静ではいられないのだ。「相手の音読が、ずっと続けばいいと思った」主人公は、「よけいな話をはさんで引き延ばしにかかる」。心の高鳴りが読者にも届きそうな展開である。

その井伏が骨董屋を主人公とする小説『珍品堂主人』では、とんだ掘り出し物にめぐりあったかと期待で興奮するようすをこう描写する。「質流れと云えば、寺から盗み出させて来たものかもわからない」と期待をふくらませ、「頬がぴくぴく動くのを覚えました」、「顔をあげることが出来なくて、生唾を一つ二つ呑みこみました」と、気持ちの説明ではなく、状態や行為をとおしてその興奮を読者に届けるのである。

林芙美子は『うず潮』に「かあっと血の匂うような闘いの気持が起きた」と書き、興奮状態を「血が匂う」という比喩的イメージをとおして伝えようとする。永井龍男の『冬の日』には、「泣いているというよりは、涙を耐《こら》えるのに全力を注いでいるように見えたが、一息大きく呼吸したと思うと、せき上げてくるものを切れぎれに、抑揚もなく呟いた」とある。その人間の表情や行為を描くことで、激した気持ちを想像させる例である。

網野菊の『さくらの花』に、妹が病死したあとの場面がこう描かれている。病院に駆けつけた主人公の耳に、「菊の花は入れないで下さい。奥さんは、菊の花はおきらいでしたから」という声が聞こえて、見ると菊の花が捨ててある。「それが、ゆう子の入院してまもなくの大晦日に、正月の花にと思って二本自分がゆう子の病室へ持参したのと全然同型同色の中輪の白菊の花だったので、ハッとした」とあり、「いきなり、ガクンと頭をなぐられたようなショックだった」と続く。瞬間の苛立ちが読者の心にぐさりと突き刺さる。

木山捷平は『竹の花筒』で、息子のガールフレンドが訪ねて来た折の落ち着かない父親をこんな風に描いてみせた。相手の女が玄関に飾ってある「前衛華道を手ばなしでほめちぎって」

くれるのに、植物の名さえ知らない長男は何も説明できないでいる。そのようすがじれったくていらいらする。「本の活字が頭に入らなく」なり、散歩に出て公園までやって来た。気がつくと、ベンチの上にきちんと静坐している。所在なさに、自分の脱いだ下駄をステッキの先であれこれ並べ直してみる。「ニの字にならべてみたり、ハの字に並べてみたり、イの字に並べてみたりした」が「いくら並べ直してみても理想型にはならない」。「でも私はくりかえした」と作品を閉じる。どうにも落ち着かない親の気持ちを絵に描いたような結びである。

感覚

お燗はぎすぎすして、突っ張らかって

【色】カーンと冴えかえって

永井荷風の『ふらんす物語』に、「晴れ切った暮方の空の色は斜陽の色と混じて濃く染めたように紫になる」と、青空に夕陽の赤が映って紫がかって見える晴天の暮色を「濃く染める」という人工的なイメージで比喩的に描く例が出る。そして、「空気は冷《ひややか》に清く澄み渡って、屋根も人も車も見るもの尽《ことごと》く洗出したように際立って、浮上って来る」と、今度は「洗う」という比喩的イメージで、澄みきった空気を強調する。そこから、「一種の瞑色が漂っていて、心は何とも知れず遠い遠い昔の方へ持運ばれて行くような気がする」と展開し、視覚をぼやかす薄暗い色合いが異国の空でひとしお望郷の念をつのらせることをしっとりと描いた。色彩による心理的影響をたどる一節である。

有吉佐和子は『水と宝石』に「窓のカーテンは青磁がかったグリーンで、その向うから早朝の薄明が忍び込むと、部屋の空気は碧く染まって海底のように見える」と書き、比喩によって「海」のイメージを呼び起こした。

曾野綾子の『永遠の前の一瞬』には、「米大陸は青い雲海のかなたにあり、朝陽はもはや色という概念をこえて、新鮮な血液のように、空を次第にそめあげて行くのだった」とある。空が朝日によって血のように染まって見える機上からの眺めなのだろう。だが、「色という概念をこえて」とあり、血の赤という単なる色彩面を超越し、血液を注入することで空が生き返ったように活気を取り戻す、そんなイメージが加わるように思われる。

梶井基次郎『檸檬』の有名な一節を引こう。「一体私はあの檸檬が好きだ」と切り出し、「レモンエロウの絵具をチューブから搾り出して固めたようなあの単純な色」と、その色彩のシンプルな感触を、絵の具そのものの塊というイメージで象徴化する。そして、積み上げた本の上にレモンを載せると、そのレモンの色彩は、何冊かの絵本の「ガチャガチャした色の諧調をひっそりと紡錘《ぼうすい》形の身体の中へ吸収してしまって、カーンと冴えかえっていた」と展開する。周囲の乱雑な色彩が気にならないほど、見る人間の視線を一個のレモンに吸い寄せる感じなのだろう。「カーン」というオノマトペで感覚化され、冴えかえって他を寄せつけない雰囲気を読者に強烈に印象づけるように思われる。

川端康成の『古都』に、「花々の色は空気を染め、からだのなかまで映るようであった」とある。小川洋子が『冷めない紅茶』に「喪服の色は夜の中に溶け出し、彼のわずかな仕草と一緒に揺れていた」と大胆な比喩的転換を試みたように、川端のこの例は美しい花の色が周りの空気を染め、人の体の中にまで沁み込むというイメージの発想だ。花々の輝きがその周囲に華やいだ雰囲気をかもしだし、そこにいる人たちをも明るく彩るのだろう。

高樹のぶ子は『追い風』で、「繁華街の酒気を感じさせる強い風と、赤い絵具を溶かしたようなネオンが、磨り硝子にぶつかっては雨で洗い流されていた」と書いてみせた。繁華街の赤いネオンに絵の具の赤を連想するのは、磨り硝子を濡らす雨によけいぼやけて見えるからだろう。ひょっとすると、風に酒の匂いがまじっているように感じるのも、繁華街のネオンが酒場を連想させるせいかもしれない。

【声】悲しいほど美しい

声にもどこかその人間が現れる。泉鏡花が『湯島詣』で「錆びたずんぐりした声」と書いている。若い透明な感じとは違って、「錆びた」となると、きらびやかさのない渋い感じの声を思わせ、よく言えば枯れた趣を漂わせる。「ずんぐり」は背が低くて肥った体をさすから、一般にそんな体型の人間が出しそうな声を想像させるだろう。

大岡昇平は『野火』に、「あーあ」と溜め息をつく場面で、「これほど単純な絶望の声を聞いたことがない」と書き、「かなり太くて低い、しかし響のない乾いた声」と続けている。太く、低く、響かない、となれば、陰翳に乏しい男っぽい太い低音を連想しやすい。

北杜夫の『夜と霧の隅で』には、「人類とも思えない老人」の「いかにもひからびた声帯を単に空気が吹きぬけてゆくといった声」というのが現れる。乾ききって、まるで潤いがなく、響かない、掠れた声という、力というものを少しも感じさせない、空気に近い存在をイメージする。

堀田善衛の『鬼無鬼島』に出る「ねばっこい、血のように色の濃い声」という描写は、逆に、生きた動物の生血のように粘りのある、不気味な印象を残す声なのかもしれない。

一方、中勘助は『銀の匙』で、女の子の声について「円くあいた唇のおくからぴやぴやした声がまろび出る」と書いている。あの女の子、「すべっこい細い舌」の持ち主の声だ。「ぴやぴや」という創作的なオノマトペからは、なめらかで艶のある声を連想するだろう。単に「出る」でなく「まろび出る」などという古風な動詞を続けたのも、そういう優雅な質感に合わせたような気がする。

川端康成は『雪国』で、葉子の声を「聞えもせぬ遠い船の人を呼ぶような、悲しいほど美しい声であった」と書き、「どこか雪の山から木魂して来そう」な感じで、「笑い声も悲しいほど高く澄んでいる」と描いた。あくまでも澄んだ細く高い声は、聞く人の心に悲しみに似た感情を引き起こすのだろうか。それは主人公「島村の心の殻を空しく叩いて消えてゆく」と書いている。心ではなく「心の殻」に響くのだから、空しさに襲われるのも無理はない。純粋な感覚描写というより、多分に心理的な要素が働いているような気がしてならない。

それに対し、尾崎一雄は『芳兵衛物語』で、「芳兵衛」という愛称で呼ぶ細君、芳枝について、「けらけらけらという声で笑っている」と、何の気兼ねもなく大声で笑う底抜けて純真な姿を描きとった。滑稽さを意識するのは脳という頭の一部のはずだが、「身体中可笑しがっているような笑い」とまさに体感的な捉え方をする。その上で、「まるで崩折れてでも了いそうに、ただもう余念なく笑っている」と視覚的な要素に精神面の推察を加えた。これも、笑い声という音響を再現するというより、性格描写、人物表現に近いようだ。

庄野潤三の『静物』に、こんなシーンが出てくる。長女と弟二人が「お父さん、おやすみなさい」、「お母さん、おやすみなさい」、「うちじゅうみんな、おやすみなさーい」と元気な声で、誰がいちばん早く寝間着に着替えて寝床に入るかを争う場面だ。それからしばらく時間が経過し、ひとりだけまだ起きている父親が、自分の横にこちらを向いて眠っている妻の顔を眺めながら、昔の事件を思い出す。自殺を図ってぬくもりのなくなった妻の手脚にふれた時のあの感触を忘れられないのだ。「子供らの声がこの家のあっちにもこっちにも、恰も感嘆符を打ったように浮んで残っている」ように感じるのは、家庭のぬくもりの象徴たるその明かりを消すまいと、父親が耳にとどめているからではあるまいか。

【音】余韻は夜もすがら

「祇園精舎の鐘の声、諸行無常の響きあり」という『平家物語』の冒頭はあまりにもよく知られている。次の「沙羅双樹《しゃらそうじゅ》の花の色盛者《じょうしゃ》必衰のことはりをあらはす」と対句となり、「万物流転」という仏教の無常観を象徴する。「精舎」は「寺」の意で、「祇園精舎」は天竺《てんじく》すなわち古代インドに釈迦のために建てた寺院をさす。そこの鐘の音が死者を寂光浄土に往生させるという。「沙羅双樹」は釈迦の入滅すなわち涅槃《ねはん》の折に四隅に立っていたとされる樹木。

日本人には子供の頃に聞いたお寺の鐘の音が懐かしく、中村雨紅作詞になる「山のお寺の鐘が鳴る」という歌とともにいつまでも心に残る。

中原中也に『除夜の鐘』と題する詩があり、「除夜の鐘は暗い遠いい空で鳴る。／千万年も、古びた夜の空気を顫はし、／除夜の鐘は暗い遠いい空で鳴る」という一節が心に沁みる。

荻原井泉水の「月光のほろほろ風鈴に戯れ」という俳句は、音に風の訪れを知って一味の涼感を覚える風鈴、そこに思いがけなく月の光がさして、なにやら戯れているように見えるのだろう。音を視覚的にとらえたような遊び心がそそる。

石川淳の『紫苑物語』には読み手の心にまつわりつくような独特の調子がある。岩山の頂に岩に彫りつけた仏が何体かあり、その一つは首が欠け落ちている。真下の岩の窪みに落ちたその首を元の位置に戻すと「大悲の慈顔」となるが、また自然に落ちてものすごい形相となる。そのラストシーンに、「風に猛り、雨にしめり、音はおそろしくまたかなしく、緩急のしらべおのずからととのって、そこに歌を発した。なにをうたうとも知れず、余韻は夜もすがら人の心を打った。ひとは鬼の歌がきこえるといった」とある。

近現代の音の描写をのぞいてみよう。幸田文は『流れる』に、「暗い小路のさきからとどろとどろと大きな響が伝わってきて、眼のまえのガードの上を国電が通る」と書いた。「とどろとどろ」という創作的な擬音語は「轟く」という動詞からの連想だろうか。ガード下に響く電車の通過音を巧みに再現した表現として読者の頭に響く。

深沢七郎の『東京のプリンスたち』では、オートバイの響きを、「ダイナミックな音が粉々になって全身にぶッつかって来る振動はしびれるような快感だった」と描いている。音が粉々になるという比喩的イメージ、全身にぶつかってくるという体感が読みどころだろう。

村上春樹は『遠い太鼓』で、「理屈っぽい硬質な、ドラマティックで情念的なベートーヴェンではなく、優しくナイーヴで、質の良い哀しみをさえ漂わせた新鮮なベートーヴェンである」と、演奏の質感を比喩的に展開させる。

江國香織は『キラキラ光る』に、「ばふばふと音をたててソファに倒れこんだり」と書いた。「ばふばふ」と平仮名書きして擬態語めかした擬音で新しい感覚を描きとった。

【匂】日光の匂い

体臭というとすぐに思い出すのが田山花袋の『蒲団』の一節。そこには、「女のなつかしい油の匂いと汗のにおいとが言いも知らずに時雄の胸をときめかした。夜着の襟の天鵞絨《ビロード》の際立って汚れて居るのに顔を押し附けて、心のゆくばかりなつかしい女の匂いを嗅いだ」とある。

夜着の際立って汚れた襟に顔を押しつけ、去って行った女の匂いを嗅ぐ男の未練が痛々しく感じられるほどだ。情けない姿を赤裸々にさらけだす勇気が話題となった。

安岡章太郎の『海辺《かいへん》の光景』には、「体のすみずみまで染みついた陰気な臭いを太陽の熱で焼きはらいたい。海の風で吹きとばしたい」とある。母親を亡くしたばかりで、ここは体に染み付いた不吉な雰囲気を拭い去りたい気持ちだから、必ずしも嗅覚だけの描写ではない。

宮本輝の『二十歳の火影』のこの描写も印象に残る。父には女がいて、晩年はほとんどそこに入り浸りだった。脳溢血で倒れる数日前、珍しく家にやって来たが、母は逢おうとせず、息子を呼び出して屋台の酒を飲みながら昔話を繰り返す。足元のふらつく父を息子がアパートの女の部屋まで送り届ける場面だ。女は留守で真っ暗な中、蛍光燈の紐を引っぱると、ハンガーにぶらさがった真っ赤な長襦袢が息子の目の前に現れた。母とは違う女の影が生々しくかぶさってきたことだろう。そっと父を坐らせると、「長襦袢が畳の上に落ち、一呼吸ののち、部屋に沈んでいた女の匂いが浮いてきた」とある。

小川洋子の『ダイヴィング・プール』には、赤ん坊が「紙おむつのざらついたにおいと、離乳食のどろどろした匂いが混ざり合ったような匂い」だったとある。「ざらざら」「どろどろ」という形容を、本体の「紙おむつ」や「離乳食」から離れて、どちらも「匂い」を修飾する位置に置くことで、匂いという嗅覚的な現象を触覚的にとらえたような複雑な比喩性が生じているように思われる。

池澤夏樹の『アップリンク』には、「女の身体からはかすかな匂いが立ち昇っていた。それは身体の匂いであり、心地よい汗の匂いであり、耳の上にヘアピンで留めた白い花の匂いであり、遠い森の匂いであり、穏かな動物の匂いだった」とある。

村上春樹は『遠い太鼓』で、鰺の塩焼きについて、「煙が鼻の穴から脳の奥へつうんとしみわたっていくのがわかる」と書いた。また、「血の匂いが漂っている。重くぬめぬめとした匂いが、はっきりとした比重を持って断層のようにどんよりと空中に浮遊している」という描写では、嗅覚的な現象である匂いが、「ぬめぬめ」という触覚的なイメージで現れ、「比重」「断層」「どんより」「浮遊」という語と共起して、接触可能な物質的な存在として展開する。

川上弘美の『センセイの鞄』に「風に、湿った雨の匂いが混じっている」とある。「湿った雨」という流れは事実として当然すぎるから、ここは、乾いた風でなく、風に湿った感触があり、肌に触れて雨を予感させるのだろう。

江國香織の『東京タワー』に、「すみれいろの空に、電気のつき始めたばかりの東京タワーがみえた」とあり、「夏の夕方の匂いがする」と続く。空を見上げながら東京タワーを遠望している場面だろう。暑い夏はどこの家も窓を開けている関係で、夕食の支度をする匂いなどが外気に漂う。それを「夏の夕方の匂い」とスケール大きく表現したのかもしれない。同じ作品に「秋の空気はりんごに似た匂いがする」とあるのは感覚だろうか、それとも、実の熟する季節の心理的な働きだろうか。

詩人の感覚が嗅ぎとる匂いもあるようだ。サトウハチローの『俺の仲間』に、「子供の頭というものは、日向に干した藁の匂いがするものだ」とある。昔の子供は長時間外気にふれて遊ぶことが多かったから、日向の匂いがしたのかもしれない。ハチロー自身、それを「日光の匂い」と書いた例もあったように思う。

【味】土くさく山くさい

辻嘉一の『味のいろは』に、蓴菜《じゅんさい》を冷やして山葵《わさび》醤油をまぶした料理の説明が出ている。「透明な寒天状の、ツルツル、コリコリした、俗にいうアンの舌ざわり歯ざわりが、むし暑い日に涼味をそそります」とあるのだが、単に「寒天状」で済まさず、「つるつる」とか「こりこり」とかと擬態語を用いて舌ざわりを感覚的に表現し、食感を具体的に伝えてくるので、いかにもおいしそうで食欲を刺激する。

中勘助の『銀の匙』に、「よくしまった肉をもっさりとむしって汁にひたしてくえばこっとりとした味がでる」という箇所がある。「もっさり」は肉をむしるときの手応えの感じを感覚的に伝える擬態語だが、「こっとり」のほうは、口の中の歯や舌の触感だけでなく、噛んで味わった時に得られる食感をも伝える擬態語と言えるだろう。

水上勉の『土を喰う日々』には、さまざまな野菜の体験的批評が続出する。冬瓜《とうがん》の汁については「冬瓜の野味だけのこして、他に味はなく、つるりと舌にとけた」とある。「一見してはなはだ出来のわるい姿とみた大根が、しっかりと、辛さだけを、独自に固守していたことに感動した」とか、「軽井沢のうちの畑では、木の葉をうめている土質がいいのか、とにかく、細い育ちだけれど、ぴりっとからくて、威勢がいい」とかとある。茗荷については「こんなに、自己を頑固に守りとおして、黙って、滋味（にがみ、香味）を一身にひきうけている野菜をしらない」と書き、「土の味といったが、しめじほど、土くさくて、山くさい喰いものはない気がする」とも記している。

庄野潤三の『佐渡』に、「熱いお茶の中に梅干を入れて、大根下しを入れまして、その上から醤油を少し垂らして、お箸でかきまぜながらこれを飲みますと、梅干と大根下しと醤油の味がひとつに融け合って、何ともいえず香ばしくて、おいしく、気持が静まります」という箇所が出てくる。ここは、味覚が心理的効果を奏する例である。

曾野綾子の『永遠の前の一瞬』に「このチョコレートの味、凛然としてるわね」という例が出現する。「凛然」という語は、寒さが厳しいさまの形容として温度感覚に用いられるほかは、凛々しく気高いようすや態度を意味するから、直接には味覚の形容とはならない。ここでは、砂糖やミルクで穏かな味に仕立てた製品に比べ、妥協することなくカカオの風味が際立って感じられるチョコレートをさすのだろう。いくらか擬人的な意図も匂う。

内田百閒の『白魚漫記』に、あの淡泊な白魚を味わうくだりが出てくる。「口に入れた時の感じがぼやけていて、はっきりしない」とあるあたりは、誰もが感じる印象だろう。が、そのあと、湯がく前に酢をかけてとあり、「白魚に皮のある事を味わったのも珍しかった。又頭の辺りに少し苦い味のするのが何とも云われない程うれしかった」と展開する。白魚の皮など、ふつうは意識することがないし、部位によって苦みを感じるのも繊細だ。

その百閒の『我が酒歴』という文章には、「お燗はぎすぎすして、突っ張らかって、いつもの様なふっくらした円味は丸でなくなっていた」という失敗談が紹介されている。おそらく度が過ぎたのだろう。「ぎすぎす」という擬態語、「突っ張らかる」という形容により、喉越しがなめらかでなく、抵抗感が生じたことを強調している。「ふっくらした円味」というあたりが、日本酒の「燗」どころなのかもしれない。

【触】春風がふわりと

感覚の部の最後に、物にふれた時に生じる皮膚の感覚、触った時の手ざわりや肌ざわりをとりあげよう。有島武郎の『生れ出づる悩み』に、「筆の穂が無器用に画布にたたきつけられて、そのまま けし飛んだような手荒な筆触」という比喩的な表現がある。絵でも書でもそういう粗っぽい感じのタッチが勢いを感じさせ、結果として力強い印象を与えやすい。

川端康成の『雪国』に「はっきり思い出そうとあせればあせるほど、つかみどころなくぼやけてゆく記憶の頼りなさのうちに、この指だけは女の触感で今でも濡れていて、自分を遠くの女へ引き寄せるかのようだと、不思議に思いながら、鼻につけて匂いを嗅いでみたり」といった生なましい描写が出てくる。前に逢った女の顔やら姿やらの記憶が次第にぼやけてゆくなかで、その女の肌にじかに接した指の触感だけは今でも薄れるどころか、しっとりと濡れているような感じだと女に惹かれる気持ちを婉曲に表現したくだりだ。

石坂洋次郎の『青い山脈』には、「冷たい悪寒を含んだ空気が、四方からジワジワと、粘っこく、重たく、雪子の身体にのしかかって来る」という箇所が現れる。冷たい空気に触れる圧迫感を、「粘っこい」「重たい」「のしかかる」という表現を重ねて描いている。

松村栄子は『至高聖所』で、空気を逆に軽く心地よい雰囲気に描いている。「硬質な建物の隙間から現れた春風がふわりとわたしたちに覆いかぶさる」と、好感度の高い「春風」という語に「ふわり」という軽い感じの擬態語を組み合わせ、心地よさを描き出した。

林房雄は『双生真珠』で、「たちまち黒い夜が重い幕のように落ちて来ます」と書き、その「幕」という比喩的イメージをひきずって、「指でかきわけられそうな夜の色です」と続けた。単なる「夜」や「夜の色」であれば、こういう触覚的な発想にはなりそうもない。

幸田文の『流れる』に、「新しい著物はふっくりしていて、著る人をもふっくりさせる」というくだりが現れる。「ふっくら」であれば、やわらかくふくらんだ感じになるが、「ふっくり」という語形は通常ほとんど見かけないから、この作家独特の創作的なオノマトペの一例かと想像される。むろん語感として「ふっくら」と共通する感じを意識していると思われるが、単にやわらかくふくれているというイメージではなく、すっきりといくぶん引き締まった感じが加わるのかもしれない。

竹西寛子は『兵隊宿』に「少女の手の甲に触れたが、ふっくらとしてほの温いその手の甲に、ひさしは、和菓子の求肥《ぎゅうひ》を指先で撫でる時のような快さを感じた」という比喩表現が出てくる。少女のふっくらとした手の甲から「求肥」を連想し、それをイメージとして比喩表現を試みた例である。「快さ」とあるから、単にやわらかいというだけでなく、すべすべと心地よかったのだろう。小説だから、むろん、ひさし少年の感覚がとらえた触感として描いている。

宮本輝の『道頓堀川』に「解かれた帯のぐにゃりと這っている畳の上」という表現が現れる。ほどいた帯を「這う」と書いたのは、蛇か何かを連想したからだろう。その点では形態からの視覚的連想だが、そこに「ぐにゃりと」という擬態語を添えたことで、触覚的な連想も働く。

筒井康隆は『文学部唯野教授』に、「熱っぽく脂っぽい獅子成の皮膚の質感が、冷たい汗によってづるりと滑る感触とともに掌に伝わり」と書いている。「熱っぽい」「脂っぽい」という質感に汗が加わって「滑る感触」が具体化される。勘ぐれば、「ずるり」でなく「づるり」という表記になっているのも、そこだけ歴史的仮名遣いを採用したというより、感触の違いにこだわったようにも見えてくるのである。

学芸

秘すれば花なり、秘せずば花なるべからず

【宗教】極楽におはすらむ

戸川秋骨の皮肉は痛烈だ。随筆『卑怯者』に「何々の日と云って日を定めて何事かをする位馬鹿な事はない」とあり、「節約日とかいうのを考えた閑人」もあり、「その日に限って倹約をするんだという、まことに見上げた見識」と続くのは、むろん皮肉だ。内村鑑三が小説はつまらないから読まないと言ったと聞き、正宗白鳥は何という愚昧なと憤慨したらしい。その話を聞いて秋骨は「愚昧な考えをもって居なくては宗教家にはなれない」と『劇薬宗教』という随筆に書いている。「認識論」だとか「メトオデ」だとか俗人にわからないことばを振りまわすから哲学らしく見えるのであって、「日本語もなるたけ解らなくするに限る」と辛辣だ。すぐにわかっては有難みが出ないというのだろう。まさにそのとおりだ。

そういう面もあることは否定しないが、自分の力だけではどうにもならないから、「人事を尽くして天命を待つ」という中国起源のことばをモットーとしてきた。人間としてできるだけの努力をし、あとは天命に従うという生き方だ。が、むろん、それですべてうまく事が運ぶとは限らない。「好事魔多し」というとおり、好ましい事柄にはとかく災難が降りかかりやすい。

「地獄で仏」というように、困ったときに思いがけない人に救われることもある。ただし、「仏の顔も三度」といって、それが度重なれば、どんな慈悲深い人でも、そうそういつも助けてはくれない。「聞いて極楽、見て地獄」ということばがあるとおり、人の噂からどんなにすばらしいところかと思っていたら、自分の目で実際に見てみると、とんでもなくひどいところだったということもある。

映画監督の小津安二郎が、兵隊仲間の僧侶に、自分の死後のことを頼んだら、地獄と極楽とどっちがいいかと注文を聞かれ、そりゃできれば極楽がいいなと答えたら、友達いねえぞと言われたらしい。そのへんの事情がいかにもわかっていそうな坊さんの話だから、妙に説得力のあるのがおかしい。

江戸時代の書家であり歌人であり、その前に僧侶でもあった良寛に「極楽にわが父母はおはすらむ今日膝もとへ行くと思へば」という一首がある。死後に誰しも極楽に行きたがるが、必ずしも両親がそこにいるとは限らない。仏に仕える身でありながら、ふとそんな迷いが生じたのかもしれない。死も遠くないと考える年齢になると、どうせ行くなら、場所はともあれ、親しい人のそばがいいと考えるのが人情だ。いかにも人間的で、親しみを感じる。

仏の像を眺めながら、遠く過ぎ去った時代を偲び、遥かな浄土に思いを馳せることもあるだろう。会津八一は白鳳時代の傑作に「みほとけのうつらまなこにいにしへの／やまとくにはらかすみてあるらし」と反応した。そのうつらうつらとした目つきを、古代の大和国原が霞んで見えているらしいと想像した一首である。奈良坂の石仏については「ならさかのいしのほとけのおとがひに／こさめながるるはるはきにけり」と詠んでいる。泣いているようにも笑っているようにも見える顔に心惹かれ、顎のあたりに小雨がかかっている風情から春の訪れを感じ、軽く弾む心が余情となっているという。

【才知】大知は愚の如し

どれが賢いやり方かという点では、昔から「急がばまわれ」という諺がよく知られている。危険な近道を避けて、多少遠まわりでも安全で確実な道を選んだほうが、結局は早く到着するという教えだ。京都に行くのに琵琶湖を船で渡ったほうが距離は近いが、風が強まって湖面が荒れることもあるから、遠まわりでも陸路をたどったほうが確かだ、というところから出た諺だと、何かで読んだような気がする。今では、経路の選択という問題に限らず、何かをする場合、一般に、焦らず確実な方法を選んだほうが結局早く目的を果たすことになる、という広い意味で使われるようになっている。

「初心忘るべからず」という心がまえもよく説かれる。何事でも、それを習い始めたころの新鮮でひたむきな心を大切に持ち続けることが肝要なのだ。世阿弥の『花鏡』の中に出る、厳しい芸道の練磨の中から生まれたことばだけに説得力がある。

同じく世阿弥の『風姿花伝』に出る「秘すれば花なり」ということばは、能の神髄を示すものであり、「秘せずば花なるべからず」と続く。奥義を極めて咲かせるのが「芸の花」、これ見よがしに派手に見せていてはその価値が伝わらない。むしろ隠すように控えめに演ずることで、いつまでも新鮮に感じられるのだ、というような意味合いだろうか。

向井去来の『去来抄』によれば、松尾芭蕉は「謂《い》ひ応せて何かある」、発句というものは、表現したいことをすべて言い尽くしたら、いったい何が残るのだ、それでは余情も味わいも生まれない、言おうとして言わないものがあると読み手が感じるところから奥行が生じるのだというのかもしれない。昔、作家訪問の企画で尾崎一雄の自宅を訪ね、文章関連のお話をいろいろうかがった折に、どうも今の作家は細ごまと書き過ぎる、あれでは読者の想像する余地がなくなる、と尾崎さんが嘆いたのも、結局そこに通じるように思う。

「大智は愚のごとし」という中国起源のことばも、説得力を感じさせる。蘇軾《そしょく》すなわち蘇東坡《そとうば》の言に発するという。真の知恵者は、奥が深く賢ぶらないから、一見愚者に見えるという意味で、「大智は知らず」とも言うらしい。「大智は始終を知り、小智は初めを知りて終りを知らず」ということばもあるようだ。なるほど、始めることは同じでも、全体の見通しが立つ人と、その後の見当がつかない人とでは、結果がまるで違ってくる。

夏目漱石の『草枕』の書き出し「智に働けば角が立つ。情に掉させば流される。意地を通せば窮屈だ」と畳みかける名調子は人びとの記憶に残っているだろう。理屈で動けば他人との関係がぎくしゃくし、人情のままに行動すればその場の状況に流されてしまい、意地を張りとおすと自由が利かなくなる。漱石はそこから、人の世はとかく住みにくいと判断した。実生活で体験する生きにくさも、そういう判断の下地になったかもしれない。

「手習いは坂に車を押す如し」という教えも広く知られる。車を押しながら坂を登るときに、途中で力を抜くとずるずる下がって元の場所に戻ってしまう。習い事は途中で力を抜くと元の段階に戻ってしまい、目標とするところまで上達できない、という意味の諺。練習を怠ると元に戻すのが大変だと言われるスポーツの世界では今も通用する面もある。

もっとも、内田百閒のように、習った後、それを一度忘れた後に、本当の学問の効果が現れると達観する人物もあるから、一概には言えない。百閒は「役に立たぬ事を教えるところに教育の意義」があると主張するのだが、かつての大学教育はたしかに、すぐに役立つ知識や技術より、考え方の基盤を固めるところに目標があったように思われる。今は社会も大学も世知辛くなったのかもしれない。いずれにせよ、習った知識にあまりとらわれない段階になって、はじめてそれが生きてくるということは確かだろう。

【美意識】虚実皮膜

『徒然草』の一三七段は「花はさかりに、月はくまなきをのみ見るものかは」と書き出される。桜の花は満開の花盛り、月は一点の曇りもなく照り渡っている姿が、とかく世間で珍重されやすいが、見どころはそれに限ったものではないとして、さまざまな風情ある姿を紹介して、趣という評価に対する美意識を語るくだりである。

「雨にむかひて月をこひ」すなわち、降る雨を眺めながら、今は見えない月の姿に想いをはせるのも悪くない。「たれこめて春の行知《ゆくへ》らぬも」すなわち、簾を垂れて引きこもっている間にいつか春が暮れていたことに気づくのも、「なほ哀に情ふかし」すなわち、それはそれでしみじみとした趣があるものだ。「咲《さき》ぬべきほどの梢、散りしをれたる庭などこそ」すなわち、今にも咲き出しそうな梢や、花が散りしおれている庭の姿など、そのために見どころが多いとも言える。「満開」「満月」とはまた違った味わいの美もあることを説くこのあたりには、玄人の美意識が感じられるかもしれない。

茶の湯の精神を象徴するものとして「和敬清寂《わけいせいじゃく》」の四文字のことばがよく知られている。「和」は「和する」で、仲良くする意、人と親しくすること。「敬」は相手を敬い、謙虚にふるまうこと。「清」は清らかな境地、清々《すがすが》しい場と雰囲気をさすようだ。そして、「寂」で仏の照らす寂光浄土の閑寂な空気を暗示し、合わせて茶道の精神とするのだろう。

近松門左衛門は『難波土産』のなかで、芸というものは実と虚との皮膜の間にあることに言及している。どこまでが事実でどこからが虚構か、渾然一体となった作品において、「虚」と「実」との間の部分に真実があるという文学観、芸術論と見られる。

井伏鱒二の走る姿を眺めていた亀井勝一郎が「何か大きな円いものが転がって来るよう」だと評したことがあるという。これは体型の話だが、安岡章太郎はこんな逸話を紹介する。百貨店で女店員たちが勇ましいいでたちで集まり、赤い旗を振りながら声をあげていたらしい。労働争議の現場なのだろうが、その珍しい光景を目撃した人が、さっそく井伏家に注進に及んだ。興奮した井伏からどんな感想、批評のことばが飛び出すか期待したのだろう。すると、その話を聞いていた井伏は一言「その旗の生地は何でしたか」と質問したので啞然としたという。呆れた安岡はしかし、こういう関心の持ち方が井伏文学を支えていると、大きくうなずくようにその短文を閉じていた。

雑誌の作家訪問の連載企画で武者小路実篤、小林秀雄、大岡昇平、吉行淳之介ら十五名の作家にインタビューする機会に恵まれた。その際に井伏鱒二の自宅も訪問した。シリーズ全体を一冊にまとめて『作家の文体』と題する著書を刊行する際、装丁者から表紙カバーにそれらの作家たちの原稿を散らして文学的な雰囲気をかもしだす案が出たが、その中に井伏原稿は含まれていない。自分の原稿の文字が表紙を飾るのに照れたのかもしれないが、インタビューを受けたことを覚えていないという信じがたい理由で断られたらしいから啞然とした。ところが、その数ヶ月後に、当時の勤務先国立国語研究所に中央公論社から電話が入り、中公文庫の『珍品堂主人』の解説を担当せよとのこと。井伏先生直々のご指名だから、ゆめゆめ断ることのないようにと釘を刺されたから驚いた。記憶を取り戻したわけではないだろうから、この作家はとうてい一筋縄では行かない。作品も同様だ。学生時代の親友青木南八を偲ぶ小説『鯉』にしても、面倒を見た後輩作家太宰治の早過ぎた死のあと、あえて雑事を題材にその思い出をたどった随筆『点滴』にしても、井伏作品はその真意がきわめてわかりにくく書いてある。まさに虚と実との接《は》ぎ目をたどって読むのが容易なことではなく、よき読者となるにはなにがしかの年季を要することとなる。

【文学】詩は小説の息

英文学者の福原麟太郎は戦後しばらくして英国政府の招きで久しぶりに倫敦《ロンドン》を再訪する。「夜は綿の如く疲れて風呂へも入らずにねてしまう」ほどのあわただしい旅だったという。『英京七日』という短い随筆にこんなシーンが描かれている。「名刺は、ひらひらと舞い、川風にゆられて、なかなか水にとどかない。実に美しく飛行しながら、やっと波の上に身をまかせた。波は静かに、それを運んでいった」という光景だ。作家の十和田操が朝日新聞出版局勤務の頃、福原の自宅に何度も足を運んで、『英文学』という大きな著作をついに完成させた。絶妙のタイミングとも思える不定期なその十和田の来訪を福原は「随筆的訪問」と呼んだ。その十和田、自分には英国訪問の機会など考えられないので、「ラムの愛したロンドンに敬意を表すために」せめて自分の名刺をテムズに流してくれないかと訪英する福原に託したのだ。

「ウォータールー橋、ロンドン橋と、どのくらいまで沈まないでいったろうか」とそのエッセイを閉じている。それから三〇年以上も経って、チャールズ・ラムの足跡を偲ぶ旅でロンドンに渡った庄野潤三は『陽気なクラウン・オフィス・ロウ』で「ウェストミンスターにあるホテルからひとりで歩いて来られた福原さんが、暫く川波を見ていて、やがてポケットから取り出した一枚の名刺を落したのはどの辺だろうか」としばし感慨に浸る。冷めた目で見れば、当人の気持ち以外に何の効果も期待できない、愚かな人間のまったく無駄な行為と映るはずだ。が、この三人の大の大人、文学を愛する人たちの美しいいとなみは、なにやらそれ自体が文学的な雰囲気を漂わせているような気がしてならない。

福原の『チャールズ・ラム伝』によれば、ラムは詩人としては論ずるに足りないが、詩に向かった修行と感性がのちに随筆に開花したという。彼は「散文をもって詩を書いた」のであり、ラムの随筆は「散文抒情詩」なのだとする。宇野浩二は「夢と詩があっての人生であり、詩と夢があっての文学である」と色紙に揮毫したらしい。「随筆」は内容としては人間の身の上話にすぎないが、書きようによって人間の文学の「上乗」となると福原は考えていたようだ。「上乗」は仏教で最上の教えをさすが、ここは最も優れているという意味だろう。

東京教育大学の前身であった高等師範学校の教授として福原と同僚だった竹友藻風は「詩は作るものでなく生れるものだ」と考えているらしく、福原はそういう考え方に共感したようだ。小説家の前に詩人として活躍した室生犀星は『杏っ子』という小説の中で娘らしい人物に、

「詩って小説にない小説の息みたいなものなのね」と発言させた。こういう見方もそれに一脈通じるものがあるかもしれない。詩とは何かと理屈で説明しようとすると七面倒なことになるが、「小説の息」というイメージは何となく納得できる。

首相の吉田茂の長男で英文学者の吉田健一に関するエッセイに、福原はこんな例を出している。イギリスの詩人や批評家と英文学の話をしていて、好きな詩人の名を出すと、吉田はすぐにその人のすぐれた詩句を口にすると書き、そんな時、得意げに「象徴的で、極左の思想をほのかに表現する西暦何年生れの、ケイムブリッヂ大学出の」などと解説を始めるのは日本人だが、吉田健一はその点でも日本人離れしているというのだ。なるほど文学というものは、そのまわりをあれこれ説明してみても、本質にはたどり着かない。作品自体に感動するという個々の体験をとおして迫る以外に、文学に近づく方法はないのかもしれない。

内田百閒は「酷暑で団扇を使うのと汗を拭くのとで両手がふさがり、原稿が書けなかった」という言い訳をしたらしい。物理的で論理的な説明だが、文学は手が三本あれば書けるというものではあるまい。以前、小沼丹から、肩の具合が悪く原稿は書けないが、将棋ぐらいなら指せる旨を記したはがきを頂戴したことを思い出す。万年筆と将棋の駒との重量の違いが論拠になっていて、これも物理的な説明となっている。こんな例を並べると、作家というものは言動そのものが文学に見えてくるから不思議である。

【読書】著者との対話

漱石の『吾輩は猫である』で、わが敬愛する迷亭が、知らないと言ったことのない先生に、あの小説の女主人公の死ぬところは実に名文だと話しかけると、相手は案の定その話に乗ってきた。そんな場面は勝手に想像してひっかけたのだから、先生あの小説を読んでいないないなとすっぱ抜く。偉そうにしている人間をみごとにはめるこの話、読者には痛快だが、いささか意地の悪い冗談にも思われかねない。そこで迷亭は、読んでいないな、の直後に「僕同様」ということばを添えて、愛嬌をふりまく。ともかく読まないことには、文学も何も始まらない。

福原麟太郎の『読書論』と題する随筆を紹介しよう。本を読むと言えるのは、眼光紙背に徹する深い読み方をし、その内容をじっくり考えることであって、ただ文字を目でたどるだけで、きちんと理解せず、深く考えることもないのが、いわゆる「論語読みの論語知らず」。読む、考える、行うの三拍子そろってはじめて「読書」と言えるのだという。

学術的な本では、全体の体系を理解するために読むのか、部分的な知識を豊富にするために読むのか、それぞれの目的に応じて読み方が変わる。そのとおりであり、文学の場合は、何かの知識を得るために読むわけではなく、そういう内容をどう描くかが問題であり、読者もその表現の仕方を味わいながら楽しむことになる。福原の場合、英文学の講義内容を準備していて頭が働かなくなると、小説類の速読に時間を費やすらしい。そうすると、不思議に頭の回転がよくなるという。娯楽として重要だというより、人の心を自由に解き放つ効果を発揮する。準備体操みたいだが、そういう意味で文学の一つの本質を突いており、一般読者にもそういう読み方を奨励している。

福原は、また、「一ぺん読んだら、それで一生のおわかれだと覚悟」して読むことを説いている。茶道の基本から広く用いられている「一期一会《いちごいちえ》」の心構えが肝要だということだろう。また、「外国文化を理解することは日本の文化を理解すること」につながるとして、読書範囲を広げることの効用を説く。そうして、「よい本と悪い本という区別は、見た瞬間にわかるものだ。直覚的である。見当違いもあるが、経験を積むに従って当ることが多くなる」と、自らの体験を語るあたりも興味深い。

ちなみに、自分にとって高校一年のひと夏以来の恩師だった英語学の渡部昇一は、よい本は自分で所有する主義で、借りて読んでも済むような本は、もともと読まなくてもいいのだと徹底していた。

福原はまた、恩師の岡倉由三郎に関するこんな逸話も紹介している。購入してから一度も読まれなかった本たちが、丑満《うしみ》つ時になると、集まってこそこそ話しあっているような気がしてきた。その声を聞くと、読んでもらえない不幸をたがいに訴えているように聞こえる。常人には真似のできないことだが、岡倉はそこで一念発起して退職し、読書三昧の日々を送ったというのだから徹底している。

以前、ある出版社の図書目録に「読書の三つの楽しみ」と題する短文を寄せたことがある。一つは賢者の仲間入りをする楽しみ。学術的な本に親しんで知的な雰囲気を身につけるだけでなく、隠居の雑学めいた知識満載の書物を読みあさって物知りになり話題を広げる。第二は名優になった気分を味わう楽しみ。人は自分の人生を一度生きるだけだが、百編の作品に浸ることで、坊っちゃんとして暮らし、ハムレットとして悩み、ホームズとして難事件を解決し、白雪姫として王子と結婚し、サザエさんとして失敗を重ねながら、百の生涯を満喫できる。

もう一つが著者との対話の楽しみだ。井伏鱒二は丸顔でとぼけてみせる。現代人だけではない。紫式部や井原西鶴が、シェークスピアやチェーホフが、近代の英雄や古代の偉人が、あるいは奇人や愚者が、はるかな昔に考えたことを、直接自分のことばで読者の耳に個人的に語りかける。本を読んでいる人は、表現の奥にいる著者が自身の肉声で語りかけるのを自分一人で聴いている。何という贅沢な時間だろう。耳元の囁きにうなずき、低くつぶやく。それは得も言われぬ至福のひとときとなるはずだ。福原も「読書は著者と話しあっていることなので」「問答しながら読むと楽しい」と書いている。

【ことば】靴屋と文学者

「暗い晩うぬが声色《こわいろ》通る也」という川柳がある。当人は歌舞伎役者になりきって、いい気分で誰かの声帯を模写しているらしいが、聞いている側には誰の真似をしているのやら見当もつかない。地声まるだしで誰にも似ていない下手なうぬ、つまり自分自身の声色にすぎない。大方、明るい場所でやる自信がなく、こんな暗い通りでやっているのだろうという含みもあるらしい。こんなふうに、ことばは独りでも楽しめるが、相手があったほうがはるかに生きてくる。

西行の『聞書集』に「君来ずは霞にけふも暮れなまし花待ちかぬる物語りせで」という一首がある。「霞にけふも暮れ」は、曙に山に入り夕暮れに至る花見をほのめかすという。来てくれたおかげで花を待つ心を語り合えたという喜びの気持ちを、来てくれなかったら、そういうこともできずに空しく過ぎただろうと、いわゆる反実仮想の形で強調した作らしい。同じ趣味や気持ちを語り合う喜びは大きい。それもまた「ことば」の効能である。

立原道造の『石柱の歌』という詩に、「花模様のついた会話と　幼い傷み」云々とあり、「風のように　過ぎて行った　あれは／私の記憶だろうか　また日々だろうか」と展開する。思い出の中で「花模様」がつくのは、楽しく弾む輝く会話だったのだろう。

ところが、芭蕉に「物いへば唇寒し秋の風」という一句があるように、何でもしゃべればいいというものではない。うっかり余計なことを口にしてしまって後悔した経験は誰にでもあるだろう。自慢話や他人の悪口をべらべらしゃべることを戒める意図が、芭蕉の心のどこかにあったかもしれない。そういうよけいなことをしゃべると、唇のあたりを秋の風が吹きすぎるという句意だが、ひやりと冷たいものが背中を走る感覚かもしれない。

「噂をすれば影が差す」という諺は今でもよく遣われる。「噂をすれば影」と短く言うことも多い。人の噂をしていると偶然そこに当人がやって来ることがある、という意味だ。噂をする時は、その人の席を用意しておけ、という諺もあったらしい。当人が現れても驚かないように心の準備をしておけ、という意味合いだろう。いつ当人の耳に入るかわからないから、ことばを慎めという、そんな注意も含まれているかもしれない。井伏鱒二は、自宅で太宰治の噂をしていると、不思議によく当人が現れたものだと随筆に書いている。戦後に流行作家になるまでの太宰は、噂をしていなくても井伏家によく顔を出したはずだから、はたして噂をしていた場合の確率が高かったかどうかはわからない。ちょうど噂をしているところに当人がたまたま姿を見せるとそれが印象に残るのだろう。

噂については、和泉式部日記に「このぬれぎぬはさりともきやみなんとおもひて」とある。男と関係があるなどとたとえ噂されているにしても、そんなものは自然と止むから、濡れ衣など着ないで済むと、あまり気にしない書きぶりである。

『徒然草』には、「かつあらはるるをもかへり見ず、口にまかせて言ひ散らすは、やがて浮きたることと聞ゆ」とある。すぐばれてしまうことも気にせずに、口から出まかせに言う嘘は、すぐに根拠のないこととわかるから問題はない。また、「我も誠しからずは思ひながら、人の言ひしままに、鼻のほどおごめきて言ふは、その人の虚言《そらごと》にはあらず」ともある。自分でもほんとのことだとは思わず、誰かに聞いたことを、鼻のあたりをぴくつかせながら得意そうに言うのは、その人自身がこしらえた嘘ではない。一方、「げにげにしく所々うちおぼめき、よく知らぬよしして、去《さり》ながら、つまづま合はせて語る虚言は、恐しき事なり」と続く。いかにもほんとめかして、あちこちはっきりしないようなふりをしながら、事柄の端々をうまく合わせて話す嘘は、つい乗せられてしまうから怖ろしいと分析する。

熊本の旧制五高で漱石に教えを受けて以来ずうっと師事してきた寺田寅彦は、食事をしていて先生が海老を残すと、自分も残したらしい。そんなところまで、尊敬する漱石の真似をしたという。おそらく対話の機会にも、漱石のことばを一言一言よく嚙みしめ、心のこもったことばを返したにちがいない。おそらくそこには貴重な時間が流れたことだろう。あんなに有名にならなくてもいいから、先生にはもっと長生きしてほしかった、それが本音だったと思われる。

高浜虚子に「彼一語我一語秋深みかも」という句がある。戦後数年を経た十月二十八日、鎌倉の鶴岡八幡宮、実朝の歌才を偲ぶ文墨祭の日の作という。「彼」はおそらく作者が十数年にわたって師事した正岡子規、向こうが一言語ると、少し間をおいてこちらも一言返して、しばらく沈黙。その間に秋の深まりが感じられる沈黙をはさみながら、ぽつりぽつりと語り合うのも、豊かな時間と言えそうだ。もっとも、子規は明治期に没しているから、ここは師の声が聞こえたような気がしたというのだろう。

福原麟太郎は、「英語というものは、ぺらぺら喋るもんではない」とし、むしろ「トットッとして、どもるべきもの」で、「時々間違った言い方をした方が好ましい」とまで書いた。ことばとともに相手に届くのは、伝えようとするメッセージだけではない。性格や教養を含めてその人の人間性が伝わってしまう。

まして文体には作者自身の生き方が反映する。おそらくそのためだろう、【生き方】の項でふれたように、福原は太宰治の文体にふれてこう述べる。「富嶽百景」に見える、あののびやかな、のどかな明るさを貴重だと考える福原は、こういう時期をこの作家はもっと永くもっと度々持つべきだったと惜しみ、そういう幸福が訪れなかったために、他の名作が生まれたのかもしれないが、名作なんか無くても、こういう幸福を楽しむ人であったことのほうを私は望むと書いた。さらに、戦後作品では「桜桃」は悪くないが、苦渋を言いまぎらしているところがなかったかと気になるという。「斜陽」や「人間失格」その他の有名な作品は当然無視している。

【古里】の項でもふれた石川啄木の「ふるさとの訛なつかし　停車場の人ごみの中に　そを聴きにゆく」という短歌は広く知られている。たしかに懐かしいが、感情だけではない。ことばによって人が故郷とつながり、それを介して発想など、ものの考え方まで影響を受けるのも事実である。

「ことばの彩」というように、ものは言いようでニュアンスが違い、相手に与える印象も変わってくる。「顔」も「つら」も、何をさすかという「意味」の面では大差がないが、それぞれの語から伝わってくる感じ、すなわち「語感」の面では大きな差がある。「つら」のほうがぞんざいなことばだというだけではない。「つらがまずい」は自然だが、「令嬢の美しいつら」という表現には違和感がともなう。「顔を立てる」という言いまわしがあるが、福原麟太郎は「顔とツラとは立てるべきものの種類が違っているようだ。ツラの方は、すこし横車の趣がある」と書いている。言われてみれば、なるほどそういう側面がありそうに思われる。

また、「……である」と結ぶだけなら、単にそういう事実を伝えているだけだが、それに「に過ぎない」と続けると否定的なニュアンスが生じる。確かに、「美人だ」「秀才だ」「好人物だ」といった高い評価であっても、それに「過ぎない」が続くと、全面的に認めていないニュアンスが生じる。福原は、だから「に過ぎない」一点張りで述べると、それだけで排他的目的を果たすことを指摘した。貶さずに貶す効果をあげることになる。

さらには、国語は正しく書いてほしいと書いたあと、竪《たて》書きにしなくてはいけないとも述べている。時代を感じさせるかもしれないが、考えてみるとそのほうが自然であることは確かだ。そもそも漢字は字体そのものが縦書き用にできており、横書きにすると当然なめらかにつながらない。ひらがなもカタカナもその漢字を簡略化した字体だから同様だ。そういえば作家の小沼丹も、文章を縦に書けない人が横に書くと言っていたそうである。

映画監督の小津安二郎は鎌倉に母と二人で住んでいたが、職業柄どうしても自宅にいない日が多く、母親が独りで退屈しているだろうと、女優の飯田蝶子が当時としてはまだ珍しかったテレビを贈ったらしい。すると、しばらく経って小津から電話が入ったので、てっきりそのお礼を言われると思ったら、「お蝶さん、駄目じゃないか、あんなものくれたら。婆さんテレビの前に坐ったきり俺の世話しなくなった」と逆に文句を言われたらしい。ところが、その電話から聞こえてくる小津の声が涙声だから、実はオッチャン感謝してることがわかる。監督の人柄をよく知っていて、それが小津流の感謝のことばだと察した飯田蝶子は、相手の調子に合わせて、「ああ、そう、ざまあみやがれ」と応じて電話を切ったという。粋な話だが、今ならすぐ喧嘩に発展しかねない。いささかまわりくどいが、そんなシャイな日本語が通用していた時代があったのだ。

広汎な知識と教養を身につけていた文豪幸田露伴が、ある時、靴関係の事業に手を出したところ、文学者と靴屋と何の関係があるのかという論調の批判が浴びせられたという。すると露伴は、「文学者と靴屋」と考えるから妙な感じがするのであって、「靴屋と文学者」と考えれば妙でも何でもない、と応じたらしい。凡人には、語順が違うだけで意味は同じように思えるが、発想に違いがあるのかもしれない。そう言われてみると、何となくわかるような気がするからつい笑ってしまう。ことばは実に神秘的で奥が深い。

動物

じいという煙のような声が立ち浸みている

【獣】横文字の新聞

江戸時代の歌人である小沢蘆庵に「里の犬の声のみ月の空に澄て人はしづまる宇治の山陰」という一首がある。月が明るく皓々《こうこう》と照り渡る夜空に、人里の犬の声のみ澄んで聞こえ、人はみなひっそりと寝静まっている、ここ宇治の山陰である、そんな歌意だろう。

「猫に鰹節」という諺は、猫のそばに大好物の鰹節を置けばすぐにやられるところから、油断できない危険な状態にあることの喩え。「猫に小判」という諺は、どんなに貴重なものでも、その価値のわからないものに与えたのでは、何の役にも立たないことの喩えで、「豚に真珠」とも言う。「猫の手も借りたい」は、人手がいくらあっても足りず、役に立たない猫にも手伝ってもらいたいほどきわめて忙しい状態をさして使われる。

「馬が合う」という言いまわしは、乗馬に際しては乗り手の呼吸がその馬の気持ちにぴたりと合うことが肝腎だというところから、人間どうしでも、どことなく気性が合うことが大事で、それでこそ意気投合できるという意味に発展して用いる。また、最初からそういう相手を見つけるのはむずかしいので、「馬には乗ってみよ、人には添うてみよ」とも言う。自分に合う馬かどうかは見ただけでは判断がつきにくいから、実際に乗って試してみることが肝腎だ。人柄の良し悪しも一緒に暮らしてみなくては本当のところはわからない、として結婚相手について使うことが多い。また、何事も自分で直接体験することが大事だ、という意味に広げて用いる場合もある。

「馬に馬鹿なく、人に馬鹿あり」とも言ったらしい。愚かなという意味の語に「馬鹿」という漢字を宛てるが、実際の馬はもっと利口だ、むしろその人間のほうにこそ、その呼称にふさわしいのが実在する、という意味らしい。まきぞえにされた「鹿」も同感だろう。

「暗がりから牛」という諺がある。暗い場所に黒い牛がいてもわかりにくいように、物事がはっきりせず区別がつきにくいという意味で使われるが、もともと動きののろい牛が暗がりから出るとよけいぐずぐずするらしく、一般に動作が鈍く、はきはきしない意味でも使うことがあるようだ。

川端康成は『春景色』で象をさまざまな比喩を駆使して描いている。「前足を百姓娘のはにかみのように内輪につぼめ」「後足を鳥居のように拡げて尿《いばり》をした」、「調教師の革鞭のような尻尾」、「尺取虫のように伸び縮みしている」鼻を「さなだ虫のように巻いたり」、巻き上がると「赤貝のような口が見え」、その唇は「穏やかな海がなめらかな岩を舐めるようにペラペラと動く」。その皮膚については堀辰雄が『旅の絵』で「横文字の新聞を丸めたのをもう一度引き伸ばして貼りつけたように、皺だらけで、くしゃくしゃ」と書いている。言われてみれば、なるほどと納得でき、横文字の新聞という発想には、つい笑ってしまう。「蛇《じゃ》の道は蛇《へび》」という諺もある。蛇の通る道は蛇がいちばんよく知っているはずだということから、一般に、その方面のことはその社会にいる者が詳しいという意味で使うが、秘事に通じているというニュアンスが強く、よくない連想を誘いやすいようだ。

鈴木三重吉は『桑の実』に「暗い土の上に水のような色でも広がるように、じいという煙のような声が立ち浸みている」と書いている。繊細な感覚の描きとったミミズの声だ。象徴的で、神秘的な雰囲気さえ感じさせる。

国学者橘曙覧《あけみ》は歌人として「蟻と蟻うなづきあひて何か事ありげに奔《はし》る西へ東へ」と詠んだ。蟻と蟻がたがいに肯きあって、何か事ありげに見え、どういうわけか、東と西に分かれて行く。そういう解釈がおかしい。

小説ではとかく才気走った面のみ目立つ芥川龍之介だが、「元日や手を洗ひをる夕ごころ」のような俳句もある。元日も夕刻のけはいの漂う中庭を眺め、けだるい気分を感じたのだろう。個人宛の書簡にも意外な面がのぞく。「居留守は支那文学の伝えた風流」という皮肉な見方にはいくらか翳が見えるものの、個人的なある手紙には、秋のけはいの漂う朝、浜で小用をたすと、砂を払う風が吹き、「ちらされた小便にぬれて慌しく蟹がはい出すのを見た」と添えることもある。短篇小説か私的なエッセイを思わせる筆致だ。

【鳥】やがて悲しき

「立つ鳥跡を濁さず」という諺は広く使われている。鳥が飛び立ったあとの水辺はきれいに澄んでいて、濁ったままということがないというところから、立ち去る者は自分のいた場所が見苦しくないようにきちんと整えておくべきだという意味の教訓として用いる。さらに、退《ひ》き際の潔い意にまで広げる用法も見られる。

「鶏の何か言ひたい足づかひ」という川柳は、鶏の歩き方の観察からの連想が奇抜だ。首を少し傾けて、上げた足を踏み下ろそうとする鶏の姿勢を見て、何かを思いついて言い出そうとする人の姿にイメージを重ねた一句。そういえば、たしかにそんな姿に見えなくもない。

野口雨情作詞になる童謡の中でも、「烏なぜ啼くの」と始まる曲は誰でも口ずさんだことがあるだろう。その歌い出しから「烏は山に　可愛七つの」まで、文節の頭がすべてア段の音が続く。次の「子が」だけオ段になるが、すぐ「あるからよ　可愛　可愛と　烏は　啼くの　可愛　可愛と　啼くんだよ」というふうに、ア段の母音で始まる文節が長々と続く。歌いながら「カー　カー　アー　アー」という烏の鳴き声が耳に響くように感じる。

松尾芭蕉の野ざらし紀行に「海暮れて鴨の声ほのかに白し」という超感覚の句が出てくる。尾張の熱田の海辺での作。「鴨」は冬の季語らしい。師走の海はとっぷりと暮れ、沖合いから聞こえる鴨の声が何だか白っぽく感じられる。漂泊の思いからか、望郷の念からか、薄明の沖合から届く鴨の声が白々と聞こえるような気がしたのかもしれない。

同じく芭蕉の「おもしろうてやがて悲しき鵜舟哉」という、よく知られた一句は句集『阿羅野』にあるという。岐阜の長良川での作らしいが、発想は謡曲「鵜飼」から出たようだ。夏の闇夜に行われる鵜飼は、川面に映る篝火のなか、鮎などの川魚を巧みに捕らえる鵜のようすを見物していると時を忘れる。それが終わると、あたりは闇に囲まれ、静寂が訪れる。その頃に人の心を襲う虚脱感、むなしさ、物悲しさ。いわば哲学的な一行詩といった句かもしれない。

時代を遡ると、『万葉集』に山部赤人の「若の浦に潮満ち来れば潟を無み葦辺をさして鶴《たづ》鳴き渡る」という一首がある。若の浦は今の和歌山市の玉津島神社附近で、当時は陸地だったという。そこに潮が満ちてくると干潟が無くなるので、鶴が葦の生えている岸辺をめざして鳴き声をあげながら飛んでゆく。情景を素直に描いた清澄な調べが心地よい。

同じく『万葉集』から、今度は大伴家持の春の歌を二首扱いたい。雪深い越中から、ようやく寧楽《なら》の都に帰ったものの憂愁の日々を送っていた時期の作らしい。どちらも明るい風景の中で心に萌す陰翳を詠んでいる。まずは「春の野に霞たなびきうら悲しこの夕影に鶯鳴くも」という短歌である。時は春、野原には霞がたなびき、何となくもの悲しい気分だ、その夕暮れ時の薄暗い光の中で鶯が鳴いている。そんなもの憂い気分を詠んだ一首である。よく知られる「うらうらに照れる春日に雲雀あがり情《こころ》悲しも独りしおもへば」という歌も同様だ。うららかに照っている春の日ざしのなか、空のほうから雲雀の声が聞こえ、独り物思いにふけっていると心が悲しみに満ちてくる。まさに春愁である。

次は雀、あまりにも有名な小林一茶の「我と来て遊べや親のない雀」という句をとりあげよう。親のいないらしい子雀に向かって、自分と遊ぼうと呼びかけている。俳文集『おらが春』に本名を用い、六歳、弥太郎として出る句。自分自身、三歳の時に実の母を亡くしているというから、作品というより、気持ちがそのまま口に出たことばなのだろう。

【虫】光の澱

日本語では、さまざまな意識や感情を引き起こす原因となる、得体の知れないものを、虫のしわざと考え、「虫がいい」「虫が納まらない」「虫が知らせる」「虫が好かない」「虫の居所が悪い」などの慣用句がよく使われる。

ほんものの虫に移ろう。立原道造の詩『のちのおもひに』に「草ひばりのうたひやまないしづまりかへつた午《ひる》さがりの林道」と出てくる草雲雀は、淡黄褐色のコオロギ科の昆虫で、初秋に高い声でフィリリリリと鳴くところから、その名がある。

内田百閒の『三谷の金剛様』には、蟋蟀《こおろぎ》の声がすごい迫力で描かれている。「りゅうりゅうと云う風に澄んで来る鳴き声が一つの大きな浪になって、夜が更けるに従い声の浪がうねり出し、寝ている枕の下がこおろぎの声で揺れて動く様」だったというのである。

志賀直哉の随筆『城の崎にて』は、自身が電車にはねられて怪我をし、その後養生のためにその温泉に滞在した折のことを書いた作品だけに、自分の目撃した鼠、蠑螈《いもり》などの死にも無関心ではいられない。蜂の死もその一つだ。「他の蜂が皆巣へ入って仕舞った日暮、冷たい瓦の上に一つ残った死骸を見る事は淋しかった。然《しか》し、それは如何にも静かだった」というあたり、情景と心理とが渾然と融合した描写となっている。

江戸時代の川柳に「忍ぶ夜の蚊はたたかれてそっと死に」という意表をついた一句がある。人目を忍ぶ密会の場、夏の夜だけに蚊はぶんぶん寄ってくる。ふだんなら両手を打ち鳴らしてパチンとやるところだが、大きな音を立てると他人に気づかれる。そこで大きな音が出ないようにに蚊を挟むように掌《てのひら》をそっと合わせたのだろう。不運にも挟まれた蚊はこの世に終わりを告げる。「そっと」は直接には掌の動きをさすのだが、それを結果である「死ぬ」にかかる連用修飾語として転用した意外性が笑いを誘う。

良寛に「夏の夜や蚤をかぞへて明しけり」という俳句がある。蚤がいて眠れず、何匹かの相手をして追い払っているうちに、気がつくと短い夜はもう明けかかっていたというのだろう。

庄野潤三の小説『絵合せ』にこんな場面が出てくる。長女の結婚も近づき、住む家もきまっている。娘が嫁に行けば今の部屋が空くから、それをどう利用しようかと両親が話し合っていると、当人が「蚤が出るよ」と叫び、「前から一匹、飼っているんです」と言う。呆れてふつうは笑いになるところだが、自分はまだこの家の子だ、そんな気の早いことを話さないでほしい、そんな気持ちが伝わってきて、いじらしく痛々しい。

宮本輝の小説『螢川』のラストシーンは圧巻だ。「月光が弾《はじ》け散る川面を眼下に見た瞬間、四人は声もたてずその場に金縛りになった」として、「螢の大群は、滝壺の底に寂寞《ひっそり》と舞う微生物の屍《しかばね》のように、はかりしれない沈黙と死臭を孕んで光の澱《おり》と化し、天空へ天空へと光彩をぼかしながら冷たい火の粉状になって舞いあがっていた」という夢のような光景が展開する。ついには、幾百幾千とも知れない光の粒が若い女の衣服の中にまでなだれ込み、「白い肌が光りながらぼっと浮かび」あがる。やがて風がやみ、静寂の戻った窪地の底に、「螢の綾なす妖光が人間の形で立っていた」として作品を閉じる。読者も立ち眩みを起こしかねないフィナーレである。

植物

鋭く天を指しながら地の雪に立った

【桜】花びらながれ

この国で「花」といえば、何といっても桜、乱舞する圧倒的な螢の例に次いで、はなやかな桜の話題に展開しよう。まずは紀友則のよく知られている一首「久方の光のどけき春の日にしづ心なく花のちるらむ」をとりあげる。「らむ」という助動詞が何を推量していると解釈するかで歌意は揺れる。日の光の降り注ぐこののどかな春の日に桜の花があわただしく散っている情景を眺めながら、どうして桜はこんなに急いで散るのだろうと不思議に思うだけなのか、こんなふうに散るのは桜に落ち着きがないからだろうかとその理由を考えてみたのか、解釈が分かれるようである。

西行の『聞書集』にある「山桜散らぬまでこそ惜しみつれ　ふもとへ流せ谷川の水」という一首では、当時は桜の代表だった山桜について、散る前までは散るのを惜しんでいたが、散ってしまった桜花はせめてそのまま麓に流してくれと谷川の水に期待している。

三好達治の詩『甃《いし》のうへ』は、「あはれ花びらながれ　をみなごに花びらながれ　をみなごしめやかに語らひあゆみ」と展開する。「甃」は寺の境内の敷石。「をみなご」は「女の子」。

この「花」も桜の華やいだ雰囲気を感じさせる。

大岡昇平の小説『花影《かえい》』に出てくる「空の青が透いて見えるような薄い花弁である」という描写も、桜の花びらだからこその華やぎを読者に印象づけるのだろう。

谷崎潤一郎の長編小説『細雪』は、大阪船場の旧家蒔岡の次女幸子の嫁ぎ先が蘆屋にあり、三女の雪子、四女の妙子も一緒に住んでいる。夫の貞之助、娘の悦子を含めた家族で一泊二日に及ぶ優雅な花見が年中行事となっていて、祇園の夜桜に始まり、嵯峨や嵐山などを経て、最後に平安神宮を訪れる習慣になっている。まだ盛りを過ぎていないだろうかと気を揉み、心をときめかしながら神宮にたどりつき、廻廊の門をくぐった。「夕空にひろがっている紅《くれない》の雲を仰ぎ見ると、皆が一様に、「あー」と、感嘆の声を放った」と展開する。咲き誇る桜の花、紅《べに》枝垂《しだれ》れのひろがりを「紅の雲」という隠喩で表現している。

江戸時代の終わり頃からは、白っぽい染井吉野が桜の代表的な存在となるが、それまでは桜といえば山桜が中心であったようだ。咲きだすときに白い花にまじって紅がかった茶色の葉が出るので派手さはないが、やがて葉は緑色に変わり、落ち着いた風情がある。

『千載和歌集』に読人知らずとして収載されている「さざ浪や志賀の都は荒れにしを昔ながらの山桜かな」という一首は、平家の忠度《ただのり》が藤原俊成に託した家集一巻の中にあったという。天皇の咎めを受けて都落ちした作者だけに、その実名を伏せて読人知らずとして扱ったものらしい。「さざ浪」は琵琶湖西南岸の地名。「志賀」は今の滋賀。「昔ながらの山桜」の部分に湖西にある「長等山《ながらやま》」の音を響かせているという。「旧都大津宮の跡はすっかり荒れ果ててしまったが、山桜だけは昔のままに美しく咲いている、というような歌意だろう。

西行の「吉野山ふもとの滝に流す花や峰に積りし雪の下水」という歌は、麓に積もった雪を桜の落花に見立てているが、同じく西行の前掲「山桜散らぬまでこそ惜しみつれふもとへ流せ谷川の水」という一首は、山桜が散るのを惜しみながら、散ってしまったら麓の宮滝に流せと、それに呼応しているという。

『太平記』巻第二に「落花の雪に踏み迷ふ片野の春の桜がり」という七五調の名文句が現れる。「片野」は河内の国の「交野」、「桜がり」は桜の花を愛でながら山野を歩きまわること。良寛に「かぐはしき桜の花の空に散る春のゆふべは暮れずもあらなむ」という一首がある。いい匂いを漂わせながら空に桜の花びらの散る春の夕は、このままいつまでも暮れないでいてほしいという気持ちをそのまま素直に詠んだ作品だ。

こんな脇役の桜もある。高村光太郎の『レモン哀歌』は、「そんなにもあなたはレモンを待つてゐた／かなしく白くあかるい死の床で／わたしの手からとつた一つのレモンを／あなたのきれいな歯ががりりと噛んだ」と生前の智恵子との思い出を綴ったあと、「昔山巓《さんてん》でしたやうな深呼吸を一つして」とその最期の姿を記す。そうして、ひとり後に残された光太郎は、妻の「写真の前に挿した桜の花かげに／すずしく光るレモンを今日も置こう」と、亡き妻へのいたわりを今日も忘れない。

【花】夢のしたたり

エッセイストの高田保は新聞連載のコラムの文章を集めた『ブラリひょうたん』の中で活け花に関する母の教えを記している。「活けた時に全部出来上っていたら、その時から花は崩れてしまう。出来上りの余地を残して、あとは花自身に任せて出来上らせる」。客を迎える時刻に絶頂を迎えるためにあえて「間の抜けたすき間」を作っておくのだという。また、「衰えを見せはじめると母は何の躊躇もなく取捨てる」。残酷のようでも、それは「衰えを人の目にさらさせるのは情《じょう》なしだ」という心遣いによる徹底した配慮なのだということらしい。

安西均の『花の店』と題する詩は、「かなしみの夜の　とある街角をほのかに染めて／花屋には花がいっぱい」と始まり、「賑やかな言葉のように」という思いがけないイメージの比喩表現が続く。とある街角のひとところをほのかに染めるように、色とりどりの花を並べた店先に立つと、あふれんばかりの花々が何だか自分に話しかけてくるように感じたのだろう。それは淋しい心をひととき明るくしてくれる瞬間でもあったにちがいない。桜以外にも花はいろいろあるが、まずは春到来を告げる梅の花からとりあげよう。

菅原道真の「東風《こち》ふかばにほひおこせよ梅の花あるじなしとて春を忘るな」という歌は広く知られている。時の左大臣藤原時平の讒言《ざんげん》により醍醐天皇に大宰府に左遷された道真が、春になって東の風が吹いたら、その風に乗せて梅の花の香を、京の西に位置する大宰府、自分の流されて行く土地まで届けてくれ、梅の花よ、主がいなくても春を忘れるではないぞ、と願った一首であるという。

時代は下って江戸前期の服部嵐雪の詠んだ「梅一輪一輪ほどの暖かさ」という句も、現代にまでよく知られている。梅の花が一輪また一輪と咲き出るにつれて、少しずつ暖かさが増してくる、という意味に解することもありそうだが、それだと理科の観察日記みたいで理屈っぽく、瞬時の実感をつぶやく俳句らしくない。ここもやはり、ある朝ふと気がつくと、梅の花が一輪ひらきはじめている、そういえば今日はいくぶん寒さがやわらいだ感じがする、そういう発見の気持ちを口に出した作品と受け取りたい。

次は桃の花。大伴家持の「春の苑紅にほふ桃の花下照る道に出で立つ少女」という、まさに匂い出るような一首。「苑」は眺めるための庭ではなく、家屋の周囲の果樹や野菜を植える空地。「紅にほふ」は赤い色が照り映える意。春の苑に紅の映える桃の花が咲きほこり、下に照り映える道には美しい娘が立っている。万葉集には、春の苑の桃や李の花を眺めて作った歌とあるものの、西域、すなわち中国人から見た西方の地域から中国を経て伝わった「樹下美人図」の構図になっており、その時代の好みが反映した作とも見られているらしい。

次に橘。『古今和歌集』に読人知らずとして出る「五月待つ花橘の香をかげば昔の人の袖の香ぞする」という歌はよく知られている。五月になるのを待ちかねたように咲きだす橘の花の香をかぐと、昔親しくしていた人が袖にたきしめていたお香のかおりを思い出すという歌意。

『伊勢物語』では、妻に去られた男が、今は別の人の妻となっているその女の前でこの歌を詠むと、女は深く恥じて尼となり山に入る、そんな話として出てくる。

横光利一は小説『春は馬車に乗って』で、間もなく死を迎えるはずの妻を慰めようと、主人公に「此の花は馬車に乗って、海の岸を真っ先きに春を撒き撒きやって来たのさ」と言わせた。知人から届けられたスイトピーの花束だ。「長らく寒風にさびれ続けた家の中に、初めて早春が匂やかに訪れて来た」のだ。いっときの安らぎを与えたことだろう。

岡本かの子は『母子叙情』という小説で、マロニエの花を「小蠟燭《ろうそく》を積み立てたようなそのほの白い花」と蠟燭のイメージでとらえた。また、同じ花を別の箇所では「初夏の晴れた空に夢のしたたりのように、あちこちに咲き迸《ほとばし》るマロニエの花」とも書いている。現象という抽象的な存在である「夢」を液体として感覚的にとらえ、それを比喩的イメージとして、マロニエの花を極度に美化した例である。

小沼丹の小説『小径』の初めのほうに、「高い赤土の崖の下のひんやりした小径を少し上って行くと、左手に木肌葺《きはだぶき》の門があった。その門のなかの玄関先に銅鑼《どら》を吊して、伯母は女中と二人ひっそり住んでいた」とあって、主人公が小学生の頃にその家に遊びに来て銅鑼を威勢よく鳴らす場面が出てくる。そのあとに、「家の背後は、庭の先が低い山になっていて、山に一本大きな辛夷《こぶし》の木があった。その白い花を、伯母は縁に坐って見物する」とある。その伯母が死んで今では人手に渡った家を頭の中で再訪する場面がフィナーレとなっている。「想い出のなかで、赤土の崖に沿ったひんやりした小径を上って行くことがある」とあり、「威勢よく銅鑼を鳴らすが、音ばかり矢鱈に大きく跳ね返って来て、玄関には誰も出て来ない。どこに行ったのかしらん？　しいんと静まり返った家のなかに人の気配は無く、裏山の辛夷が白い花を散らしているばかりである」と作品は消えるように終わる。赤土の崖に沿った小径、銅鑼の音の反響、そして裏山の辛夷の白い花、そういう断片的な古い記憶が走馬灯のように駈けめぐる幻想だ。悲哀を意味する一語をも用いることなく、どうすることもできない喪失感が、読者の胸の奥深くまでしみこんでゆく幕切れである。

今度は秋の萩。『玉葉集』の代表歌人、永福門院の「ま萩ちる庭の秋風身にしみて夕日のかげぞかべに消え行く」という一首は、紅紫の細かな萩の花を散らす秋の風が身にしみて、庭にさしていた夕日の光が薄れて壁に吸い込まれるように消えてゆくという歌意だろう。勢いの衰えていく寂寥《せきりょう》感を身近な題材に見出した作品である。

与謝蕪村の「菜の花や月は東に日は西に」はさらに名高い。見わたす限り菜の花畑が広がっていて、日はすでに西に傾いている、振り返ると東の空にはもう月が昇り始めている。そんな風景だが、画家でもあった蕪村の感性がこの句の構図にも生きているようだ。

同じく蕪村から花いばらの句を二つとりあげよう。一つは「花いばら古郷《こきょう》の路に似たる哉」という句だ。東の堤にのぼってという意の前書きがついており、堤の上には花いばらが咲き乱れていていてふるさとの野道に似ていると望郷の念を募らせた作品とわかる。

もう一つは「愁ひつつ岡にのぼれば花いばら」という句で、後者はよく知られている。感傷的な気分でひとり登って行くと、岡に花いばらが咲いていた、という趣意である。ここは一般的な青春の憂愁と解されているようだ。

竹久夢二の詩に曲をつけた『宵待草』は、今でも歌う人の胸にしみ、心を濡らす。「待てど暮せどこぬひとを宵待草のやるせなさ」として出てくる「宵待草」は逆に「待宵草《まつよいぐさ》」とも呼び、草原や川原あたりに自生して、夏の夕方に黄色い花を咲かせるが、翌朝にはもうしぼんでしまう。そういうはかなさも感傷的な気分を誘うのだろう。

三浦哲郎の『汁粉に酔うの記』という随筆は、旧制中学時代にバスケットボールの選手として国体に出場した思い出を語る作品だ。なにしろ戦後間もなくの食糧難の時代、とても勝てないと諦めた先生が、「せっかく金沢まで来たんだから、せめて旨いもんでも食っていくんべ」と、みんなにお汁粉をふるまった。そのせいか思いもかけず準決勝まで勝ち進み、意気揚々と地元に帰るのだから、ふつうなら駅でみんなの拍手に迎えられるはずだった。ところが、当時のこと、列車が時刻どおり動かず、そのせいで接続もうまくいかなくて、当初の予定より何時間も遅れて着いた。「全校生徒が出迎え」ているはずだった駅には誰もいない。選手たちはもう笑うほかはない。そうして、「駅前広場の防空壕跡に咲いている鶏頭の花が眩しかった」という一文でエッセイは終わる。

水原秋櫻子に「竜胆《りんどう》や月雲海をのぼり来る」という句がある。山頂の高原に立つと、一面に竜胆の花が咲いていて、眼下の雲海のかなたに月が姿を現し、ゆっくりと昇ってくる。月の光で竜胆の花は青紫にひとしお冴えて見える。はるかな月と眼前の竜胆とが対比される視点が新鮮に響く。

松本たかしの「水仙や古鏡のごとく花をかかぐ」という句も印象深い。年末から早春にかけて冷たい空気の中で咲く水仙は、派手ではないが清楚で、凛とした美しさがある。それを古い鏡のイメージでとらえた比喩表現がすがすがしく、気品を感じさせる。

藤原定家の「木《こ》のまもるかきねにうすき三日月の影あらはるる夕顔の花」という一首は、木の間《ま》を洩る薄い三日月の光のなか、垣根にぼうっと夕顔の花が現れたという光景らしい。

前に草ひばりの例として引いたが、立原道造『のちのおもひに』は、その直前に「夢はいつもかへつて行つた　山の麓のさびしい村に／水引草に風が立ち」とある。水引草はタデ科の多年草で、山道や林や藪など日陰に自生し、夏に紅色の小花を穂状につける。進物などにかける水引を連想してこの名がついた。

同じく立原道造の『ゆふすげびと』に、「かなしみではなかつた日のながれる雲の下に／僕はあなたの口にする言葉をおぼえた、／それはひとつの花の名であつた／それは黄いろの淡い花だつた」とある。夕菅《ゆうすげ》はユリ科の多年草で、山地の草原に自生し、初夏の夕方から翌朝にかけて淡い黄色の細長い花を咲かせる。

【草木】からまつの風

すっかり枯れてしまった木、また、葉が枯れ落ちた木を「枯れ木」と呼んでいる。そんな木でも、山にまったく木がないよりはましだ。そこで「枯れ木も山の賑わい」という諺ができている。それを一般化し、つまらないものでも、何もないよりはましだ、という意味に広げて使うこともある。「枯れ木」だから、もともと価値のある対象については用いないのだが、次第に原義が忘れられてくる。すると、同窓会に恩師を招く際に使ったりする。昔の教え子にそう言われて怒りだした老人が話題になったような記憶があるが、もしかしたら、ことばが乱れてきた風潮を嘆く笑い話だったのか知らん？。

「枯れ木に花が咲く」という言いまわしもある。すっかり枯れてしまったと思い込んでいた木に、思いがけなく芽が出て花が咲き、まだ枯れきっていなかったことを喜ぶ。比喩的に、一度勢いの衰えたものが、意外にも再び勢いを取り戻すような場合にも使う。

西行に「津の国の難波の春は夢なれや蘆の枯葉に風わたる也」という一首がある。歌合せの折の作らしく、「幽玄の体《てい》也」という評がついているように、奥深い情感がにじむ。

心を打つのは代表的な花木だけではない。広く樹木に話題を移そう。北原白秋の詩『落葉松』は「からまつの林を過ぎて／からまつをしみじみと見き／からまつはさびしかりけり／たびゆくはさびしかりけり」と始まり、「世の中よ、あはれなりけり。／常なけどうれしかりけり。／山川に山がはの音、／からまつにからまつのかぜ」と消えるように終わる。「山川」を「やまかわ」と読めば、山と川との意、「やまがわ」と読めば、山の中を流れる川を意味する。無常観が漂い、どこか思想的、哲学的な雰囲気のあふれる作品である。

【水】の項でふれたように、良寛に「紀の国の高野の奥のふる寺に杉のしづくを聞きあかしつつ」という、しんみりと深みを感じさせる一首がある。父の以南は最後に高野山に身を隠したと言われ、そういうしみじみとした雰囲気が漂うが、一説に紀州ではなく、「紀」は「つ」で摂津をさすともいう。いずれにせよ、杉の葉からこぼれ落ちる雫の音を聴きながら一晩起きていたわけではない。悩みのためか物思いのせいか、眠れない夜を過ごしたのだろう。

川端康成の『雪国』に「薄く雪をつけた杉林は、その杉の一つ一つがくっきりと目立って、鋭く天を指しながら地の雪に立った」という文が出る。「天」と「地」とを対峙させた大きなスケールの一文だ。戦後に書き継いだ結果、今では小説のひとつの区切りの位置にあるが、発表当初は一度ここで作品を打ち切っているから、一編のフィナーレとして颯爽と際立たせる表現であったのかもしれない。

次は柳。江戸時代の吉原遊廓の入口にあった「見返り柳」は、樋口一葉の『たけくらべ』にも「大門《おおもん》の見返り柳」として登場する。朝帰りの遊客が名残を惜しんで振り返ったところから、こう呼ばれたらしいが、現代人にとっては想像するだけで縁のない存在。

柳といえばすぐに浮かんでくるのは、石川啄木の詩にある「やはらかに柳あをめる　北上の

岸辺目に見ゆ　泣けとごとくに」という一節だろう。ふるさとを恋う心が痛々しいほどに伝わってくる。

春の桜に対峙するのは秋の紅葉で、太平記でも、七五調のリズムとして引いた「桜がり」の直後に「紅葉の錦衣《き》て帰る嵐の山の秋の暮」と続く。桜狩りに対する紅葉狩りである。紅葉の美を「錦」と見立て、身に降りかかるのを「衣る」と喩えた趣向である。

江戸後期の良寛も、「こひしくば尋ねて来ませあしひきの山の紅葉を手折りがてらに」と知人の来訪を誘う風流な一首を詠んでいる。

明治末年の小学唱歌、高野辰之作詞『紅葉』もまだ耳にする。「秋の夕日に照る山紅葉／濃いも薄いも数ある中に」と山の秋を彩る紅葉を描き、「松をいろどる楓や蔦は／山のふもとの裾模様」と展開する。麓の松の緑を、色づいた赤や黄の葉が染める風景を、改まった女性の着物の裾にあしらうきらびやかな模様をイメージとする比喩で表現している。

万葉集にある志貴皇子の「石《いわ》ばしる垂水《たるみ》の上のさ蕨《わらび》の萌え出づる春になりにけるかも」という一首はよく知られている。岩の上をほとばしる滝のほとりに蕨が萌え出ている、春になったのだ、と早春のさきがけを見つけた歓びにあふれた明るい作品である。

今度は秋の萩。玉葉集の代表歌人、永福門院の「ま萩ちる庭の秋風身にしみて夕日のかげぞかべに消え行く」という一首は、【風】の項でもふれたが、紅紫の細かな萩の花を散らす秋の風が身にしみて、庭にさしていた夕日の光が薄れて壁に吸い込まれるように消えてゆくという歌意だろう。勢いの衰えていく寂寥《せきりょう》感を身近な題材に見出した作品である。

薄《すすき》も秋の風情。与謝蕪村に「山は暮《くれ》野は黄昏の薄哉」という句があり、国木田独歩の『武蔵野』にも引用されている。「暮」は「暮て」の形もあるという。山のほうは早くも暮色蒼然だが、眼前に広がる野はまだ暮れ残って、薄が揺れている。遠景の山と近景の野とを対比的に、「暮」と「黄昏」に染め分けた趣向もうかがわれる。

花から実に移る。小林一茶に「大根《だいこ》引大根で道を教へけり」という句がある。通りかかった人が大根畑で農家の人に道を尋ねたところ、相手は今引き抜いたばかりの大根で方向を示し、あっちだと教えたという素朴な田園風景だ。いかにも一茶、土くさく懐かしい。

「夕立が洗っていった茄子をもぐ」という種田山頭火の句も、漂泊の俳人にふさわしい。

前に【愁】の項でもふれたが、太宰治の小説『女生徒』に、こんなはっとするような一行が現れる。「五月のキウリの青味には、胸がカラッポになるような、くすぐったいような悲しさが在る」というのだ。昔、講演で故郷の鶴岡を訪れた折、高校の先輩が庭の畑から一本もいでごちそうしてくれたことをなつかしく思い出す。さっと洗ってほんの少し塩をふるだけだが、あの新鮮な味わいは今でも忘れられない。太宰がそこに胸がからっぽになるような、くすぐったい悲しさを感じるのはなぜだろう。理屈ではまったく説明がつかない。にもかかわらず、なんとなくわかるような気もするから不思議で、つい笑ってしまう。

住居

西洋の風呂は事務的、日本の風呂は享楽的

【雪隠】神経衰弱

きわめて重要な役割を果たしながら、まともな名で呼んでもらえないものに排泄用の施設がある。できるだけ婉曲な呼称が好まれ、昔からいろいろ試みられた。雪竇《せっちょう》禅師が中国南東部の浙江の霊隠寺で厠《かわや》の掃除を担っていたところから、それぞれの一字を組み合わせて「雪隠《せついん》」と称したのを、中世末まで盛んだったという音変化現象「連音《れんじょう》」で「せっちん」と発音したのが始まりというのだから驚く。呆れるほど遠まわしな表現だが、いくら何でも、おそらくこのあたりが、もっとも元をたどりにくい呼び方だろう。

伝統的に「厠」という漢字を用いてきた「かわや」も、語源的には「川屋」で、はるかな昔、流れに生放流していた時代の名残がある。いわば天然の水洗である。

排泄行為そのものが人前を憚《はばか》るところから、そのための施設をも「はばかり」と呼ぶこともあったが、今では通じる相手もごく限られ、実用的ではなくなっている。

清浄でない、汚れているという意味の「不浄」という語に、尊敬の「御」を冠して、その場所をご丁寧にも「ご不浄」と言った時代もあった。今や、これもうっかり使うと相手が目を丸くする結果となりかねない。百貨店で急用の生じた客が、その場所を店員に尋ねたところ、「上司に聞いてまいります」と言われて唖然としたという話もある。急いでいたはずだから、わかる人間が現れるまでいらいら待ったことだろう。

教科書などでは一般に「便所」という伝統のある無臭の語が長く使われていたはずだが、いつかこれも露骨すぎると勘違いされたのか、掃除などの場合以外は、日常生活でめったに使われない。気品に欠けることばとして片隅に追いやられた感がある。

化粧室を意味する「トイレットルーム」という英語を輸入し、しかもその大部分を割愛して三拍に縮め、よけいわかりにくくした「トイレ」という英語起源の日本語が、今やその場所をさす標準的な語形となっている。たしかに、臭い消しの効果だけはあるようだ。

だが、福原麟太郎の随筆『わが人物ベスト5』に、米人女性の送別会で、のちのノーベル賞学者朝永振一郎に会った話が出てくる。当然、たがいの外国生活の話題になったのだろう。朝永が「プリンストンの宿にいると、便所の臭いがほのかに漂ってくるということがないんで神経衰弱になりますよ」ともらしたことを紹介し、「実にわが意を得ている」と述べているから、福原自身もとっさに英国時代をふりかえったのだろう。昔の生活はそれがあたりまえで、いつもそういう空気の中でものを考えていたのだから、臭いがまったくしないと妙に落ちつかない気分になるのかもしれない。その朝永の部屋を訪れたら、物理学の器械は皆無、机上に紙と鉛筆となぜか小説が載っていて、これ読んだかとからかわれたという。そういう人物を「皮肉で洒脱だ」と評し、福原が一目置いている風情がうかがわれる。

昔、早稲田大学在職中、当時の学生会館の厠でちょっとした用を足しながら、ふと見ると「水を流してください」という注意書きが見える。まだ自動的に水が流れる設備がなく、自分で流すことになっていた時代で、慣れない学生は自分のボタンを掛けてもそのボタンを押さずにそのまま立ち去るからだろう。よく見ると、「水」という字の上に「尸」という冠をいたずらで書き加えてある。らくがきの一例にすぎないが、「水を洗す」と「尿を流す」という全然違う行為が、この場合は同じ結果をもたらすので、その機転に驚くと同時に、実害のない悪戯《いたずら》に思わず笑ってしまった。

【風呂】風のような感想

生活のにおいというところから家の中の話題に入ったが、次は通常その近くに位置する風呂の話に移ろう。和辻哲郎の『古寺巡礼』に「西洋の風呂は事務的で、日本の風呂は享楽的だ」という名言が出てくる。欧米人はバスタブと称する浴槽に入って体の汚れを落とし、さらにシャワーを浴びて、清潔にするという目的を果たす。きわめて機能的で徹底している。もちろん日本人も汚れを落とし体を清潔にするために入浴するが、目的はそれだけではない。冷えた体を温めたり、窓からのんびりと外の景色を眺めたり、疲れを癒して心身をリフレッシュさせる場でもある。温泉などはむしろ享楽的な意味合いが強く、ついでに病気の療養にも役立つ。日本人は風呂好きとして知られているらしい。懇意にしていたフランス人の神父は、遠藤周作の小説『おバカさん』に登場するガストンのモデルだとか。そういえば、どこか瓦斯燈を思わせる雰囲気がないでもない。肥った体で逸早くその享楽的な日本文化を体得すべく、温泉地をめぐっていでゆを満喫していた。むろん、湯上がりの一杯の味も格別だから、両々相俟《あいま》って日本文化にどっぷりと浸ったのかもしれない。

風呂といえば、尾崎一雄に『玄関風呂』という作品がある。近所の家の人が引っ越すことになり、今度の家には風呂が付いていてこの風呂桶は不用になるからと聞き、妻がうんと安い値段で買い取った。ところが、気がつくと自分の家には風呂場というものがなく、庭に置いて浴びているとお巡りに注意され、やむなく玄関の土間に置いた。たまたまやって来た谷崎精二に「おや、玄関風呂ですか。風流ですな」と言われ、風流なんていうもんじゃないと、少々つむじを曲げる。井伏鱒二の家を訪ねた折に「うちでは玄関で風呂を立てているよ」と言うと、井伏は目を丸くして「君とこの玄関は、随分たてつけがいいんだね」と妙なことを言う。「玄関で湯を沸かす」と理解した井伏は、玄関そのものに水を張り、外側から火をつけて沸かすものと思い込んだらしいから、今度は逆に尾崎のほうが目を丸くしたという話である。「……で」という助詞には、「場所」をさすだけでなく「手段」や「道具」をさす用法もたしかにあるから、世間の常識を無視すれば、そういう理解も成り立たないわけではない。

上林暁の『風呂桶の話』という随筆にも、近所の人の置き土産で風呂桶が手に入ったという話が出てくる。湯殿はないが、「所蔵しているだけでも、心豊かになる」ので軒下に置いておくと、「売物に出してあるのとまちがえて屑屋が聞きに来たりするので玄関の中へ入れ」、「玄関風呂だと言って面白がっていた」という。

徳田秋声に『風呂桶』と題する作品がある。「この桶は幾年保《も》つだろう」。「死ぬまでに、この桶一つで好いだろうか」と考える場面があり、「すると其が段々自分の棺桶のような気がして来るのであった」と展開する。

永井龍男にはずばり『棺』と題する短篇がある。知人の葬儀で立派な棺を見て「おれは棺の代わりに風呂桶を新調しよう」と考える。棺も桶も形は似ているが、用途がまるで違うから、まさに突飛な思いつきだが、どうせ金をかけるなら、人生最後の贅沢を、という気持ちはわからないではない。同じ作品に「これがおれの一生の最後の畳替かな」と考える箇所も出てくる。夜中に目を覚まして畳のいい匂いがしてくると、新しい畳とも「これでお別れかな」とつい考えてしまうらしい。だが、それは、未練という感情とは違って、「風のような感想」にすぎないというのだ。作品そのものが風のような感想に見えてくる。

【調度】大時計のある部屋

芥川龍之介の長男で舞台俳優だった芥川比呂志が随筆でこんな逸話を披露している。戦後間もない頃、太宰治を訪ねたことがあるそうだ。当時、太宰は人気絶頂で、編集者のみならず取り巻きが大勢いたのだろう。当人に近づくこともままならず、遠くで畏《かしこ》まっていたところ、太宰が見かねて「きみ、靴下を脱いでごらん。楽になる」と声をかけたらしい。外出先から我が家に帰り、靴下を脱いだ時のあの解放感を思い出せば実によくわかる。随筆に記すぐらいだから、言われた当人もこの思いがけない配慮に心がくつろいだことだろう。礼儀とか行儀とか、そんな堅苦しいものはどこかに吹っ飛んだにちがいない。

谷崎潤一郎の『陰翳礼讃』に出てくる漆塗りの器の描写は瞑想的で奥が深い。「漆器の肌は幾重もの闇の堆積した色つや」をしているという。「黒くつやつやしている」などと軽々しく扱わず、「闇の堆積」などという凡人には思いもつかないイメージを創りだす。蠟燭の焔の穂先のゆらめく中で漆塗りの器を眺めるという発想も、「沼のような深さと厚みとを持ったつや」という捉え方もそうだ。「豪華絢爛の大半を闇に隠してしまっている」からこそ「云い知れぬ余情」が生まれるという洞察も同様である。それにしても、「夜そのものに蒔絵をしたような綾」という比喩的イメージには驚く。「夜」というのは時間的概念だ。時そのものに蒔絵をほどこすなどという考え方は、いったいどこから出てくるのだろう。

生方敏郎の『生活から』に、「時計の音の中では一時を報ずる音が一等嫌やだ。怕《おそ》ろしくなる」とある。昼の休憩が終わって職場復帰を急ぐ会社員は別として、午後の一時では一般に食後のおしゃべりに忙しく、まったく気にならない。ここは夜中の一時だ。単に暗いから不気味だというのではない。もし起きていれば、二時か三時のほうがもっと怖いはずだ。ここは聞こえ方の問題なのだろう。いくつか鳴れば、すぐ時計だとわかる。一つだけだと何の音かと夜中なら一瞬気味悪く感じる。それが真っ暗な夜ふけだと、よけい不安になるのだろう。人の盲点をついている。

長谷川如是閑の『奇妙な精神病者の話』に、「向うの時計を見てから俺の時計を見ると、もうその間に時間が経って居るから向うの時間通りに俺の時計をして置くとそれだけ遅れたことになる」と気にする神経の持ち主が現れる。論理的にはそのとおりだが、見た時間より若干進めておいても精確に一致するという保証はないから、ふつうの人間は大体のところで妥協する。ところが、原文は癇癪を起こしたように「時計を焼いて粉にして向うの時計にふり掛けでもするより外一致のしようはありません」と展開する。そんなことをして時刻が一致するという理屈は不明だが、気になりだすと止まらない気持ちはよくわかる。

時計に関する話をもう一つ、今度はしっとりと小沼丹の随筆『お祖父さんの時計』について語ろう。大学の研究休暇を利用して英国に渡った著者は、「蘇格蘭《スコットランド》旅行をして小さな町の宿に泊ったら階段の広い踊場に大時計があった」と書き、振り子がゆったりと揺れてチック、タックと時を刻む姿に心がなごんだことを添えている。倫敦《ロンドン》の骨董市で見かけて買おうかと思ったらしい。大時計に合わせて客間を広げ、外国製の絨毯を敷き、椅子やテーブルもそれにふさわしく、と考えている分には楽しいが、それを実現するとなると莫大な費用がかかるので断念したという。後悔しているわけではないが、今でも時折、気がつくと、「頭のなかで大時計のある部屋を設計していることがある」として結ばれる。きわめて人間らしい愚かさの中に、読者もどっぷりと浸かりながら、おのずと唇がほころびる。

生活

通夜で飲む酒が一番うまい

【食】うちの味噌汁

中村汀女に「茹で卵むけばかがやく花曇」という句がある。殻のほうはいくぶん鈍い感じの白色だが、それを剝いてしまうと、中身のつやつやと光る白味が姿を現す。同じく白いが、その質感の違いが、折からのすっきりと晴れない花曇の空に一点の明るさを投じる。そんなふとした日常生活の感覚的な発見に、読者ははっとする。

汀女とともに昭和の女流俳人の双璧と謳《うた》われる星野立子には「美しき緑走れり夏料理」という爽やかな句がある。日本料理は舌だけでなく目でも味わうとされるが、いかにも涼しげな色どりにそそられる。「走る」という動詞が新鮮で、そこに作者の感動が映っている。

冬では久保田万太郎に「湯豆腐やいのちのはてのうすあかり」という幻想的な句がある。真っ白な豆腐が煮えてくるのをぼんやり眺めていると、周りが霞んで豆腐だけが見える気がして、そこに命そのもののように薄明りがさしている、そんな歌意だろうか。愛する人を亡くした直後の作という。ぼんやりと見える目の前を虚と実が交錯する思いだったか。

三木卓の『スープの煮えるまで』という生活の思想詩は「百年を青年で生きよう！」と始ま

る。昔からいろんな人がそれぞれ勝手なことを思ってきた。そして、「ぼくは　火のうえににわとりとじゃがいものスープを煮る」と場面に入る。子供たちの嫌いな人参については、「じゃがいもと一緒に潰して混ぜるか／みじん切にしてないしょで食べさせる野菜」と書く。戦時中からいろいろなことがあって、今自分はスープを作っているわけだ。子供の頃にわからなかったことは今もわからない。それでも、決心するために、「スープのあじつけをしながら／こどものころを思い出そう／あのころどんなことがすばらしくて／どんなことをおそれにくしみをもやしたのだったか／もっとよく知りたいから」と展開し、「スープの出来上り／こどもたちを呼びに行こう」として、「いろんな味のこどもたちが／一団となって扉を破って侵入し／鍋の中には　人参だけがのこるだろう」と展開する。

沢村貞子の『私の浅草』という随筆集にずばり「味噌汁」と題する短文が入っており、「浅草の路地の朝は、味噌汁の香りで明けた」という一文だけの段落で始まる。「せまい横丁の、あけっ放しの台所から、おこうこをきざむ音、茶碗をならべる音、寝呆けてなかなか起きない子を叱る声——その中をくぐり抜けてくるご飯のおこげの香り、そしてそれをみんな包むように、ふんわりと、味噌汁の匂いがただよってくる」と、聴覚と嗅覚を心地よい刺激でくすぐりながら懐かしく展開する。この詩的なエッセイは、「亭主も子供も、自分のうちの味噌汁がいちばんうまい、と思いこんでいた。それを二杯も三杯もおかわりして、浅草の裏町の人たちの、一日がはじまった」と往時を象徴するように消えてゆく。

【酒】酌み交わす前に

次は飲食の「飲」だが、単に「飲む」といえば「呑む」、牛乳やジュースやサイダーではなく、アルコール飲料、すなわち、日本酒やワイン、ウイスキーなどの酒類というイメージが強い。「呑んだくれ」や「呑兵衛」はもちろん、「飲み会」も「一杯やる」も同様だ。

酒飲みは何かと言いわけが多く、適当にごまかす傾向があるようだ。「とつくりと語る間も夏の夜にはやさんずいのとりぞなくなる」という、いかにも風流な感じの歌がある。鳥の声に耳を傾けながら友との清談にふける雰囲気が漂うが、実は掛けことばをちりばめた江戸時代の狂歌である。「とっくりと」に「徳利」を忍ばせてあるのはわかりやすい。「酒」という漢字は、部首のサンズイに「酉《とり》」と書くので、「さんずいのとり」で酒をほのめかす。おまけに酒がなくなる意を「鳥ぞ鳴くなる」と係り結びの形で古典めかし、風流な雰囲気を醸し出している、実に手の込んだ傑作である。

「盃の手もとへよるの雪の酒つもるつもるといひながらのむ」という狂歌もある。「よる」に「寄る」と「夜」とを掛けているのはわかりやすいだろう。趣向は「つもる」で、「雪が積もる」意をほのめかしながら、酒席での用語を重ねた細工をほどこしている。酌を重ねて十分の量に達したから、もうこの酌で終わりにしよう、という意味の「つもる」だ。酒盛りを終わりにする際、「お積もりにする」の形で今でも使う。これも風流な雪見酒の雰囲気を楽しんでいるところに味があり、読者も酔い痴れそうだ。

たしなむ程度の酒は心地よく、健康にもいいとされる。ただ、酔ってくると、そのほどほどというのがわからなくなり、つい度を越して大声でどなったり、時には暴れだすこともある。それに、どうしても金がかかるから、呑んで身上《しんしょう》をつぶす人もある。それでは、呑まない人は金が溜まるかというと、そうでもないらしい。前に【世の中】の項で紹介したが、良寛和尚は心楽しくなる酒が好きだったらしく、「よしや世の中飲だがましだ下戸の立てたる蔵もない」という一首を詠んでいる。酒を飲まない人は金持ちになるかというと、下戸が蔵を建てたという話も聞かないから、そうとは限らない、この世の中、飲んで楽しく過ごすほうがましだ、そんな歌意だろう。

高村光太郎の狂死した妻の一途な愛を謳った『智恵子抄』の中に、梅酒を詠んだ一編がある。それは「死んだ智恵子が造つておいた瓶の梅酒は／十年の重みにどんより澱んで光を葆《つつ》み、／いま琥珀の杯に凝つて玉のやうだ。」と始まる。ずっと前、自分のために造っておいてくれた一瓶だ。それを見ては「ひとりで早春の夜ふけの寒いとき、これをあがってくださいと、おのれの死後に遺していった人を思う」。そうして、その「芳《かお》りある甘さを／わたしはしづかに味はふ」のである。

これは思い出深い梅酒だが、そうでなくても、独りしみじみと味わいたい酒もある。若山牧水の「白玉の歯にしみとほる秋の夜の酒はしづかに飲むべかりける」という有名な一首は、まさにそういう一例だろう。ここの「白玉」は、真珠などの宝石を意味する伝統的な用法ではなく、白い歯を美化した牧水独特の用法だという。むろん、入れ歯ではない。ひんやりと感じていささか心細く思う秋の夜に、少々熱燗の日本酒にひとり杯を傾けながら、過ぎ去りし日々とともに味わい、噛みしめているのかもしれない。

前に【自殺】の項で紹介したが、知人を介して、太宰と一献傾ける約束をした内田百閒は、玉川上水で太宰がいわゆる「情死」を遂げたことを知り、真っ先に口にしたのが、酒を酌み交わす前に死ぬのは怪しからんということばだったという。いかにも百閒らしい無念さの表出だ。たしかに命あっての酒である。

ところが、永井龍男は『酒徒交伝』という随筆でこんな話を紹介している。ある酒好きの男が、「通夜で呑む酒が一番うまい」と言うだけならともかく、自分の通夜の席でも呑みたいらしく、「あの晩棺の中から出て、この世とあの世の境目の酒の味を、親しい友人達と酌み交わし、それから心おきなく三途の川の方へ旅立ってみたい」と想像を逞しくするのだという。「足もとの多少フラつく位は、青鬼や赤鬼も大目にみてくれるだろう」と楽観視するのだが、そううまく行くか知らん？　こんな想像、いかにも人間的な愚かさが満ち溢れ、しみじみと笑ってしまう。そうして、しんみりとする。

【金】白々しい返済

「江戸っ子のちゃきちゃき」とか、逆に「ちゃきちゃきの江戸っ子」とかと言うが、「ちゃきちゃき」は「嫡嫡」の変化した語形らしく、きっすい、すなわち、混じりけのない、純粋のという意味である。その江戸っ子は、気性がさっぱりしているのが粋だとされ、ものにこだわらないことを大事にする。よそから何か贈られると、すぐにお返しをする傾向があるのも、いつまでも引きずりたくないからかもしれない。昔は、稼いだ金をその日のうちに遣ってしまうのが、さっぱりとして粋だと好まれたらしい。明日《あす》は明日の稼ぎがあるという考え方である。そのため、「江戸っ子の生まれそこない金をため」などと悪口を言われたようだ。誹風柳多留の川柳では「江戸者」という語になっている。もっとも、「是《これ》小判たつた一ト晩居てくれろ」と庶民が懇願する川柳も載っているから、実際にはわからない。

江戸っ子でも夏目漱石には、つむじ曲がりの正義感とでも称すべき独特の金銭感覚があったように見える。学習院で「私の個人主義」と題して講演した際、先方から「薄謝」と記した紙包みが届き、当時の金で十円入っていたのを快く思わなかったようだ。自分は労力を売りに行ったのではなく好意で引き受けたのだから、先方も好意で報いてくれたほうが気持ちがよかったという。

子供の頃から自分の理屈を通して一歩も譲らなかったらしい。小学生の時分、友達から太田南畝《なんぽ》あの蜀山人の自筆本を安く買い取って喜んでいたら、翌日その子が親父にばれて叱られたから、あの本を返してくれといって受け取った代金を差し出したという。すると漱石はその金を受け取らず、買った本は自分のもの、それを欲しいというから遣るのだ。金を受け取るいわれはないと主張し、まるまる損をしたらしい。独特ながら一つの理屈はあるように見える。が、今でもとうてい世間では通用しない理屈だろう。

その漱石の弟子だけに、内田百閒も講演料の金一封を見て「これは何ですか」と機嫌を損ねたらしい。しかし、こちらは受け取りたくないというのではない。「ひとを呼んで喋《しゃべ》らせておいて、その場で金を出すとは何事です」と、あまりにも露骨なやりかたに腹を立てただけであって、後日それとなく渡してくれるほうが感じがいいという気持ちだったようだ。

『三五の桐』という随筆には、当人が借りた金を返さない話が、しみじみとした理屈で展開する。いよいよ金に困って、無理な借金を申し込むと、相手は嫌な顔ひとつ見せずに快く貸してくれた。返済できずにいる間に、先方は病の床についた。そんな折に返しに行くのも、とためらっているうちに、病が重くなり、ひょっとすると相手の存命中に返せないかもしれないが、「都合がついたからといって、軽々しく自分の手から返しては申し訳がない。深い恩義をいつまでも胸の奥底に大事にしまっておこう」と覚悟をきめ、そのとおりの結果になる。百閒はそういう時期の返済を「しらじらしい」と考えるから、あの借金を返さなくてよかったと満足げだが、道義的にいかがなものか。いずれにせよ、心にしみる話ではある。

借金ということにかけては人後に落ちない尾崎一雄の『子供漫談』に、「子供の病気をだしに使った」話が出てくる。年の暮れに子供が熱を出し、熱の下がらないうちに借金取りが押しかける。そこで「生きるか死ぬかと云う病人を抱えて、いくら暮だからって勘定なんか払えますか。金は療養代にいくらあったって足りないほどだ。いくらか置いてってくれるような親切気のある人はないか」という意味のせりふを毎日十数回もくり返しているうちに、次第にその「言葉は洗練され、それを聞く訪問者に多大の感銘(?)を与えた」らしく、奥にいる家内が思わず「うまい!」と叫びそうになって、「慌てて口を押えたほどだ」というから、よほど真に迫って聞こえたのだろうと、読者は笑ってしまう。

『徒然草』で、人間は願い事を叶えるために財を求め、金銭を手に入れるのはその望みを叶えるためであり、願い事があっても叶えず、財があっても遣わなければ、貧者と同じで何の楽しみもない、という意味のことを述べている。そしてこの掟は世間的な欲を断って貧に安んぜよ、というところに真意があると結論づけ、「大欲は無欲に似たり」とこの段を閉じる。

世間ではこの諺を二つの別の意味で用いてきた。一つは、大きな望みを持つ者は、小さな利益には目もくれないから、一見、欲がないように見えるという意味である。もう一つは、強欲《ごうよく》な者は欲に目が眩んで失敗し、何も手に入らないから、最初から欲を持たなかったのと同じ結果になる、という意味である。いずれも『徒然草』の場合のような教育的配慮は感じさせない。

【遊】何して遊ぶ？

正木不如丘が『朧《おぼろ》』という作品で、「自由」という語は人間の「隙」を意味する体裁のいいことばにすぎないと書いている。「隙」はマイナスイメージ、「自由」は逆にプラスイメージで、印象がまるで違うが、「自由」は「隙」を美化した、体のいい言い換えにすぎず、実質的には似たようなものだという大胆な見方を披露したくだりである。男女間の恋愛感情はこの心の隙から忍び込むのであり、たがいに油断なく身構えている状態では忍び込む隙間がない。警戒心が緩んで気を許し合うようになると、心に隙が生じて相手を受け入れる余地が生まれる。うがった見方も、こんなふうに論理的に説明されると、そんな気分になるから不思議である。

そう考えると、遊びなどというものは、隙だらけのような気もする。「遊び」というと、古くは歌舞管弦、平安朝では詩歌も入り、近世以降はかくれんぼや鬼ごっこ、ゲームやパチンコなどを連想しやすいが、ばくちや酒食などの遊興もあり、さらには、単に仕事がない状態をさすこともあり、事実、遊んで暮らす人もいる。ハンドルの遊びなどと人の行動でさえない「余裕」を意味する用法もあって、実に幅が広い。上品なところでは、「風月を友とする」と言って、俗世間を離れ、花鳥風月を愛でるなど、自然に親しんで風流な生活を送ることも含まれる。遊びはまさに、自由で隙間そのもののように思われてくる。

今の時代、「旅行」といえば、仕事の出張とは違い、義務がないから、楽しみを求める遊びの範疇《はんちゅう》に属する。昔の「旅」は苦労が多く大変だったようだが、それでも日ごろとは違った体験をするから、戻ってくれば旅先であったことを早く話したい。江戸時代の川柳「足洗ふ湯も水に成る旅戻り」という作品はそういう一景を詠んだもの。道中のことも話したいし、留守中のことも聞きたくて、草鞋《わらじ》を脱いで汚れた足を洗う間もじれったく、つい話に気をとられて手がおろそかになる。しゃべっていて、ふと気がついたら、熱かったお湯が、すっかり冷めていて、水のように冷たくなっている。おしゃべりに夢中になっているようすが生き生きと伝わってきてほほえましい。

同じく、ほかのことに夢中になって、自分のすべきことを投げ出す川柳をもう一つ紹介しよう。やはり誹風柳多留に「明日でも剃《そっ》てくれろと飛車が成り」という句がある。床屋、当時の髪結い床の客が順番を待っている間に別の客と将棋を始めた。それが勝つか負けるかという局面を迎えたところで、床屋の親方から「お待たせしました、さあ、どうぞ」と声が掛かったのだろう。呼ばれた当人は、あいにく、すっかり将棋に打ち込んでいて、やっと順番がまわってきたというのに、今は髪や髭どころではない。つい「あしたでもやってもらおうか」と応じ、勢いよく敵陣に飛車を成り込む。勝負事に夢中になって本来の目的を忘れる失敗談である。

「世の中にまじらぬとにはあらねどもひとり遊びぞわれハまされる」、すなわち、世間の人と付き合いたくないというわけではないけれど、自分ひとりで過ごす時間はさらに好ましいという意味の歌を詠んでいる良寛だが、下戸が蔵を建てたという話も聞かないから、うまい酒を飲まないという手はないと考えているようだ。それどころか、「道楽さらりとやめて酒と莨《たばこ》と色バかり」などという、長短歌でも俳句でもない俚謡調の作も残している。道楽をさらりとやめると言いながら、酒とタバコと女遊びに専念するというのだから、ふざけている。こんなふうに子供じみた言動に興じる人間だから、日が暮れるまで子供たちと遊んだというのも事実なのだろう。「霞たつながき春日を子供らと手毬つきつつこの日くらしつ」という一首は、そういう良寛さんを自ら楽しんで描き出したように見える。こうなると、かくれんぼで鬼になり、日が暮れて子供たちが皆それぞれの家に帰ってしまっても、まだその姿を探していたという信じがたい逸話も、まんざら作り話とは限らないように思えてくる。

子供のようなふるまいといえば、こんな映画もあった。たしか『好人好日』というタイトルで、文化勲章を授かるほどの学者を笠智衆が演じていた。その家に娘の恋人がやって来て、「遊びに来ました」と挨拶すると、これまで学問一筋に生きてきて世間慣れしていない大学者は、即座に「何して遊ぶ?」とにっこり笑顔を返す場面がある。相手が「遊びに来た」と言い、それに「何して遊ぶ?」と応じるのは、そのことばの意味においては論理的に何の矛盾もない。事実、子供どうしのやりとりでは、ごく自然である。しかし、大人の対話では、特別の用件で訪れたのではない、ちょっと寄ってみただけだ、そんな意味合いで「遊びに来る」という言いまわしを用いる習慣になっている。それなのに、何して遊ぶかと質問されたのでは、かくれんぼとか、将棋とか、マージャンとかと、限定して答えなければならなくなる。ここは、極端に世間音痴の応対をさせることで、子供じみたところのある大学者という人物描写を試みた場面なのだろう。

　中原中也に「今日は日曜日　縁側には陽が当る　もういっぺん母親に連れられて　祭の日には風船玉が買ってもらいたい　空は青く、すべてのものはまぶしく　かがやかしかった」という詩がある。「母親」とあるから、それに反対する人間はいそうにない。

　サーカスも遊びの一つ。同じ作者の『サーカス』と題する詩は広く知られている。「幾時代かがありまして／茶色い戦争ありました」と始まり、それと似た形式が二聯続いた次に「サーカス小屋は高い梁／そこに一つのブランコだ／見えるともないブランコだ」と場面設定がなされ、最後は「屋外は真ッ闇《くら》　闇《くら》の闇《くら》／夜は劫々と更けまする／落下傘めのノスタルジアと／ゆあーん　ゆよーん　ゆやゆよん」として終わる。最後の「ゆあーん　ゆよーん　ゆやゆよん」という独創的なオノマトペによって、読者の脳裏に、何度も大きくくりかえすブランコの揺れるイメージが残像としてくっきりと描かれるように思う。

命運

文章推敲のシンボル漱石の鼻毛が焼失

【災禍】町は低くなった

寺田寅彦の名言として知られる「天災は忘れた頃にやって来る」という五七五のリズミカルなことばは、実際には「天災は忘れたる頃来る」だったという。地震や洪水が起こると、被害の大きかったその時だけは復旧に努めるが、ふつうは一時しのぎで、将来に備えた根本的な対策を講じることはめったにないから、次にまた同じような災害が起こると、前回のことはもう忘れていて、最初の時と同様にあわてふためくことになりやすい。そうではなくて、天災はまた起こることと覚悟し、日頃からそれに備えておくことが肝要だ。そういう意味の科学者らしい発言だったようだが、現実は今でも何も変わっていない。教訓もまた、忘れた頃に必要となるのだろう。

昔はきまった日に大がかりな掃除をする習慣があったらしく、江戸時代の川柳に「取次に出る皃《かお》の無い煤払ひ」という句がある。「煤払い」は単に煤を払うだけではなく、正月を迎える準備として年末に行う大掃除をさす。大掃除でみんなが煤だらけになって顔が真っ黒、玄関で客の声がしても、誰も応対に出ようとする者がいない、という場面だろう。その煤払い、江戸幕府では十二月十三日に行うのを恒例とし、民間でも通常それに倣ったという。こういう知識があると、同じく江戸川柳「あくる日は夜討と知らず煤を取り」の滑稽さを解するヒントとなる。翌十二月十四日は、夜ふけに赤穂浪士が江戸本所にある吉良上野介の邸に討ち入りを敢行した日にあたる。あらかじめそれがわかっていればその前日に煤払いなどしなかったものをと悔やんだという想定。すぐ泥だらけになるのだから、せっかく掃除をしてあっても何にもならない。

福原麟太郎は『うつろな言葉について』に、こんなことを書いている。少年の頃もっとも大きな誇りであった日本海軍が、やがて英米と覇を競い、無残にも海底に沈んでしまう。学徒出陣と称して学生が威風堂々と神宮競技場を行進する光景が記憶に残る福原は、彼らが若くして「自殺機」に乗せられて散った事実を知ると、教師の小泉信三が三田の校門を出る一人一人の顔をじっと見ながら見送ったという話を聞いて胸が痛む。「派手やかな富国強兵の夢の後に、そういう悲惨を知った」わけだ。やがて自分が教える立場となり、今度は「教師として、学部長として、あるいは時に学長の代理として」、学生たちが「ふたたび戦争に駆り出されるのは悲惨です」と声高に訴える声を間近に聞く。言うことは正しく、まさにそのとおりだから、むろん反論はしない。だが、「その訴える声にうつろなひびきがあることを感じ」るという。反戦思想のうわっつらを撫でただけで、自分の肉体となっていないように、薄っぺらな感じがしたのかもしれない。提灯行列と、真っ暗闇と、その中を落ちてくる爆弾の唸りと光を見た人間、この国を亡ぼしたわれわれだからこそ、心の中から言えることなのであって、学生のことばはその口真似をしているように軽く響くのだという。新しい時代には新しい表現が必要だし、それには「生理的に戦争を嫌悪するところまで人間が自分を練り上げてゆかなければならない」という注文であり期待なのである。

当初、その戦争でドイツの爆撃を受け、ロンドンのハロッズだったか、デパートの一部が破壊された折、店先に「このたび入口を拡張いたしました」という貼り紙をしたという話が残っている。砲弾の殻のかけらはステッキ立てになると豪語した人もあるらしい。真面目一方で融通の利かない人間には、極端な負け惜しみとしか思えないが、自らを襲った災難をまともに受けて、じっと耐えるのではなく、無理にでも別の見方を導入して軽くいなしてしまう、それが英国人の流儀なのかもしれない。

竹西寛子の『暮れない空』と題するエッセイは、戦後間もなく上京して作家となった著者が半世紀近く経って故郷の広島を訪れた際の心の記録である。「つい今しがた、広島の西の空を燃え立たせて陽が落ちた。目を射るような山際の光は見ているうちに衰えてゆく。金色の名残りの雲は周りを残して翳り、重なり合っている山々はそれぞれの薄明に向かい始めた」と、今見えている現実の風景を描写する。そこに、かつて目にした忘れられない光景が重なる。「窓の外で穏かに暮れてゆく空に、夜半になってもいっこうに暮れない空が重なった。燃え上がり、焼けひろがる地上の熱で、朝方まで夕焼を見ていたような空である。それは一日だけではなかった。幾日も続いた」と展開する。「八月六日」という日付もなく、原爆投下をほのめかすことばもない。抑制された筆致からおのずとにじみ出す、あの忌まわしい記憶、その底をひとしずくの詩情がこぼれると、この作家は「そうして、町は低くなった」とだけ書き捨てて一編を閉じる。

【ヒューマー】靴を両手に提げて

最後はやはり、ユーモアで結びたい。寺田寅彦は、人間はおかしいから笑うのではなく、笑うから可笑しいのだ、という名言を吐いたが、たしかに笑いの背景は複雑だ。

単に人を笑わせるだけなら、腋の下をくすぐるだけで目的を果たすし、公然と他人の悪口を言ってもいい。世間の常識に反する行為だから、それだけで相手はたいてい笑う。人前で排泄や性的な話題に言及するのも非常識だから、やはり容易に笑いをとれる。いわゆる下ねたである。素人でもいとも簡単に笑いのとれるまねをするのは、玄人の沽券《こけん》にかかわるから、昔の芸人は意地にかけても、悪口と下ねたは避けていたように思う。それは「芸」ではないからである。近年は、一分間に何回笑わせるかという、笑いの質より量の時代に移ったらしく、プロもどうやらプライドとかという厄介なものを捨てたように見える。芸でないもので強引に笑いをとろうとするのが目に余るのだ。

広義の「ユーモア」は滑稽なものをすべて含むが、この本の締めくくりにしたいのは、そういう広い範囲の笑いではなく、狭義の「ユーモア」である。

げらげら笑うような話でなくても、どこかおかしみが漂うことがある。それに釣られてつい、普段は考えもしないような、たとえば人生というものを考えている自分に驚くこともある。人間という不思議な生きものを味わい、いかにも人間らしい愚かさに気づく共感の笑いもある。ユーモアの一種ではあるが、そういうしみじみとしたおかしみを特に「ヒューマー」と呼んで区別することにしたい。

「朝、目を覚ましたら、自分が死んでいることに気づいた」という表現は、そんな事実は論理的に起こりえないから、単なるナンセンスにすぎない。『粗忽《そこつ》長屋』と題する落語は、基本的にそれに近く、「お前、死んでるよ」と言われた男が「そんな気がしない」と応じたりする。その抜けた男が自分の死骸だと言われてそれを引き取りに行き、「抱かれてるのは俺だが、抱いてる俺はいったい誰だろう」と口走るあたりは、まったくのナンセンスどころか、デカルトも面喰いそうな存在論となっており、単なるナンセンスを超越し、一瞬、聴衆を黙らせるかもしれない。

東京の学士会館で、東大出身らしい紳士が、「俺の名前なんだっけ?」と自宅に電話をかけている現場を目撃したという実話もある。そう伝えてくれた側もすでにこの世を去ったらしい。不謹慎に笑っている場合ではないが、それでも、しみじみとおかしい。

小津安二郎監督の最後の作品となった映画『秋刀魚《さんま》の味』にこんなシーンが出てくる。男手ひとつで育てた娘の結婚式のあと、なじみのバーのドアを押すと、珍しい礼服姿に驚いたマダムが「どちらのお帰り？　お葬式ですか」と声をかける。軽い気持ちの冗談かもしれないこの問いかけに、やや間を置いて男は真面目な顔で「まあ、そんなもんだよ」と答える。めでたい婚礼と不吉な葬式、正反対の応答に、観客は一瞬笑いかけて、はっと沈黙する。娘の門出の幸福感は、親との別離という喪失感と同時に実現する。出会いと別れ、喜びと悲しみは背中合わせの関係にあり、心の奥で祝儀と不祝儀とが交錯する。慶弔二つのイメージの落差が一瞬コミカルな笑いを触発し、やがて物悲しさを湛えるしみじみとしたおかしみ、すなわちヒューマーへと深まり、次第に熟成してゆくだろう。

国語辞典の共編者でもあるが、福原麟太郎の専門は英語英文学、「知らない単語に出くわすと、今さら覚えても、墓の中へ運ぶより用がない単語でも、丹念に字引を引いて調べないでいられない」と告白している。生きている間に二度と出合うはずのない単語だと思っても、知らないでは済まないと辞書で調べる。効率的には時間の無駄遣いだが、福原はそれを英語学者の「業《ごう》」だと書いている。その福原がチャールズ・ラムと姉のメアリーが「こんなに金のなかった楽しかった昔にもう一度戻れたら」と貧乏時代を懐かしむ話を、嬉しそうに紹介する。金のなかった時代がよかったという判断は、これも世間の論理には合わないが、金のない時代には、ちょっとしたものが買えただけで喜びが湧くから、心理的には非論理的だなどとはとても言えない。

　永井龍男の小説『杉林そのほか』は、同年輩の友人が亡くなり、その弔辞の下書きを披露する作品だ。「仏前へウイスキーを供えた」と書き、「仏さまということになっているのだから、ウイスキーも黒白にした」とおどけ、「どうだ、洒落ではとうとうおれが勝ったろう」と挑発する。そして、相手の反論をさえぎる形で、「どうせそのうちそっちへ行くさ。駄洒落のお返しはそっちで聞く」と、やがて訪れるかもしれないあの世での対決を誓う。

　詩人のサトウハチローは小説の『長屋大福帳』で、春の陽がのんびりと照っている下で大工のかけている「かんなが、板の上に、とまッていた春風を、一けずり、三けずり、まるめて、落とした」と書く。『露地裏善根帳』では、爺さんの寄附したバリカンで長屋の連中がたがいに素人床屋を始める場面で「バリカンの音も小刻みに、春の朝をなごやかに、つんで行く」と書いている。「春風」や「春の朝」は驚くかもしれないが、どちらもあまりに詩的な風景に心地よくくすぐられ、読者はいつか口もとが緩んでくる。

　夏目漱石は『吾輩は猫である』の終わりのほうで、「呑気と見える人々も、心の底を叩いて見ると、どこか悲しい音がする」という雫のような一行を垂らした。およそ世の中に役立つことなどしそうもない閑人たちが、愚にもつかぬおしゃべりで費やした無駄な時間、人間の一生は、いつの世もこんなふうに流れ、やがて消えてしまうような気がする。

　この作品の中で作者の半面を代表する苦沙弥《くしゃみ》先生は、鼻毛を抜いて原稿用紙にくっつける。

どうもこれは漱石自身の癖だったようで、書き損じの原稿用紙にその痕跡がたくさん残っているのを、弟子の内田百閒は大事に保管してあったらしい。ところが、米軍による東京空襲の際に、「文章の推敲と云う事のシンボルの如き漱石先生の鼻毛」が、B29の焼夷弾であえなく焼失してしまったことを、百閒は貴重な文化遺産を失ったような痛恨の出来事として記載している。たしかに可笑しいが、笑いごとでないことも事実だろう。

井伏鱒二は『肩車』という随筆に、「肩車をしてもらっている子供というものは、半ば笑い出しそうに半ば真面目腐った顔をしている」と書いている。いい気分だが、怖いのだろう。そこまできちんと観察するのが井伏流の文学なのかもしれないが、そんな表情をじっと眺めている作者の姿を想像すると、どこかほほえましく、おのずと口もとがほころびる。

文学上の弟子にあたる小沼丹は『ミス・ダニエルズの追想』で学校の英会話の教師を懐かしく思いだす。白髪のため老人に見えた三十代の女性で、一年の休暇で帰国したきり、二度と海を渡って来ることはなかった。戦争があったりして文通も途絶え、今では「記憶の片隅に細ぼそと名残を留めているに過ぎない」。読み手がしんみりとしかかると、作者はその悲しみを底に沈め、「生きているにしても、もともと婆さんに見えたからいまでもたいして変ってはいないだろう」と書き添えて感傷を拭い去る。げらげら笑うほどではないが、冷えかかった読者の心にほんのりと灯がともる。

小沼の親友にあたる庄野潤三は、『山田さんの鈴虫』という作品に、こんな挿話を書き添えている。夜の行事としてハーモニカで「カプリ」を吹き、妻が拍子をとる。今は亡き小沼の好きだった曲を捧げる「供養」という気持ちらしい。その庄野の没後、この作家の作品にも言及した岩波新書『日本の一文30選』と題する著書を、未亡人宛に贈ると、思いがけず礼状が舞い込み、いつも笑っている庄野の写真の前に置くと、嬉しそうな顔が照れたようで幸せそうだったと述べてある。

そのとたん、何年か前の記憶が蘇った。『群像』誌の小沼丹追悼号に掲載された、この作家の在りし日の思い出を寄せた一文を拡大コピーし、夫婦で未亡人宅に持参した。なごやかな対話のなかで、むろん年は違うが、夫どうし、妻どうしが、どちらも同じ誕生日であることが判明し、その珍しい偶然に、顔を見合わせて笑った。その翌日に小沼夫人からの礼状が届き、小沼の遺骨の前に供えると写真の小沼は眼をしかめて嬉しそうに読んだ旨したためてあった。両未亡人の反応のあまりの類似に驚き、当時を鮮やかに思い出した。

今は亡き小沼夫妻と庄野夫妻は一緒に旅行に出かけるほどの仲だったようだが、それにしても「風雅の友」というのは、こんなにも夫婦ともに似てくるものなのだろうかと、ぬくもった笑いが込みあげてくる。

庄野の『陽気なクラウン・オフィス・ロウ』と題する作品は、その名の暗示するとおり、英国のチャールズ・ラムゆかりの地を夫婦で訪ねまわった記録文学である。その中にこんな逸話が出てくる。ホテルで食事中、気分の悪くなった夫人が部屋に戻り、休んでいたという。しばらく経って、庄野がぼつぼつ引き揚げようかと思って、見ると、デザートを載せたワゴンを押して給仕がやって来た。そうして、皿を片づけようとしたその瞬間、劇的に夫人が姿を現した。見ると、両手に靴を提げている。「エレベーターを待つのももどかしく、絨毯を敷いた階段」を駆け下り、「間一髪のところで間に合った」という。人間らしさが横溢し、躍動する姿が、何ともほほえましい。しかも、残っていた料理をすべてたいらげたというから、さらに感動的な風景としていつまでも心に残る。

『ことわざ大辞典』（小学館）『日本名句辞典』（大修館書店）
『日本思想大系』（岩波書店）『日本古典文学大系』（岩波書店）
『短歌シリーズ　人と作品』（桜楓社）『日本の詩』（ほるぷ出版）
『日本名歌小事典』（三省堂）『名句鑑賞事典』（三省堂）
阪倉篤義校訂『竹取物語』（岩波文庫）久保田淳校訂・訳『藤原定家全歌集』上・下（ちくま学芸文庫）
久保田淳・吉野朋美校注『西行全歌集』（岩波文庫）久保田淳『「うたのことば」に耳をすます』（慶應義塾大学出版会）
西尾実校訂『徒然草』（岩波文庫）中村俊定校注『芭蕉俳句集』（岩波文庫）
堀切実編注『芭蕉俳文集』上・下（岩波文庫）東郷豊治編著『良寛全集』上・下（東京創元社）
『芥川龍之介全集』（岩波書店）『阿部昭全集』（岩波書店）『網野菊全集』（講談社）『伊藤整全集』（新潮社）『井伏鱒二全集』（筑摩書房）『岩本素白全集』（春秋社）
『内田百閒全集』（講談社）『円地文子全集』（新潮社）『大岡昇平全集』（筑摩書房）『岡本かの子全集』（冬樹社）『尾崎一雄全集』（筑摩書房）『小沼丹全集』（未知谷）
『川端康成全集』（新潮社）『上林暁全集』（筑摩書房）『木山捷平全集』（新潮社）『木山捷平ユーモア全集』（永田書房）『久保田万太郎全集』（中央公論社）『幸田文全集』（岩波書店）

『小林秀雄全集』（新潮社）『小山清全集』（筑摩書房）『佐々木邦全集』（講談社）『佐藤春夫全集』（講談社）『里見弴全集』（筑摩書房）『志賀直哉全集』（岩波書店）
『庄野潤三全集』（講談社）『瀧井孝作全集』（中央公論社）『太宰治全集』（筑摩書房）
『谷崎潤一郎全集』（中央公論社）『寺田寅彦全集』（岩波書店）『荷風全集』（岩波書店）
『永井龍男全集』（講談社）『漱石全集』（岩波書店）『全集　樋口一葉』（小学館）
『福原麟太郎著作集』（研究社）
『福原麟太郎随想全集』（福武書店）
『藤沢周平全集』（文藝春秋）『堀辰雄全集』（筑摩書房）
『三浦哲郎自選全集』（新潮社）『武者小路実篤全集』（小学館）『室生犀星全集』（新潮社）
『鷗外全集』（岩波書店）『安岡章太郎全集』（岩波書店）『吉行淳之介全集』（新潮社）
『小津安二郎全集』（新書館）『遠藤周作事典』（県書房）
『堀口大學詩集』（白鳳社）串田孫一『曇時々晴』（実業之日本社）田宮虎彦『荒海』（新潮社）
竹西寛子『山河との日々』（新潮社）同『自選 竹西寛子随想集1 広島が言わせる言葉』（岩波書店）
同『五十鈴川の鴨』（幻戯書房）同『「あはれ」から「もののあはれ」へ』（岩波書店）
高橋英夫『幻想の変容』（講談社）後藤明生『小説——いかに読み、いかに書くか』（講談社）
三木卓『ほろびた国の旅』（講談社）宮本輝『幻の光』（新潮社）
小川洋子『沈黙博物館』（筑摩書房）佐佐木幸綱『詩歌句ノート』（朝日新聞社）
俵万智『プーさんの鼻』（文藝春秋）同『オレがマリオ』（文藝春秋）
同『未来のサイズ』（角川書店）米川千嘉子『あやはべる』（短歌研究社）

〈中村明の関連著作〉

『作家の文体』（筑摩書房）　『小津映画　粋な日本語』（ちくま文庫）
『文體論の展開』（明治書院）　『日本語文体論』（岩波現代文庫）
『日本語　語感の辞典』（岩波書店）　『日本の作家　名表現辞典』（岩波書店）
『日本語　笑いの技法辞典』（岩波書店）　『吾輩はユーモアである』（岩波書店）
『ユーモアの極意』（岩波書店）　『日本の一文30選』（岩波新書）
『新明解　類語辞典』（三省堂）　『類語ニュアンス辞典』（三省堂）
『たとえことば辞典』（東京堂出版）　『美しい日本語』（青土社）
『文章を彩る　表現技法の辞典』（東京堂出版）　『日本語の勘』（青土社）

あとがき

昔、『集英社国語辞典』の編者として何度も編集会議に出た。その企画専用の一室に向かうたびに、ビルの階段を昇る途中で青土社の看板に出会う。ああ、これが詩と人文書で知られる出版社だなと思って通り過ぎたものだが、直接の縁はなかった。それが今や、その青土社から、数えてみるとこれがもう六冊目の著書になるから驚く。

早稲田大学をすでに定年退職し、名誉だけの教授となって、大学の社会人向け講座を担当していたころ、当時の編集者が早稲田を訪れたのがきっかけだ。講義の終了後、同じ大隈記念タワーの最上階にあるレストラン「西北の風」で懇談したような記憶がある。わが恩師波多野完治先生の何かで当方の名が目にとまり、企画を思いついたとその折に聞いたような気がする。ただ、縁はその前からあったらしい。ＩＣＵすなわち国際基督教大学で「日本語文体論」を受講したというからびっくりした。その大学の助手の身分で、教授法も知らずに平気で外国人に日本語を教えていた大昔は、ソシュールの紹介で名高い言語美学の小林英夫先生が担当しており、自分が助手の任務として出席し、ただで聴講していた科目だが、時は移り、早稲田大学の現役の教授時代に、わが家からほど近いその古巣で非常勤講師としてその科目を担当していた折のことらしい。

そういう不思議な縁で誕生したのが、菊地信義さんの装幀になる、『日本語のおかしみ』と題した、青土社からの最初の著書である。昭和初期から戦後間もないころまでの、今では入手困難なユーモア文学から、切れ味鋭いエスプリや、心を溶かすしっとりとしたユーモアの例を選び、何とか生き残っている芳醇な笑いを次代に残そうとした試みである。

その後、美しい日本語の風景をこの国の言語遺産として遥かな後世に語り継ぐことをめざす企画が浮かび上がった。ところが、それを担当するはずの肝心の人物が、研究者の道をめざして大学院の博士課程に戻ることとなり、編集・造本の実務はすべて同社の村上瑠梨子さんに引き継がれた。ずばり『美しい日本語』と題した、その青土社からの二冊目の著書は、内容にぴたりと合った安野光雅さんの「津和野・麓耕より」という青野山の絵を表紙に飾った。以後、青土社のシリーズでも安野さんとの縁が強まった。まず手紙を例に、日本人の生活にしみついている季節感を掘り起こし、以下、春、夏、秋、冬の順に、四季それぞれを代表する季語、俳句、和歌、詩、歌謡などから名文句を拾いあげて鑑賞した内容で、そのあとに日本人の絶唱とも言うべき珠玉の名品を掲げた内容である。

青土社からの次の三冊目の著書は、谷崎潤一郎、川端康成、三島由紀夫、丸谷才一といった作家に始まり、数々試みられてきた文章の作法書に狙いを定めた。文体論の立場から言語としての文章を研究してきた身として、文章読本の決定版をめざして、しなやかな文章術を説いた『日本語の作法』で、その村上さんに新たに加藤峻さんが編集に加わった。

序章として、文章のよき書き手となるための条件を考え、以下、Ⅰ「表現のたしなみ」で用字・語感・修飾・曖昧さ・敬語など、Ⅱ「表現のもてなし」で発想・構成・書き出し・結び・視点など、Ⅲ「表現のしかけ」で省略・反復・比喩・誇張など、Ⅳ「描く」で人物・心理・感覚などの名描写、Ⅴ「余白」で日本的な余情と季節感を味わい、終章で表現の奥に人影を探り、日本語の文章にしみこんだ人生を嚙みしめようとした内容になっている。

四冊目も同じお二人の担当で、『五感にひびく日本語』と題し、日本に生まれ育った日本人は、資質や態度や心情や欲求など感覚でとらえられないはずの対象でも実に体感的に表現してきたという事実を指摘した上で、五つの角度から具体的に例示した。第一に、「頭が古い」「頭を抱える」、「顔が利く」「顔をつぶす」、「目が届く」「目がない」、「鼻が高い」「鼻につく」「首がまわらない」「肩を並べる」「胸が透く」「腹を肥やす」「腰が据わる」「腕を買う」「手を入れる」「足を洗う」「骨を休める」といった体《からだ》ことばの慣用句がきわめて多い事実を豊富な具体例で示し、第二に、「愛嬌がこぼれる」「壁にぶつかる」「匙を投げる」「ねじを巻く」といったイメージ豊かな慣用表現がいかに多用されるかを実証し、第三に、「われわれの日々には明るいところもあり、暗いところもあり、また緑に耀く日もあれば褐色に濁った時期もある」といった池澤夏樹の例などを引き、抽象観念でも感覚的に表現する傾向が強いことを指摘した。そして第四として、宮本百合子の「隙間風のような寂しさ」という例や、林芙美子の「淋しさのみが、しいんと、濡れ手拭のように額にかぶさってくる」といった触覚的な例とともに、日本人が喜怒哀楽の感情をもまさに体感的に描き出してきた事実を明るみに出した。そして、最後に「比喩イメージの花ひらく」と題して、谷崎潤一郎が『陰翳礼讃』で漆塗りの器を「沼のような深さと厚みとを持ったつや」だとし、漆器の黒い地肌は幾重もの闇が堆積した色だと評した例などを提示しながら、五感にひびく日本語表現を一望した。

青土社からの五冊目にあたる前作『日本語の勘』もまた、ぴたりと息の合った加藤・村上という混合ダブルスのペアが担当してくれた。古墳の跡かという小高い丘の点在する風景を抒情ゆたかに描いた安野光雅さんの絵が表紙を飾り、おかげで内容も趣ありげに仕上がった。武者小路実篤、井伏鱒二、尾崎一雄、永井龍男、小林秀雄、大岡昇平、小沼丹、吉行淳之介、庄野潤三その他、仕事の関係でこれまでに出会い、親しくお話をうかがうことのできた多くの作家たちから、じかに学びとった文章の書き方に関する知恵やヒントをふりかえった内容となっている。記憶によみがえった内容を、人柄・接近・具体・見方・創作・批評・感想・感覚・発想・視点・描写・心理・言語・比喩・象徴・擬音・技法・種別・構想・開閉・文体・名文・諧謔・余情という二四のテーマに分けて整理して紹介してある。錚々たる文士たちとのこういう多くの得がたい出会いがわが人生に彩りを添えているのだろう。つい図に乗って、作家以外の人たちとの出会いもふりかえりたくなり、「めぐりあい記憶の航跡」という終章を付録につけてしまった。著者のたしなみのなさだが、副題に「ある文体研究者の自画像」とあるように、文章・文体・表現にとりつかれた日本語研究者のたわごとは、どこかで書くヒントとつながるかもしれない。

そうして、ついにこのたび青土社から実に六冊目の著書が誕生する運命を迎えた。この機会に今度は、コトバ屋のそういう生涯の中で出会った人ではなく、これまでにめぐりあった数々の名言を、時代も分野も可能な限り幅広くふりかえってみた。それをテーマごとにまとめ、数々の名文句を読み味わいながら、日本語の名所をじっくりと見物してまわりたい。『日本語名言紀行』という書名は、そういう楽しい周遊気分を象徴している。

この企画も例の黄金コンビでスタートしたのだが、途中で予期せぬ事態が発生し、加藤峻さんが他社に移ることとなった。当方としても昔なじみの出版社で、何冊もせわになっている。長い間お二人にすっかりお世話になった。心より厚く御礼申しあげる。ともあれ、このめでたい椿事のあおりで、今回はかなり早い段階から編集・校閲・造本の実務がすべて村上瑠梨子さん一人に集中する結果となった。原稿を渡したこちらはオンブにダッコで仕上がりを楽しみに待つだけだが、村上選手の獅子奮迅の働きで、ほどなく世に出る運びとなったらしい。完成後にみんなで祝盃をあげられたら申し分がない。あとは幅広い読者に恵まれることを切に祈ろう。

二〇二二年

東京　小金井　庭の白梅に海棠が彩りを添える春の早朝
わが家に君臨する同郷の愛犬アーサーとの散策のあとに

中村　明

*

中村 明（なかむら・あきら）
1935年9月9日、山形県鶴岡市の生れ。国際基督教大学助手、国立国語研究所室長、成蹊大学教授を経て、母校の早稲田大学教授となり、現在は名誉教授。主著に『比喩表現の理論と分類』（秀英出版）、『日本語レトリックの体系』『日本語文体論』『笑いのセンス』『文の彩り』『吾輩はユーモアである』『語感トレーニング』『日本語のニュアンス練習帳』『日本の一文30選』『日本語 語感の辞典』『日本の作家 名表現辞典』『日本語 笑いの技法辞典』『ユーモアの極意』（岩波書店）、『作家の文体』『名文』『悪文』『文章作法入門』『たのしい日本語学入門』『比喩表現の世界』『小津映画 粋な日本語』『人物表現辞典』（筑摩書房）、『文体論の展開』『日本語の美』『日本語の芸』（明治書院）、『文章をみがく』（NHK出版）、『日本語のおかしみ』『美しい日本語』『日本語の作法』『五感にひびく日本語』『日本語の勘』（青土社）、『比喩表現辞典』（角川書店）、『感情表現辞典』『分類たとえことば表現辞典』『日本語の文体・レトリック辞典』『センスをみがく文章上達事典』『日本語 描写の辞典』『音の表現辞典』『文章表現のための辞典活用法』『文章を彩る 表現技法の辞典』『類語分類 感覚表現辞典』（東京堂出版）、『漢字を正しく使い分ける辞典』（集英社）、『新明解 類語辞典』『類語ニュアンス辞典』（三省堂）など。『角川新国語辞典』『集英社国語辞典』編集委員。『日本語 文章・文体・表現事典』（朝倉書店）編集主幹。日本文体論学会代表理事（現在は顧問）、高校国語教科書（明治書院）統括委員などを歴任。

日本語名言紀行

2022年4月15日　第1刷印刷
2022年4月27日　第1刷発行

著者　中村 明

発行者　清水一人
発行所　青土社
東京都千代田区神田神保町1-29　市瀬ビル　〒101-0051
電話　03-3291-9831（編集）　03-3294-7829（営業）
振替　00190-7-192955

組版　フレックスアート
印刷・製本所　双文社印刷

装幀　重実生哉
装画　安野光雅「千葉県佐原の水郷」
ⓒ空想工房　提供　安野光雅美術館

Printed in Japan
ISBN 978-4-7917-7463-0　C0095